我偏爱那些不切实际的浪漫

I prefer those unrealistic romantic

豆瓣人气作者
银谷 作品

人民交通出版社股份有限公司
China Communications Press Co.,Ltd.

图书在版编目 (CIP) 数据

我偏爱那些不切实际的浪漫 / 银谷著 . —北京：人民交通出版社股份有限公司，2017.8

ISBN 978-7-114-13785-3

Ⅰ. ①我… Ⅱ. ①银… Ⅲ. ①短篇小说—小说集—中国—当代 Ⅳ. ① I247.7

中国版本图书馆 CIP 数据核字（2017）第 084231 号

书　　名：**我偏爱那些不切实际的浪漫**
著 作 者：银　谷
监　　制：邵　江
策　　划：童　亮
营　　销：刘　君　吴　迪　陈力维　张龙定
责任编辑：刘楚馨
出　　版：人民交通出版社股份有限公司
地　　址：（100011）北京市朝阳区安定门外外馆斜街3号
网　　址：http://www.ccpress.com.cn
销售电话：（010）59636983
总 经 销：新世界青春（北京）文化传媒有限责任公司
经　　销：各地新华书店
印　　刷：北京盛通印刷股份有限公司
开　　本：880 × 1230　1/32
印　　张：9.75
字　　数：200千
版　　次：2017年8月　第 1 版
印　　次：2017年8月　第 1 次印刷
书　　号：ISBN 978-7-114-13785-3
定　　价：38.00元
（有印刷、装订质量问题的图书由本公司负责调换）

目录

前菜开胃篇

与丁克女友的未来

我不想用奇葩来形容一个人，毕竟活在世上人人都标榜自己是一朵特立独行又孤傲的水仙花。但我的女友真的很奇葩，倒不是因为她是丁克，而是因为她丁克的原因，说出来真是没有一个人会相信。

和她认识还要从上个月老板正式进入秃顶三期的那个早晨说起。

在茶水间和老板狭路相逢，我不敢直视他头顶的埃塞俄比亚平原，所以一直低头细数瓷砖纹路。没想到，在我强迫症发作沿着瓷砖黑白格子凌波微步时撞到了一个长相秀气，脸上甚至还有零星几颗青春痘点缀的微胖软妹子。

我听到那个新来的妹子小声连说几声“册那”，我想我一定撞得她很疼。我连连说抱歉，她微笑着说不要紧，不要紧。神奇的事发生了，我看着她离开的背影三秒后，口水瞬间无预警地掉下来。我瞬间想起了最近在一部电视剧里听到这样一个传说，前世有纠葛的人们今生遇到的第一面一定会哭泣，因为这是老天爷给你在这个慌乱的世界里找到那个人的好心提醒。但流口水 TM 是什么意思啦？我在心里忍不住也叫了一声“册那”。

与她第二次相撞是在年会结束离开饭店，和几个同事继续去一个小酒馆喝了几杯后，我一个人微醺摇摇晃晃走在路上，嘭的一声，我以为我撞到了一个很粗的电线杆子，没想到抬头一看，又是她。这次撞击力明显比上一次要强很多，我们一同跌倒在地，我挣扎站起来后，马上礼貌地伸手去拉她，她站起来后，一如既往地微笑说，不要紧，不要紧。在月光下，我忽然觉得这个淡淡的笑容里有一个大大的阴谋。还没等我反应过来，她就穿着一双溜冰鞋像一道光般飞速划走了，瞬间隐匿在都市其他楼宇的绚丽霓虹灯里。

第三次相撞是在昨晚楼下便利商店，晚饭没吃饱，到了 10 点左右我突然很想吃一点热腾腾的关东煮。

一进便利店的门，又一次迎面和一个抱着杂志的女人撞个满怀，当然，这次依然是她。

这次的撞击力又一次提升了，因为碰撞的两人神奇般安然无恙，但隔开我们一段距离的整整一排货架瞬间哗啦一声倒了，薯片、酸奶、果汁、咖啡罐头、面包，一堆东西都撒在了地上，我和她帮助收银员小哥一同拾起货物，重新摆放好货架。

收银小哥看我一脸茫然，他好像在替刚才神奇的现象解释什么似的说，咦，地震了?

摆放完毕，收银小哥连说谢谢，他长得很和善，甚至应该可以说很慈祥，虽然外表很年轻，但感觉他内心已经阅尽人生的悲欢离合，像一个活了很久很久的智者。

他看了看女孩，又看了看我，然后从结账柜台下偷偷拿出一包东西，说是作为回报我们刚才一同帮忙整理的小礼物。

他意味深长地对着我笑笑说，那个女孩从刚才就一直在这里看杂志等你了，大过年的，祝你好运啊。

我一头雾水，接过小礼物仔细一看，居然是一盒包装得闪亮闪亮的避孕套!

我拿过东西立刻慌乱塞进大衣口袋，我再回头看看，女孩已经离开了，不过地上留下了她一条厚厚的黄色大围巾。

我狂奔出便利商店追出去，依稀听到身后那个便利店小哥大喊，上啊，大兄弟！别磨叽！

我叫住了她，泛黄的路灯照出她啤酒桶般的身影，我递给了她那条黄色的围巾，她对我微微一笑，我轻轻问她，姑娘，我不记得在公司和你有什么过节啊，你为什么要连撞我三次？

女孩瞬间低下头，很小声很小声地自言自语说，可恶，交换身体又没有成功，书上明明是这样写的啊。

哈？你说什么，我不敢相信地又问了一遍。

没什么，她忽然孤傲地抬起头说，我只是喜欢你很久，想尝试过下你的生活罢了。

大……大胆！你……你一个女生怎么可以随随便便说出这种话。许久没人爱的我被这突如其来的表白弄得不知所措，语无伦次。

我……我是说，你胆子太大了，不怕我是个坏人，对你乱来吗？我强装镇定，做出一个坏坏男人的表情。

你虽然高，但有点瘦哎，我估摸着你应该打不过我的。她拍拍自己圆鼓鼓的手臂，冷冷地说。

我瘦但我有肌肉的！不信，我脱……话还没说完，一阵凌厉的西北风吹来，吹得我牙齿发颤。有本事我们去一个温暖的咖啡馆把话讲清楚，我大喊。

好呀，我正好饿了，你请我吃个巧克力熔岩蛋糕吧。她胸有成竹地说。

你为什么喜欢我？我在咖啡馆里喝着香蕉奶昔对她说。

你脸红什么？难道没谈过恋爱？吼吼。她一边大口吃着巧克力蛋糕一边说。

哈？是这里空调太热啦。我和前任的那些浪漫往事可以写一本《尤利西斯》那么厚！我边不羁地抖腿边放荡地说。

好吧，老实说，我不太看重一个人的外表，你引起我的注意是公司里一直有人说你这个人很怪，而且是丁克一族？她看着我说。

那你也是喽？我反问她。

对啊，很早很早之前，大概我刚刚意识到自己是一个可以生孩子的女人时就决定丁克了。她面无表情地说。

为什么？你的童年过得怎么样？我开始以一个心理学教授的口吻说。

别和我提什么童年创伤之类的鬼东西啦。我家庭美满，父母恩爱，我不要孩子有我特别的原因。她越说越来劲了。

因为我的未来没有孩子。她看着我微微一笑，不屑地耸耸肩。

切，你去过你的未来了？我感到有些无语。

我没去过，但我见过。她肯定地说，不像是在信口开河。

哪里见的？梦里吗？我追问。

不，是在一面镜子里。她用回忆起往事的表情说。

我不禁皱了皱眉头，把凳子后退了一点。我对坐在我对面这个言行怪异的女孩忍不住感到莫名其妙，你先是为了所谓的交换身体连撞我三次，现在又和我说你见过未来。喂喂喂，虽说我平时也特别喜欢一些稀奇古怪的东西，但你的脑洞是不是有点太超乎寻常了。

怎么，你怕我了？她挑了挑眉毛不屑地说。

怕？笑话，我堂堂一米八零高的男人会怕你这个姑娘，我可告诉你了，我现在对你越来越有兴趣了，你可要小心了。我吸一口气大声说。

你一定以为我的脑袋有问题吧？她轻轻地叹了口气，仿佛已经这样被人嘲笑过 100 次。

没、没、你说下去。我摆出一副知心哥哥的姿态倾听。

我很小的时候，大概在读小学三年级的时候救过一只小白猫，她手托着腮开始慢慢说。

我把它从三个可恶的在不停踹它的男生手里抢过来。后来等我高中毕业，也就是 18 岁那年暑假的傍晚，我记得那天晚霞特别好看，整条小巷都是金色的，我又一次见到了那只小白猫，它一直跑，我一直追。后来似乎是它的指引，我穿过好几条偏僻的弄堂，看见一个隐藏在角落位置的复古家具店。我走进去，看到一个正眯着眼睛打哈欠的店员。我问她，请问刚才你看到过一只白猫进来吗？她好像听不懂我说的话，只是摇摇头。她忽然睁开眼睛，我发现她的两只眼睛居然颜色不一样，一只是蓝色的，一只是绿色的，就像波斯猫那样。我吓了一大跳，以为她是戴着美瞳。她不知道从哪一个柜台底下拿出一面鎏金铜镜给我，我说我身上没钱，不买。她继续摇摇头，只是把镜子往我手里硬塞，并示意让我看镜子。我以为镜子上有什么特别好看的花纹就拿起一看，我吓呆了，镜子里没有照出我的脸，就像在看西洋镜画片儿不停切换一样，我看到里面有一个女人和我长得特别像，不，是比我年长很多的样子，我看到了一出出关于她的生活片段，我入迷了，一直忍不住盯着镜子里的画面细看，仿佛周围的空气都不存在了。放映结束，我刚放下那面镜子，镜子就碎了。

这家店在哪里？我也要去！我听她讲得入迷，忍不住怪叫起来。

听我说下去啦，她把一个手指竖在嘴边，示意我噤声。她继续说，那次走出这家店，我明明记得就一条路的，后来我千辛万苦一直兜那几条小巷，那里却变得像一个迷宫，很难再找到那家店。后来我又兜了很多次，终于找着这家店，店里没什么变化，还是在卖复古家具。我问店里老伯，上次那个女营业员不做啦，老伯却对我笑笑说他这家店已经开了 30 年了，从来就只有他自己一个人。后来，我的眼睛看东西越来越超乎常人得清晰，再过了几年甚至有看到别人未来的能力了。

哇！我不禁发出一声惊呼。

那我的未来呢？你能看见吗？你帮我看看呀！我连忙说。

别急，先说说我们周围人的未来吧。她感觉在接受我的测试般，准备跃跃欲试。

看到那个戴红色贝雷帽和黑框眼镜的文艺女青年了吗？她指了指隔壁桌那个女人说，爱幻想，她不得不在 34 岁那年，在父母的安排下嫁给了一个某大型国企的普通职员，过了一年就生了孩子，发胖 20 斤，辞去了出版社编辑的工作，在外环一套 60 平方米的所谓大房子里专心做全职主妇。亲朋好友的祝福让她可以顺理成章催眠自己，这种生活很幸福，却在朋友圈晒孩子晒到被所有朋友嫌弃，可是一天下来她能看到的活人就只有孩子，不晒孩子她不知道还有什么可以做的。曾经立志成为小说家的那些稿件早已挤满了灰，堆在床底和孩子买的一堆不再碰的廉价塑料玩具放在一起发了霉。老公天天出差，一周回来一次，回来一次吵一次，发现老实的老公有外遇后不得不忍气吞声，因为离开了这套房子和这个孩子，她一无所有。

那么惨？我怀疑地看着她，听着她好像在看录像一样滔滔不绝叙述着那个文艺女青年的未来。

再说说那个坐在落地窗户下穿黑色水貂毛，头发烫得像西兰花一样的女人吧。我顺着她的眼神看过去。

别看她现在做一个秃顶男人的情妇做得顺风顺水，一年后她以孩子为要挟终于转正，可 14 年过去后，她渐渐年老色衰，做服装生意的丈夫和一个女大学生网拍模特搞在一起，抛弃了她和孩子，她变成一个落魄贫困，穿一件破旧脏兮兮羽绒服在小菜场摆炸爆鱼摊的大妈，手上全是冻疮，脸上的皱纹像被刀割过一样。14 岁的女儿在学校天天不学好，和一群不三不四的小流氓混在一起，等老师发现叫她去学校，才晓得女儿的肚子已经一天天大了起来。她一气之下，在校长办公室脑梗发作死掉了。

你不要老选那么惨的例子好不好，我身边也有生孩子很幸福的朋友的。我不敢相信地说。

我随机选的，那这次你选人。她若无其事地说。

我指了指那个在厨房门口训斥服务员的老板模样的中年男人说，他呢，我想听听看关于男人的未来。

哦，他好像是这家咖啡馆的老板，白手起家很不容易做起生意，一生为自己三个女儿操碎了心，好不容易终于为她们一个个把关找到了好人家，他可以享几年儿孙满堂、热热闹闹过年的清福。可 25 年后，服侍他几十年的老伴走在前头，女儿们忙着打扮社交懒得去照顾他，索性把他丢到一个高级养老院，一个月也不去一次，后来他瘫痪天天躺在床上靠护士往鼻孔里打食物为生，三个女儿为他几家咖啡馆和几套房子的遗产争破头，打官司打到电视新闻节目上去，闹到整个都市无人不晓。

好了好了，你不要讲了，你是在编故事告诉我各种关于生孩子的不幸人生吗？我也是丁克呀，不劳你费心了。我无奈地说。

她笑笑说，我不讲别人了，难道你不想听听你的未来吗？

我刚想说好，就看到咖啡馆进来一个神情紧张的秃顶男人，他探头探脑走到落地窗户那个打扮时髦的女人面前，大概是在责怪女人为什么选了这个位置，后来说了几句便换了面孔，和那个女人浪荡地嬉皮笑脸起来。

我被她的预言吓了一跳，我小声说，你……你真的是人类吗？

她立刻握住我的手往她胸口上放，激动地说，你说我的心跳不跳，热不热，你说我是不是人类？

我一摸到她身体后手立刻缩了回来，她热不热我不知道，反正我知道我身上有一个地方是确确实实热了。

最要命的是那个超市收银小哥送的避孕套居然在慌乱之中不合时宜地掉出来。

她装作没看到，似笑非笑地看着我说，你这个人是不是闷骚，装纯情少男啊，为什么你和我说话时老流口水。

啊??? 我瞬间抹了抹嘴巴解释说，这不是我流的，它自动流的，我也不知道为什么一看到你就莫名其妙流口水，我很正派的！

哦，难道是因为我们前世约好了今生要一辈子在一起吃很多很多顿饭?!她眼睛一转一转，若有所思地自言自语。

我感到一阵暖心，但立刻切入正题说，喂，你还没说我的未来呢！我关切地问，我的未来到底好不好？

她喝了一口咖啡，身子往椅背上靠了靠，仿佛已经把我握在手心里，自信地说，我预感你的未来会很好，只要你聪明地选择我。

呵呵，我噗的一声笑出来。真是个狡猾的小胖狐狸。

我的心在不停地跳，因为我始终觉得一段最美妙的爱情一定是这样的——那个人会让你觉得生活越来越新鲜，让你觉得新下载了一个从未活过的世界，让你不自觉有安全感，有归属感，让你对自己说，哟吼，我又可以当一个小孩子啦！

而那个人好像就是坐在对面的她！

过了一会儿，她看了看表，突然想起什么重要的事似的跳起来说，差点忘了正事了！

来，你跟我来。她把钱放在桌上，拉起我就往咖啡馆后门走。

去哪里？大晚上了，我要回家去喂我的猫了。我慌张地说，猜不透她下一秒会干什么。

谁知道，和她一起走出后门，居然发现我一下子来到了滨江大道。咦？刚刚我明明在浦西的啊？这是在做瞬间移动吗？

外面下起了大雪，我感觉连空气也变得不一样了，她看着我认真地说，前面有一个男孩在等你，聪明的你应该知道要对他说一些什么。

我感觉莫名其妙，但脚步不自觉朝前走去，因为我觉得前面真的有一个最熟悉的人在等待着我。

走到江边，看到那个独自一人站着的消瘦背影时，我一下子愣住了，差点哭出来。

因为我想起了三年前。

那年失业不敢回家过年，在大雪天被房东赶出公寓，走投无路的我来到滨江大道想做傻事。

那天我站在江边很久很久，任凭风雪袭来。我不明白，我做错了什么，为什么人生会落到这个地步。

突然身后传来一个熟悉的、成熟的声音说，我看你站在这里很久了，别想不开啊，虽然你现在没工作、没朋友、没恋人、又没钱，虽然明年不一定会比今年更好，但不认输的你不过下去看看真的甘心吗？相信我，这个世界总有一天，会有一个可以容下你的地方的，总有一天，会有一个人愿意一生陪着你，让你幸福起来的。

那一天我转过头，什么人都没有，但我明白，是未来的我在安慰现在这个痛苦的自己。

结婚是一场成年人之间的赌局

我不想结婚，我就是不想结婚。

我知道，结婚了就会有随时随地的性，一个延续你自傲或自负基因特点的孩子，会有人天天陪你吃晚饭，会有人在你洗碗的时候叫你看特别重要的天气预报，更会有多到数不尽的纪念日来证明给世界看你并不孤单。

但偏偏我太自私，自私到容不下其他能干涉我自由的任何事物。

所以我当然不能忍受一个人时刻盯在你身旁，知道你一天 24 小时都干了哪些破事。

即使那个人，我真的很喜欢很喜欢，喜欢到想给她吃世界上所有最好吃的美味。

是的，我身边所有的好朋友都结婚了。

我妹妹身边所有的好朋友也都结婚了。

我们各自三十缺一缺二，我们两兄妹在彼此眼中，是奇葩而又可以互相安慰的同类。

我们都认为不结婚，享受一个人的生活不应该被指责，随便应付自己和家人，拉一个人结婚生小孩才应该被定流氓罪。

我性格古怪、内向，每一次换新环境交新朋友，内心都仿佛经历一次严峻的、强迫自己出征的外交战争。

我可以一天不和任何人说无聊废话，却在晚上洗澡时，默默和我浴缸里的小黄鸭聊漫长的一夜。

妹妹比我还怪，天天在幻想里生活，人倒是长得高挑，有大人样，心里却永远住着一个不愿长大的孩子，至今她还在苦苦等待那种平常之人从未见过，也不屑的一见钟情的纯真浪漫爱情，每天晚上还要抱着那些陪伴她二十多年的毛绒玩具才可以睡得踏实。

她说她越长大越喜欢用童年纯真的梦哄自己，因为只有这样才能在尔虞我诈的成人世界里安然入睡。

妹妹从戏剧学院毕业后，成了一名话剧演员，她对于演戏中不同性别、年龄、身份角色身体语言的揣摩确实很有天赋，爸爸酷酷的吸烟背影，妈妈穿高跟鞋走路的摇曳生姿，奶奶打调皮的我生气时的表情和拐杖抡起的弧度都模仿得惟妙惟肖，小时候每年过年，她都要在饭后主动为亲戚朋友表演一番家庭众生相，每次都让大家笑到几乎要把刚吃的饺子吐出来。

我去过安福路话剧中心看过她很多次表演，每次都被她多变而又惊艳的新角色震撼到，咦，她怎么又变了一个人，这真的是和我从小一起长大的妹妹吗？

去年春节前夕，我们公司效益不错，老板除了发给我们不少欧洲各地旅行跟团游名额、新款智能手机、进口猫山王大榴莲（他爱吃，以为世界上其他人也爱吃）等福利外，决定奖励我们拍一套沙龙照片，说是要挂在办公室，作为我们小小广告公司团结和创意最好的代表。

照片？一听拍照，我眉头一皱，我知道自己不上相的，每次我期待看到的自己的成像和照片上显出来的都差了一个唐顿绅士大表哥和鲁镇疯癫孔乙己之间的距离。

可老板说，这次是创意拍照，我们会参照《绝命毒师》的剧照海报上角色特征和着装风格来拍一个温馨的大家庭照。

呵呵，明明是相爱相杀吧。

不过我一听《绝命毒师》，眉头立马不皱，心里像撞翻一车彩虹糖。《绝命毒师》！我超爱的！老白，我要扮演老白！

我的心情此刻是兴奋的蓝色结晶状的。

嗯，我就扮演老白吧。其他的，你们自行分配，老板看着我们几个人平静地说。眼神里有老白和炸鸡叔混合的那种渗人气魄。

同事小陈一听来劲了，居然抢先一步说要演小粉。

呵呵，我心里不禁嘀咕，小粉说话语气上身，Yo，小陈，我才是老板最得力的助手好吗？

你去演那个麻烦的女人斯凯勒吧，bitch！

最后，我以一套冰与火之歌全集和小陈达成协议并以自己魅力（分享自己的大客户）摆平其他人，我来演小粉，站在老板旁边。

拍照的摄影工作室就在五原路，妹妹剧团那里隔壁的一条马路。

我跟她兴奋地提起拍照计划，鬼马的她当然觉得有趣极了。所以拍的那天，执意要来探班。

拍照过程让人啼笑皆非，虽然老板和我还特意化了皱纹妆，带了光头头套，举着一个化学玻璃瓶，但拍出来的效果看了还是让人有些尴尬，简直像某个廉价低俗的脱口秀模仿节目。

妹妹全程一直没看滑稽的、穿黄色夹克的我们，一直偷偷看摄影师。

我问妹妹照片看起来如何，像不像?

她怅然若失，一副喝醉的模样。

我诧异地问，你怎么了?

她说，你拍照的时候有没有闻到一种特别的味道?

我想翻白眼，我说，我们只是模仿绝命毒师，现场可没有真实存在的毒气。

她很认真说，我真的闻到一种淡淡的奶香味。

我心里咯噔一下，难不成她的老毛病又犯了?

我小心地问，又看到那些了?

她很自然地笑，不是啦，我现在很正常啦，鼻子和眼睛都没问题，真的是闻到了!

她兴奋地说，我到处找，最后发现好像是从摄影师身上散发出来的。

我说，那个摄影小伙子? 不可能，他看上去都快三十了，身上怎么可能还有奶味?

不信? 她不怀好意地笑笑。

她拉住我，一用力把我推到摄影师面前。

请问有什么事吗? 对照片有什么不满意吗? 摄影师对我们两个冒冒失失

的人礼貌微笑。

没、没、拍得很好，老板很开心，说我们很有默契，真是个相亲相爱的团队。我说。

老板让我过来，给你个感谢的拥抱。说这句话的时候，我脸红了，我堂堂一个一米八的大男人，居然跟一个陌生男人提这种奇奇怪怪的要求，哎，为了我溺爱的妹妹，为了让她死心，豁出去了。

摄影师可能游学过欧洲，很热情。给了我一个大方的拥抱。我俩就差贴面了。

你还别说，拥抱的时候，我还真的闻到了一种特别的、来自纯净无污染的新西兰大草原的那种原始奶香味。

莫非这位摄影师小伙子新鲜奶酪吃多了？

妹妹一直躲在我后面害羞地笑。摄影师一头雾水。

我觉得这样对人不礼貌，就坦白对他说，其实是我妹妹说你身上有奶香味，但她又不好意思直接问你，所以让我这个神经老哥来以身试奶香。

哈哈，他突然大笑起来。

他说，你们真有意思！我这奶香味，有人闻得到，有人闻不到，身边也只有最亲密的朋友能闻见，而且他们也都是些可爱到飞上天的人。

我开朗地仰天大笑说，我们是无聊得飞上天那种人！不过想出这种特别的拍照想法，你才是个有趣的人哪。

他掏出名片说，我叫阿树，以后想拍不同主题的经典电影或经典美剧的角色扮演照片，记得带上朋友或家人来找我。

而且我最喜欢拍你们这些不按常理出牌的人了，每次都能激发我的灵感。他和我握手，也和妹妹握手。

我看到他和妹妹握手对视的一瞬间，他手一抖，把名片盒掉在了地上。

妹妹和他突然默契地同时蹲下身子要捡，头撞到了一起。

两个人连忙说不好意思。

但同时起身时，两个人又险些站不稳，简直像被对方夺取了灵魂，喝醉了酒接下来要去拍《行尸走肉》。

我扶住妹妹，和摄影师告了别。

走出工作室，妹妹回剧院，一路上她一句话也没有说，仿佛见到了什么世界上早已灭绝的珍稀动物。

这个时候，我知道，妹妹恋爱了。

一周后，阿树和妹妹开始约会。

我既开心又害怕，如果他了解了妹妹的真面目还会接受她吗？

当然，妹妹没有什么不可告人的秘密，她太爱幻想了，只是有时候甚至到了现实和虚幻世界不分的地步。

不过，这也可以说是她的职业病。

因为，当她每次扮演一个角色时，都会全身心投入到那个身份中去完成那个人物所想的、所做的、所快乐的，甚至是所恐惧的。

我常常对她说，不要那么玩命演嘛，当心一下子抽离不开角色。

她却说，演戏就是一项用熟悉的身体装进千百个陌生灵魂的事业。

她曾为了扮演好一个红灯区的风骚女郎，尝试过在夜晚拥挤的接头向陌生男人搭讪，甚至是索吻。

她曾为了扮演好一个古怪宠物癖女杀手，尝试过在身体上放置蜥蜴和蛇，任其随意贴肤爬行，熟悉那种冷血动物可怕的不动声色。

她曾为了扮演好一个被抛弃的中年主妇，为了酝酿悲惨命运的绝望情绪，把自己关在家中阴暗的衣柜里，只吃面包，不见阳光过了三天。

当然，演完那个角色她会努力抽离自己，把那些方法派演技法一点点塑造酝酿的情绪慢慢稀释掉，可总有情绪腐蚀原本的自我，和被精神污染的时候。

我曾经看见过在一次闹哄哄的朋友晚餐聚会时，她上一秒还在开开心心用水果刀切柚子，下一秒竟然平静地朝自己的手腕上轻轻一划。当血流出，疼痛感的刺激才把她拉回现实。我问她为什么要那么做时，她只是说，那个忽明忽暗的舞池灯光让她掉到了某个忘不了的角色人物中去，是情绪带出角色，角色再衍生情绪，自动让她这样做的。

这两年，她可能也渐渐意识到了这种极端演戏的幻觉后遗症，所以渐渐在舞台剧上总接演比较轻松、比较搞笑的角色，性格也变得越来越开朗和大大咧咧。大家都觉得她不做作、有趣，都愿意和她相处。所以朋友越来越多，而那些或美妙或悲惨的幻想再也没有出现过了。

半年过去了，表妹和摄影师阿树的恋爱很顺利，甚至可以说是甜蜜得像松饼配热巧克力。期间，每一次和他们两个吃饭，他们两人都像是海鸥一直绕着大海飞，恨不得一刻不分离。

让我印象深刻的是，有一个无风无雨的惬意周末，我去他们家吃晚饭。

我带了一束鲜百合花和一瓶陈年红酒作为礼物。

表妹一开门，我居然发现她的脸、她的身上满是红色的血一般的东西。

她见我吃惊，马上解释说，他在陪我排戏，快进来吧。

原来他们在排练一出中年夫妇危机吵架的冲突戏。改编自理查德耶茨的《恋爱中的骗子》。

下周就要售票演出，妹妹是绝对的主角。

别理我，你们继续。我对他们说，我很想看看你们即兴演戏的感觉。

这些都是刚才炖番茄意面多出来的番茄酱。表妹摸了摸脸上的“血迹”笑笑说。

先吃饭吧，表妹说。

她从厨房间端出做好的意面，牛排香肠，蛤蜊面包浓汤，牛油果三明治，蔬菜沙拉和一小块芝士蛋糕。

饭桌上，我问摄影师阿树，你最近一直陪她这样疯狂地演戏?

他腼腆地一笑，嚼着沙拉说，感觉我自己越来越投入进去了，演戏很过瘾，变成另一个人太有意思了，有那么一瞬间，我感觉自己是罗伯特·德尼罗附体。

切，你那稚嫩的演技明明是贾斯丁·比伯附体。妹妹不屑地笑笑。

哪有？阿树捏了捏表妹的脸，瞪大眼睛表示不服气。

哦，你知道演戏的好玩了吧，所以下一次不要说我疯狂了哦。表妹喝了一口红酒，心满意足地说。

我提醒阿树，当心被她带进疯狂的世界，有去无回。

阿树淡定地表示无所谓，他问我知不知道《火鸡王子》的寓言故事？

我耐心听他说。

从前，有一个王子生病了，他认为自己是一只火鸡。他脱掉衣服，赤裸地蹲在桌子下，只吃掉在地上的面包屑。阿树拿出哲学老师的样子慢慢说。

国王急死了，开始征集治疗方案。有一个智者告诉国王，他说他一定能治好王子。

他怎么做的？他带了一只母火鸡？我打岔。

阿树笑笑，没有，他说。智者也脱掉衣服，赤裸蹲在桌子下。

咦，这个故事的走向？我心里犯嘀咕。

阿树继续说。

你是谁？你在这儿干什么？王子问。

你在这儿干什么？智者反问。

我是只火鸡。王子回答。

我也是只火鸡。智者说。

于是王子相信了智者，感觉他是懂自己的同类，而智者慢慢影响改变王子，最后把他带出幻想的世界。

什么？你说我是只愚蠢的火鸡？表妹撒娇般捏住阿树的耳朵。

只是打个比喻啦。阿树啊啊啊求饶，向我求救。

咳咳，我拿出一个大哥的风范严肃咳嗽两声。

表妹马上收手，眼睛里却不知不觉泛出了泪光。其实她是故意想掩饰自己快要落下的眼泪。

我听懂了这个寓言故事，也很感动。

我拿起红酒杯说，来敬甘愿为我妹妹深入火鸡地狱的智者，阿树!

阿树一口气喝完酒，他说，应该的，应该的，正因为我爱她，所以我不入火鸡地狱，谁入火鸡地狱。

大家笑成一团，我被他们说得突然好想吃火鸡。

可是我走之前，表妹突然又不高兴了，原来是她发现床头那只小熊找不到了。

是从小到大，陪她每晚睡觉，一起成长的小熊。

眼见他们要开始麻烦的争吵，我就匆匆拿上外衣告别了。

三天后，当我正在苦思冥想如何将一个成人尿不湿广告的文案写得很优雅的时候，阿树来电话了，他的声音简直像在水底海藻那样无力，他哽咽地说，她要和他分手。

赶到他们公寓时发现，原本一面墙上摄影师为表妹拍的好多美丽而感动的照片，都被撕了。事情看起来挺严重。

阿树为我倒了杯水后，整个人啪的一下掉进沙发里，像一个被抽走灵魂的木偶。

我说，你们到底发生了什么？上次来不是还很恩爱的吗？

他抬起头，断断续续地和我说了那天发生的事。

原来昨天下午，阿树和表妹去森林公园湖上泛舟。

那天阳光很好，两人的心情像白鸽在蓝天自由飞。

湖水很平静，一切都惬意得如童话故事。

阿树躺在小船一头悠闲看小说，表妹坐在另一头轻轻滑动船桨。

忽然，一只不知道哪里飞来的乌鸦停在一块岩石上，吸引了表妹的注意。

她不停地跟阿树说，快看，原来我们的小熊在这里，在这里。

那是石头呀？阿树不解。

那明明是小熊呀。我们不去救它的话，它就要被乌鸦叼走了。表妹已经分不清幻觉和现实。

还没等阿树反应过来，表妹立刻跳进水里。

湖水只是看起来浅，表妹一落进去才发现脚找不着地，身体立刻迅速下沉。但她的眼睛，她的手仍然着魔般扑向那块像小熊的岩石。

还好阿树平时一直游泳，立刻跳进湖里救表妹。

表妹在湖里不停挣扎，要救那只小熊，等拉住表妹要上岸的时候，阿树简直筋疲力尽。

他的小腿一下抽筋，呛了好多口水。好在公园工作人员及时发现这里的异常，救了他们俩，否则后果不堪设想。

他们上岸后，阿树记得那只乌鸦飞走的时候，表妹终于恢复了神智。

表妹回神过来，突然发现以前那种幻觉又毫无预兆地突然袭来，害怕得全身哆嗦。

回家途中，表妹一直在车上哭，一直说对不起对不起，我不知道我怎么突然就那样了，但你不知道，小熊对我有多重要，多少个晚上，我只有抱着它才睡得着。

阿树一点都没有怪罪表妹，反倒一直安慰她。

回到家，表妹把墙上的照片都狠心撕下，把自己关在房间里，硬要叫阿树走，要和他分手，说不能让疯疯癫癫的自己拖累阿树，自己不知道哪一天就突然爆发了，阿树和她在一起是不会有幸福的，她这样的人注定永远孤单一个人，没有一个人会受得了她的。

她怎么可以这样，她怎么就知道我会受不了她！说完整件事后，阿树在我面前用手捂住脸呜咽地说。

她以前好几个男友都是发现她这样后离开她的。我说，她大概是怕了。

阿树啊，虽然我很爱我的表妹，但我也知道她突然爆发起来的那种怪异，所以，你要是现在走，我一点都不会怪你。

谁痛苦了？火鸡地狱我说到，就要做到！阿树的声音提高了不少。

你为什么要对她那么好？我明知故问。

因为、因为……我就是爱她啊！阿树声音响彻得简直可以击穿世界上最高的天空，最深的海底。

他继续说，我活了那么多年，一直都在等一个人，希望我们从一个笨拙、跌跌撞撞的相遇开始，没有故作深沉的离人千里，没有装腔作势的欲拒还迎，没有一直纠缠在金钱、地位、家境的兀自沉论。我们只是感受到了对方山呼海啸般的回应，感受到了那种晶莹剔透的纯粹、浪迹天涯的自由和非你不可的呼唤。然后我们义无反顾地爱一回。

而她就是我要等的那个人。

说到这里，表妹的门开了，原来她一直在偷听。

她一下子感动得扑进了阿树的怀里。

可是、可是……她的眼泪止不住，我的小熊怎么办，我晚上睡不着觉怎么办?

妹妹，你真的是大人了，不能这样幼稚了，我忍不住训斥她。

没有小熊陪你睡，有我天天继续陪你睡啊！我准备再吃得胖点，你可以舒舒服服地抱着肉肉的我睡，保证你一觉睡到大天亮，保证你觉得抱得比小熊舒服。阿树逗趣地说。

听到这里，我不禁吐槽，你们住在一间房里那么久，早就一起睡了，还要什么破熊啊。你们现在这样搞一出分手又和好的“抓马”大戏，是故意秀恩爱气我这个单身狗咯？

表妹也忍不住破涕为笑。

也许，小熊知道我要离开她了，我要长大了，所以才不辞而别的吧。表妹终于镇定下来。

第二天工作的时候，阿树又给我打了电话，他声音颤抖，仿佛有什么重要的事要说，他说，谷哥，能不能帮我一个忙?

周末，我把表妹约在那个他们一起落水过、共患难过的森林公园。

表妹走在枫叶纷纷落下的大道上说，哥，你怎么神神秘秘的？突然约我什么事？难道挑剔的你终于有对象了？

我一声不响。

我们往树林里越走越深，表妹继续说，哥，你这是要带我去哪里？不会把我卖了吧？

我仍然不出声。

她又说，你难道想找一个好树寻短见，让我帮你拉绳索上吊？哥，别想不开，你那么帅，那么年轻。

我带着她继续往前走。

哇！！！等我们两人走到事先和森林管理员打过招呼并布置好的那棵树下时，表妹一下子惊喜地叫了出来。

原来那棵黄色枫叶挂满树枝太阳一样的枫树上挂满了那些表妹从小一直玩到大，陪她孤单岁月的毛绒玩具公仔。

有猴子，有恐龙，有鹦鹉，有大象，有小孔雀，有小猪，更有那只失踪很久的小熊。

这是阿树一个人一只只辛苦挂上去的。

我突然闻到一股清新淳朴熟悉的奶香味，我知道，他来了。

只见阿树从树背后突然蹿出来，浑身上下贴满了枫叶，穿着一个斗篷，带了一个魔法帽，下身穿了骑士战袍裤子，和金色靴子。

表妹被他滑稽造型笑弯了腰，问他，呀，你这是干什么？

阿树说，你最近不是要出演那部《都市森林》舞台剧吗？我现在就是你的森林王子！

阿树单膝跪下，从小裤兜里掏出一个精致小盒子。

表妹不敢相信这突如其来的幸福，惊讶地捂住了嘴。

阿树兴奋地说，今天，在我们这片曾经共患难、一起落水的地方，在这片最特别的森林里，在你最爱的家人和最好的朋友面前，他说着指了指树上那些可爱的、在秋风里飘动的毛绒玩具，特别是它们和谷哥的现场祝福下，我要郑重地向你求婚。

表妹的泪水瞬间落了下来，她抬头看了那棵精心布置的枫树，立刻又破涕为笑说，这棵树好怪。

阿树回答她，我知道你觉得自己是一个怪人，怕影响我的生活。可你有没有想过，我也是一个怪人啊，一直如影随形的奶香味注定我这辈子也不会爱上只有普通气味的人。我会做一棵永远守护你的怪树。

表妹说，可你不知道我什么时候会突然迷失，陷入幻想中去啊。

阿树说，所以和你在一起很好玩呀，赌明天又会发生什么出乎意料的特别事。我相信，和你在一起一定是一场一生最甜蜜的赌局。

表妹还是有点犹豫，她说，可是我们还年轻呀，我的表演，你的摄影，一切才刚刚起步，我们不是正甜蜜恋爱着吗，不一定现在就要立马结婚的。

阿树说，我们不小了，都长大了，要赌就赌大的，要爱就爱一生。暧昧是一场年轻人之间的游戏，而结婚是一场成年人之间的赌局。因为是你，我愿意花我的一生，来赌这个是否会幸福的局。

表妹感动得有些发抖。

一切都静止了，风停住，阳光不照了，小鸟也不叫了，天空里的云也不飘了，河水不流，枫叶不再落下。

阿树终于说出了那句她等了好久好久的话，

我有没有荣幸参与到你特别的人生里？阿树深情地看着妹妹。

不管是做你的森林王子还是火鸡王子，不管是现实与幻想，我都愿意陪你头也不回地去闯一闯！

他拿出戒指说，所以，亲爱的，嫁给我吧！

一年后，他们在结婚纪念日那天邀请我去他们家做客，我说你们结婚纪念日我来干吗？

他们说，要的，因为我是他们那场特别求婚仪式的见证人。

阿树开的门，妹妹正在厨房忙着煮菜，一进屋就闻到我最喜欢的咖喱牛肉汤的味道。

房间里一切的摆设都透着舒适又恬淡的生活气息。

让我惊讶的是那面墙，上面挂满了整整一面摄影师阿树为表妹拍的那些精彩照片。

有生日的时候，表妹被摁在蛋糕里，头发上都是奶油的照片。

有表妹蹲在马桶上读剧本，门被突然打开，惊讶生气要打阿树的照片。

有表妹第一次穿上他用存了很久的钱为她买而不是租的仙女般婚纱在草

地上跳舞转圈的照片。

有表妹在看喜剧片笑得前仰后附，露出 8 颗牙齿，手里拿着鸭脖子，头发散乱，戴着眼镜，一个标准宅女时候的邋遢照片。

有表妹在吃得满嘴都是重口味咖喱饭时，吐舌头，被辣哭的照片。

更有表妹幸福地躺在沙发里，笑着摸着微微隆起的肚子的照片。

只是，我在角落里，家人朋友的照片区，发现了这样一张让人倒吸一口冷气的照片：

是那次我和表妹，还有几个朋友在的万圣节派对大家以《复仇者联盟》这个主题让阿树拍的模仿照片，原本我要演钢铁侠，但表妹喝多了，居然和几个朋友强逼我穿紧身皮衣，演黑寡妇，因为他们都说平时我太高冷，太臭屁。

所以，现在这张是我最后穿皮衣的时候，没人帮忙拉背后的拉链，我以猴子蹲坑捞月的滑稽姿势反手自行拉上的抓拍丑照出现在我面前的时候……

我突然有一点悲伤，啊！有时候生活还是需要一个时刻关心你，关键时候搭得上手的爱人啊。

如果当时有人贴心帮我咻的一声拉上拉链，说不定，我 TM 就会立刻下决心结婚了！

妻子的新男友

最近妻子越来越不对劲，连我撒尿时没有把马桶盖掀起来这种惊天动地的事她也无动于衷了。

不仅如此，刷完牙溅在镜子上的水渍她也懒得擦，门口皮鞋运动鞋拖鞋混乱成一团，她也懒得理。

吃酸奶时猥琐地用舌头疯狂舔盖子，臭袜子和内裤随手丢在床头柜上，巧克力没有按照标准一格格方型去抠着吃，这些我平时一做她都会翻白眼大吼大叫的小过错，她现在都化身唐顿庄园玛吉·史密斯老太太般高冷无视掉了。

除此之外，她原来逆天的厨艺水准也跳崖式下降，糖醋小排咸得可以渴死一头大象，番茄炒蛋居然用鸵鸟蛋来抄，牛排煎成了可以磕掉牙齿的坚硬后现代雕塑。

总之，一向讲究条理到几乎病态的严肃妻子突然崩坏了，她像一只岔着腿等着生活去蹂躏的青蛙，处在一种完全放弃的状态。

今天下班照例喝得微醺回来，摇摇晃晃开门后，看见她又穿那一身脏兮兮的粉色小猪睡衣，头发散乱地窝在沙发里看那本最近一直不离手的《我是个年轻人，我心情不太好》。

她的身旁堆满了一推开封过的高热量油炸零食，薯片屑弄得黑色沙发上漫天繁星。这些垃圾食品以前她根本不会碰，我一买，就会奖励我一击腹部重拳的。

我饿了，晚饭又没烧吗？我大声问她。

我最近很忙，而且烧了你又不要吃，还不是天天嫌这嫌那的。她头也懒得抬起来说。

忙？你一个家庭主妇不烧菜有什么好忙的？忙着研究小说准备当作家吗？我上班那么累，你怎么不体谅我，一开始天天和我吵，现在变本加厉，连饭都不想烧了？你看你，还像一个好妻子的样子吗？我把公文包重重地丢在地上。

好妻子？她不屑地笑了起来。

她冷冷地说，一个整天失魂落魄喝得醉醺醺回来的丈夫可没有资格这样要求哟。

我忙是因为我最近恋爱了，她自豪地清了清喉咙说。

一会儿我要出去下。她自顾自站起来，把书放一边，慢慢解开睡衣，准备去浴室洗澡。

等站在那里一动不动，嘴巴张大得可以开进一辆拖拉机的我回过神来，她已经重重关上了浴室的门。

她这话什么意思？恋爱！作为妻子的她居然正大光明地和我说她和别人恋爱了！

我暴怒地撕开衬衫领子，头发根根竖起粗野地冲到浴室，却发现门已经被她上锁。

好！我重重地敲门大喊，等你洗完澡出来，给我好好说清楚！

但是，让人觉得不可思议的是，我等了好久好久，快一个多小时了，只听到里面嘶嘶水流声。却一点听不见妻子的动静。

不会晕倒了吧？难道没脸见我准备自杀？谈恋爱的对象是我最好的朋友？一系列可怕的疑惑在我脑袋里乱转。

喂，喂，阿梅，我重重地敲门，你洗好了吗？我有话要和你说！

里面依然没有任何动静，只有可怕的嘶嘶水声。

阿梅，阿梅，你再不出来，我可要撞门了，我疯狂地用力转动门把锁，可里面依然没有任何回应。

不会真的出事了吧，我退后两步，用最近练自由搏击的猛劲助跑撞门，终于在骨头将碎后被我撞开。

浴室里雾气腾腾，仿佛潮湿的亚马逊热带雨林，白色的淋浴器像一个尸体一样浮在浴缸扑出来的水面上，我在浴室里慌张地到处搜寻，但妻子已经不见踪影，彻底蒸发，连一根头发都没有留下。

不知道是不是心急受惊，还是浴室里的温度太高，只觉得一下子头晕目眩，心脏一紧，我失去了神智，跌倒在地上。

醒来的时候，发现我躺在沙发上，身上的衣服裤子都已经替换掉。

你醒了啊，我寻声看去，是妻子端着一杯热茶过来了。

你是不是老毛病又犯了，刚才洗澡居然晕倒在浴室里了。妻子温柔地轻轻说。

洗澡？我刚才可没洗澡，我是撞开门发现你不在浴室才晕了过去的。我不懂你在说什么。

哎，妻子默默叹口气，肩膀垂下来，喝吧，你继续喝吧，继续抱怨，继续堕落吧，继续把失败的人生归结于别人的不择手段和你所憎恨的混乱体制吧。又产生幻觉了吧，又突然心脏不舒服，什么都不知道就晕倒了吧，我刚一回来就发现你晕倒在浴室里，水都漫到客厅了。

呵呵，她又想把一切归结到我那个该死的心理小毛病，是的，最近百忧解确实停了一段时间，那个狗屁玩意有什么用，我的生活可不是这几个小不点药丸就能拯救的。

你到底去哪里了？我质问她。

咦，刚才不是和你说了我要出去，你说哦，就去浴室洗澡了？妻子平静地笑笑说。

我又一次惊讶地呆住了几秒，整理混乱的思绪，难道刚才真的是酒精和我的糟糕精神状况作怪？

啊，刚才的约会真的好开心啊！好久没做旋转木马了，风真大，裙子都飞起来了，草莓蛋糕也好吃到不像话，我居然贪吃了两块。妻子突然笑着说。

我立马从沙发里弹起来，睁大眼睛问，谁，你到底和谁约会去了？

男朋友啊，我不是和你说了，你真健忘呀，妻子眼睛睁大，一眨一眨说，最近我很忙，我恋爱了，刚才和男朋友出去约会了。

你你你我气到肺快炸裂，你到底在胡说什么呀？

哎，真的别再喝酒啦，你的记性真的越来越差了，难道你忘了我们的约定了？妻子依然微笑说，看来她早有准备。

约定？我纳闷。

是的，婚前协议书上白纸黑字写着的哟。妻子脚步轻盈，像一只随时可以飞走的小鸟般小碎步走到电视柜下拉开抽屉，拿出一个牛皮纸里面的文件。给，你自己看吧。妻子镇定地看着我说。

我一看，加粗加黑的《婚前协议书》几个大字一下子映入我的视线，我们两个人的名字高高挂在最顶端，接着夫妻住所，夫妻财产制，家庭生活费，夫妻分工，自由处分金，子女姓氏，等等详细的条约，密密麻麻的一堆字看得我逐渐回想起来当初确实在结婚前有过这个协议。

看最下面啦，特殊事项那里，妻子迫不及待地说。

我瞄到那里看到:

十、特殊事项

结婚三年后，如果每月性生活降低到两次以下，时间还没有一集《动物世界》长，丈夫有权单方提出离婚。

结婚四年后，如果还在四处漂泊租房子，没有属于妻子单独的八平方米之上可以尽情施展烹饪技术的厨房，妻子有权单方提出离婚。

结婚五年后，如果因为不可抗原因还没有孩子，可以允许双方离婚。

结婚六年后，如果彼此爱情已经完全消失殆尽，全部转换成惯性般的亲情，而双方又不想改变生活节奏，懒得离婚，为了提高婚姻质量和满足彼此的身心健康，可以允许双方有开放性关系。

结婚七年后……

……

开放性关系！我看到六年后里这条心里一惊，这完全是当初太年轻，太张狂、太信任彼此，觉得好玩才乱写的呀。

是哦，我们早就忘了我们曾是这样有趣的人。妻子轻轻叹一口气。

第一条是你提出来的，第二条是我提出来的，第三第四条可都是我们当初商量过才写上的哦。妻子噘噘嘴提醒我。

确实，这几年我们终于咬咬牙买了房子，为了支付高额的贷款，我们每月抠着钱生活，几乎不和朋友旅游社交，不买品牌衣服，过着僵化般的乏味日子。每个周六晚上都会放《动物世界》，在动物的号叫声中努力唤醒我们奄奄一息的兽性，以便可以顺利完成一次漫长的机械性活塞运动。

但我完全忘记了后面两条。是的，我们到现在都没有好运迎来孩子的降生。前几年，你已经失去过一个还没有降生的孩子，后来我们互相鼓励继续打起精神好好生活，终于你又一次怀孕，然后老天又一次拿走孩子，是老天觉得我们的能力还不足以供一个孩子生养吗？

后来我的工作越来越不顺，广告设计方案一再被客户退回否定，甚至被人暗中修改然后指责我剽窃国外经典案例，让我几乎无法在公司立足。生活一下子压得我们喘不过气。我渐渐不再温柔，没有原因地晕倒，焦虑、暴躁，渐渐依赖上百忧解、安眠药。每天摇摇欲坠地辛苦活着，没有剩余力气再去发现生活里微小的快乐。

你也不容易，放弃了高中音乐教师的工作，努力维持着这个家庭，一直也没有提出离婚，只不过现在终于熬不下去了吧，还是提出来这荒唐而又可笑的开放性条约了。

他是一个什么样的人？我不知道哪里来的镇定问道。

比你帅多了，我最近变得肤浅了，不喜欢内涵了，我只要新鲜的肉体！

妻子掩嘴笑起来。

哦，那下一次约会带我一起去，我想见见他。我随口说。

好呀。妻子想也没有想就答应了。

和那个小白脸见面，是在秋日一个爽朗的周末下午。

我们三人约在了有露天草坪的西餐厅喝下午茶。

我要了滚烫的薄荷茶，准备一看到小白脸就从他的漂亮脸蛋上浇下去。

草坪上有大人带着孩子放一只 Hello Kitty 形状的风筝，妻子看得入迷。

过了一会，她笑嘻嘻说，他来了。

我寻声望去，只见一个穿小熊图案白衬衫、清爽短发、蓝色休闲裤的毛头小子紧张兮兮地跑过来。

对不起，我迟到了，他很羞涩，不敢看我，彬彬有礼，文弱书生模样。

妻子的口味我始终摸不透，我还以为是个年轻肌肉猛男呢，害得我这几天一直复习散打搏击下三滥致命狠招，准备今天拿出一个丈夫的傲骨决一死战。

你看他像不像一个人，妻子突然神秘地问我。

啊？那小子一直低着头，仿佛做了什么错事（就是做了错事），所以我看不清他的脸。

谁啊？我看不出来，我双臂交叉，不耐烦地问。

年轻时候的你啊。妻子欣喜地说。

你看像不像啦，她猛地抬起那小子的头，又是捏左脸，又是拽右脸，揉来揉去，像玩弄一只可爱的小动物。

喂喂，不要那么不礼貌啊！我一边大声制止她，一边细细观察那小子。

咦，怎么说呢，当然不如我年轻时候帅，可那个挺挺的鼻子，那个炯炯有神的眼睛和那个精致性感的嘴唇（我在说什么呀），倒是看上去真的一下子让人讨厌不起来呢。我当下就放弃了从他头上浇薄荷茶的愤怒。

不像啊，我嘴上这样说，心里暗暗得意，看来妻子还是喜欢我的，只是找了我的一个年轻版替身罢了。

我给他绅士地倒一杯茶，不好意思，我没管教好妻子。我略带歉意地说。

没关系，没关系，是阿梅老师的话，对我做任何事都没关系。他吞吞吐吐地说。

怎么称呼？我语气平和地问。

我叫金刚。他看着我一本正经地说。

我几乎从椅子上摔下去，妻子连忙捅捅他胳膊说，可以说真名啦，阿谷先生也是可以信任的人，不要说网名啦。

哦，哦，叫金刚是我想让自己有更多勇气、更无所畏惧、更强大、更粗狂一点。我本名叫金泽雨。

好诗意的名字呀，倒是挺符合你弱不禁风的样子。我忍不住嘲讽他。

他也不回嘴，只是害羞地低下头。

那么小金，你和我妻子交往多久了？我收起笑容，单刀直入地看着他眼睛问。

啊，抱歉，这件事真的很抱歉。我不是故意的。他又低下了头。

那么说，是我妻子引诱你的?

不要说引诱那么色色的词啦。妻子在旁边不好意思地说。

那好，你们背着我偷偷幽会多久了?

三次，小金倒也坦白。

在哪一个酒店?

没去酒店。

那去哪了?

我家。

胡闹！你们偷情偷得专业一点好吗，不是应该去什么贵得不像话的情趣酒店吗？怎么可以随随便便在家搞一搞？我故意这样说，想让他们自己体会到自己的羞耻。

抱歉，去我家是因为……他的声音有些发抖。

不要说出来呀。妻子连忙制止。

有什么不好意思说的，你们敢做，为什么不敢说，我瞪大眼睛怒视妻子。

去我家是因为……因为要去见我妈。小金吓得声音低得不能再低。

胡闹!!！你们胆子太大了！我还是她丈夫，我们还没离婚，还轮不到她上你的门给你妈看！

真没意思。我还想再玩一会儿呢。妻子突然撇撇嘴说，仿佛她的小花招已经被无情拆穿。

因为我妈快不行了，我一定要找到女朋友，阿梅老师是最合适的人选，也是唯一的人选。小金几乎要哭出来。

啊？什么意思啊？我被他们弄得稀里糊涂。

原来，小金的妈妈乳腺癌转移了，她知道自己快走了，不忍心看到他孤独一人活下去。小金的妈妈四十岁才生小金，一直很宝贝他，两个人相依为命一起生活到现在。虽然他妈妈很开明，从来没有和小金提起过“赶快找一个女朋友，让我临死前看看孙子”这类话，但细腻敏感的小金有一次看到妈妈和朋友打电话落泪说，我走了，他怎么办啊，连一顿像样的饭都不会烧，衣服总是叠得乱糟糟的，倒个垃圾也会把自己关在门外，性格又那么软弱，人那么善良，总是轻易相信别人，总是被欺负，真希望看到能有一个比他大、比他成熟的人和他一起生活啊。所以小金希望在最后的时刻，可以满足妈妈这个心愿，才找到了读高中时，年轻又漂亮，他最喜欢、最信赖的老师——阿梅。

呵呵，又是癌症，俗套。

听了他们两个人你一言我一句后，我决定去拜访下小金家，看看事情的真相到底如何。

我跟妻子挑挑眉，示意她的小花招我都了然于心。她还是爱着我的。

她却淡定喝一口茶，摇摇手指说，事情可没那么简单哦。

我跟小金笑笑说，下一次你们“幽会”的时候，记得带上我。

小金渐渐和我熟络起来，居然开起了我的玩笑，呀，原来斯文的阿谷先生是这样的人，居然喜欢三人行哦。

事情确实越来越朝着荒谬的方向发展下去。

约定去小金家的那天，我心情特别好，去商店买礼物的路上遇见卖花小女孩，我一下子豪气地买了两朵玫瑰，一朵别在西装口袋，一朵送还给她。

回到家，已经穿戴整齐的妻子仔细打量我说，你那么兴奋干吗?

好久没有那么期待一件事了。我坏笑说道。

你该不会想和小金的妈妈坦白一切吧。妻子紧张地说。

我是那样无聊的人吗？我怎么可能那么对小金，毕竟他是你男朋友好吗？我讽刺她说。

难道你不担心，我和小金真的在一起了吗？他很温柔，对我很好，她妈妈也很喜欢我。妻子立刻还以颜色。

走吧，快迟到了。今天我倒是要看看她妈妈有多喜欢你。我也不甘示弱。

小金的家在外环，坐了很久的地铁。12 号线换 8 号线再换 1 号线才到。

整栋大楼的外观有点久，是老房子。一按门铃，笑容满面的小金立刻来开门。

装修得很简单，但处处是温馨的小细节，有生活的味道。

阿梅来了啊，一个热情的声音传来。我一看，是一个头戴丝巾，打扮朴素但十分有品位的阿姨。

她的眼袋有些重，还是有说不出的憔悴。

阿姨好。我微笑说。

她略微吃惊下，没料到会遇见陌生人，不过马上恢复平静笑笑说，你就是阿谷先生吧。小金提起过你，你可是他和阿梅的大恩人呢。

我吓一跳，小金难不成全部都说出来了？

小金这个人木讷，他们认识多亏有你牵线搭桥。阿姨热情地握住我的手说。

原来，小金把我说成他们的介绍人了。

我只好尴尬地笑笑，妻子见阿姨要泡茶，赶紧客气迎上去，我来，我来，妈。

妈……我重重吞了一下口水，心里想，阿梅小金啊，你们好狠，真的是去赶集啊，才上门两次，就到这种地步了。

小金在厨房里炒几个小菜，我们三人在客厅喝乌龙茶，我把准备好的虫草和燕窝送给阿姨。

阿姨一直推脱不要，说应该是她要给我谢礼才对。

我一直希望小金能找一个比他大一点，能照顾他的人，但我想都没敢想，能找到阿梅这样让我满意的。阿姨看着阿梅，笑得藏都藏不住。

但是，阿姨话锋一转，我怎么觉得你和阿梅这样坐在一起，给人的感觉太舒服了，你们怎么看怎么像一对夫妻呢，哎呀，我在说什么呀，阿姨忍不住捂嘴笑。

我瞬间呆住，心里默默为阿姨点赞，阿姨真是火眼金睛。

我和她，哈哈哈，我尴尬地笑起来，我们不可能的啦。

为什么啊，阿姨八卦地追问。

小金正好端一盘糖醋小排出来，听到这段对话，吓得菜几乎要失手掉地上。

因为，阿谷先生……因为阿谷先生……小金声音又开始抖。

我们三人一同看着他，等他高超的解释。

因为阿谷先生……他不喜欢女人啦。妈，你别乱问了。小金放下菜，挠了挠头，他整个人快尴尬地爆炸了。

呀，阿姨张大嘴，我真是太没礼貌了，在乱说些什么无聊东西啊。阿谷先生你可别介意啊，来，我们继续喝茶，菜马上就好了。

吃晚饭时，我借口要帮忙洗碗，来到厨房间瞪着忙碌的小金。

我朝他肩膀上挥一拳，恶狠狠地说，你以为我会任凭你乱讲下去是吗?

小金一直低着头边洗碗边说抱歉，他刚想继续说些什么，却被突然进来的母亲制止了。

你出去下，我来洗碗，我有话和阿谷先生说。阿姨拍拍小金神秘地说。

其实，我都知道了，你们不要再继续骗我了。阿姨冷静地说。

是吗，阿姨果然一下子就全都看出来。小金也是好心。

嗯。不过告诉我真相也没什么大不了。我不是老古董。

阿姨看起来很开明啊，一点都不古板啊。我听得莫名其妙。

以后常来，我叫你阿谷好吗？阿梅也一起来吧，我很喜欢她。她可以帮忙打马虎眼。

嗯，阿梅以后会好好照顾小金的。等等，打马虎眼?

是啊，掩饰你和小金呀。

我和那小子?

是啊，你一进门我就注意到你了，你的气质和别人不一样，心底有一种很柔软的东西，还有你那双显眼的红色小熊袜子。阿姨情不自禁笑了起来。

袜子？糟了，这是今天妻子给我新买的。我还以为她回心转意了，所以立刻穿上。混蛋阿梅！难道是你故意设计要让阿姨误会我和小金？怪不得你说事情可没我想的那么简单。

我家小金也有一双，以前一直穿，怪不得最近一直找不到这双袜子，原来是你穿上了。早上你们急匆匆起床时，穿错了吧。阿姨边说边笑地像一个刚进高中的八卦女生。

一进门，就觉得你和小金长得像，虽然你看上去比他成熟，这难道就是传说中的夫妻相?

吼吼，阿姨简直就是一个发现新宝藏的小孩。

啊?！阿姨，听我解释，这是……

好啦，她摇摇手，表示不想听，没让我继续说下去。

别看阿姨现在这样，阿姨以前身材可是前凸后翘的，现在，虽然乳房切掉了，变成一个可悲的平胸了，但阿姨的思想每天都在乱蹦呢，每天都在吸收新鲜的东西哪。阿姨把小金从小拉扯大，他那点癖好，他那点小心思，难道你们真以为我会不知道。阿姨说完得意地笑笑。

阿姨，你真的误会了……我越来越说不清楚，急得几乎要当场拔头发了。

嘴真硬，和小金一个德行，问了他多少次都死不承认，怕我直接吓死？好啦，我早就想通了，你们为何还这样扭扭捏捏的。以前我们村有一个男人和一头自己养的羊结婚了，昨天我看了一个新闻，一个男人居然和自己的电脑结婚了，所以你们真的没什么大不了的啦。

阿姨，我跟你明说吧，其实，一切都是……

好啦，她捂住了我的嘴，还阿姨阿姨的，多见外，该改口啦，叫妈。说完她调皮地朝我眨了眨眼睛。

终于回家，我和妻子走在马路上，我忍不住说，事情果然比我想象的复杂，金阿姨比你们以为的更了解小金。你是一开始就想引我入局的吧。

我也怀疑金阿姨知道，所以你是接下来演这出戏最适合的人选了，你要接我班哟。小金是个死宅，没什么朋友，我甚至可以说是他唯一信任的人，所以这个忙，我必须要帮他啊，你说，对吗？妻子说完冷不防在人来人往的大街上朝我脸上吻了下。

咚咚咚，结婚都已经那么多年，我居然被这个好久没有的甜蜜奖励弄得心脏像小鹿那样乱蹦。

你是什么时候知道小金那些事的？我问她。

哦，那个啊，妻子秒懂。高中时上音乐课的时候我一听他的声音就知道了，他的高音很特别，给我一种很柔软、很细腻的感觉。我教她唱歌发声的技巧，之后在校园歌唱大赛他拿了金奖哪。

当时，我们经常在一起训练，有很多同学都在背后窃窃私语说我们师生恋哪。妻子回忆起那段时光的表情很幸福。

其实你们是好闺蜜，他一切都和你坦白了吧？我说。

嗯，我所有的心事也会和他分享。妻子说。

好了好了，我有些吃醋。我严肃地说，重要的是那接下去该怎么办，我不想听你们以前的事了。

怎么办，现在可不是我有开放性关系咯。是你啊。她一边幸灾乐祸地笑，一边开心地钩住我胳膊。

妻子的笑容在霓虹灯的映衬下越发美丽。我真的好久都没发现她那么开心了。

奇怪的是，好像我也是。

原来帮助别人是那么幸福的一件事。

我和阿梅经常去小金家，每次都会带牛肉、菌菇、虾球、鸭血等一堆小金爱吃的火锅食材。

我工作上的事、生活上的事都会跟阿姨讲，阿姨也常常和我聊她的过去、她的初恋、她年轻时的奋斗、她的失败婚姻、小金童年的趣事，以及小金的爸爸。慢慢地，我成了阿姨的另一个儿子、她的朋友，甚至逐渐进化成她的“忘年闺蜜”。

那天吃完饭陪阿姨在沙发上看电视，选秀节目里一位单亲妈妈演唱着一首《夜夜夜夜》，阿姨看得感伤，似乎是想到了过去的自己，她看着我，以一种对未来“儿媳妇”的真情告诫口吻对我说，希望你们是因为真爱而走到一起的。有些人选择在一起只是为了消磨时光而已，两个人之间也没多少爱，只是搭搭伙，摆脱摆脱寂寞罢了。所以严格意义上来说，他们谈的不是恋爱，他们谈的只是那些无法自己面对自己的无数夜晚啊。

阿姨见我听进去，又和我聊了很多恋爱之道，婚姻相处之道，她说，谈恋爱这件事，不要只会不断加速，享受激情碰撞。也要学会匀减速啊，把激情浪漫的爱情慢慢落到柴米油盐的恬淡日常中去，这才是幸福长远的发展之道。

她所说的都是她以为的我和小金未来会遇到的问题，其实这些就是我和阿梅现在所遇到的问题。

说完她自嘲地笑笑说，大概是我快死了，这些糊涂一辈子的事一下都想明白了。

我把这些经验告诫用在了我和阿梅的婚姻和相处上，我不再像以前那样粗线条、以自己的舒适度为中心，变得细腻，变得会站在他人角度思考问题，变得懂得体谅和珍惜，变得不再暴躁，变得有趣，变得温柔，变得喜欢倾听，变得更浪漫。

有一天早晨，我在卫生间放了一只巨大的特制洋葱，我大叫一声，叫她赶快来看。

我说，不好啦，马桶冲水冲出来一只巨大洋葱。大概是从伤心北冰洋里漂过来的。

她笑笑，你最近花样经很多哦，又搞什么啦。

她拿着那只湿嗒嗒的洋葱左看右看。你最近一直在弄的，就是这个玩意?

拨开它啦。里面好像有东西。我得意地说。

她一层层拨开洋葱，洋葱慢慢变小。我同步倒下，示意我的心脏好痛，好痛，她就像一层层在拨开我的心。

她开心地轻轻踢我一脚说，真爱演，好，我倒要看看你心脏里到底有什么。

她强迫症发作，这个关键时刻仍然一片片仔细拨开，不胡乱扯。

拨好的洋葱叶子还一条条整齐地摆放在餐桌上。一边拨一边看我，生怕漏了什么我设计的特别环节。最终在我恳求加快速度的目光下，她终于在我睡着之前发现了里面有一个心形的玻璃小盒子。

她慢慢打开，发现里面有我们第一次约会的电影票，我写给她的第一份情书，我因为上街没有给她买看中的包而写的检讨书，我失业那段时间在圣诞节那天她请我吃大餐的收银账单，我第一次拿薪水给她买银饰礼物的票根。

天哪！这些你都留着？没想到现在的你变得那么细心和浪漫！她不敢相信地看着我，眼睛里已经满是泪水。

最好的东西当然要以最特别的方式留着啊，这是我心底最宝贵的珍藏。你干吗哭啊。我抹掉她的眼泪。

因为，因为是洋葱嘛。妻子说完，立刻扑入我结实的胸膛里。

那晚，我们不可思议地连看三集《动物世界》。沙发被我们爆发的兽性弄得彻底报废。

早晨开门上班，邻居问我，你家电视昨晚没关？为什么我一整晚都听到有大象叫。

我忍不住哈哈大笑，因为我知道，这头幸福得嗷嗷叫的大象，就是我的妻子。

好运一个个接着来，工作上也越来越顺，和阿姨谈心每次都有收获，我的心态渐渐放平，我以男女间若即若离的暧昧设计一个多重关系的香艳香水广告，广告语“有一种气味，能让我这辈子在这个世界一闻就找到了你。”深得年轻人的共鸣，最后还获了奖，让我在公司彻底扬眉吐气了一番。

可阿姨的身体却越来越不好了，记得还有一次，火锅吃着吃着，小金突然哭了。

小金想掩饰，他边抹眼泪边说，我的金针菇卡到蛀牙里去了。

阿姨也低下头哽咽地说，家里好久都没有这么热闹了。

阿姨虽然已经不能吃什么了，越来越虚弱。但她看着我们吃，看着我们吵吵闹闹总是笑个不停。

我和阿梅也猜不透阿姨到底知道了多少，看出来多少，每次我一个人来或者阿梅一个人来，阿姨都会关心地问我们另一个人去哪里了，怎么不一起来。

洗碗的时候，小金借着唰唰唰的水流声对我说，谢谢你们来陪我妈最后这段时光，可是、可是……他蹲了下来哭着说，我想，我真的是要失去她了……

阿姨的葬礼是在两个月后，那天下着细雨，小金忙里忙外，表现得终于像一个大人了。

回家路上我问妻子，那个一直在小金身边帮忙的戴眼镜的年轻男人是谁。

妻子只是笑，她神秘地说，是小金的朋友啦，一个特别的新朋友。

哦哦哦，我心里止不住为小金开心，突然冒出一种莫名其妙的女儿要出嫁的喜悦。

好啦，妻子走着走着忽然轻盈地跳过一个小水坑，像一个翩翩起舞的芭蕾少女。

我也要宣布一件事。她站在一棵金黄色枫树下看着我，眼神里有光芒。

什么事？我紧张地问。

最近，我好像交了一个新男友哪。金色枫叶缓缓温柔地落在她的发间，她美得我几乎认不出。

我立刻秒懂，自信地笑了起来。

是谁啊??? 我故意大声喊。

就是你啦!!! 妻子恨不得告诉全世界那样大声回喊道。

是的，我变成了一个更温柔、更有趣、更浪漫的自己，我和妻子的关系也新鲜得不可思议，每天都生机勃勃，惊喜不断，每天都有数不完的新鲜蘑菇等着我们手拉手一起去开心采摘。

于是我和阿梅开始了人生第二次恋爱，但男女主角没换，依然是我和最可爱的她。

有趣即是正义

和小陈做朋友，只因为他是公司里为数不多的卷发。

因为我一直觉得，头发太直的人大多心狠手辣，头发卷卷的人大多温柔又有趣。

我从小到大也一直是自然卷。

每天一大早，一缕缕头发都骄傲地朝着太阳升起，卷成一个个可爱的大圈圈。

谁知，长大了，踏入大人的复杂社会后，头发居然可悲地越来越直了。

我想，这一定是老天对我越来越平庸、越来越无趣、越来越墨守成规的惩罚。

那天，老板要我带新来的同事小陈熟悉公司业务。熟悉业务当然要了解一下周边平价又好吃的餐厅。

中午带他在一家日料店吃了鳗鱼饭后，不过瘾，我们继续来到隔壁商场地下一层的进口超市想买一些新鲜三文鱼，谁知道，当他看到一个大得像恐龙蛋一样的鸵鸟蛋时，突然有气无力地说，不想上班，好想把这个买回去一个人安静孵蛋。

……

这是小陈这个奇怪小卷毛来上班的第 1 天。

那你以为他孵蛋只是随便说说吗？错了。

新人加班加到手抽筋、腿发麻、日夜不分、男女不分，似乎越来越是一个当代青年初入社会就职必需的自我修养。

老板最近常常把他煮的东西带到公司，在我们加班加到快吐时分给我们吃，说是犒劳，简直就是比看国产电视剧还痛苦的折磨。因为常常吃完后，舌头三日怪味绕梁，不知天下真正美食是何滋味。

更可怕的时候，他还要仔细检查我们是否全部吃掉。美其名曰，粮食一粒都不能浪费。

所以那天加班，当老板又拿出他如手榴弹一样的咖喱鱼蛋时，好在有嗜蛋如命的小陈帮我统统解决，连带在老板过来检查时，放了一个咖喱味的屁。

作为回报，我花了三百元，把进口超市那个没人买的鸵鸟蛋买来送给他。

两周后，我生日请几个关系好的同事吃法国大餐，别人都送我智能剃须刀、打火机、手表之类的礼物，小陈却送我一箱鹌鹑蛋。

又是蛋？他是傻蛋吗？

我对他面无表情地说，你可真“大方”哦。

他撇撇嘴笑笑说，呀，你知道我刚上班，工资还没拿，这不，看你最近上班累，给你补补身体嘛，重要的是，这可都是我亲自孵的哦。我们关系好，劳务费就不收啦。

我真想当场把这些鹌鹑蛋往他脸上砸，给他做高蛋白面膜，可心里忍不住觉得这哥们挺好玩的嘛。

我喜欢和有趣的人打交道。因为有趣的人，你和他在一起随便聊几分钟，就立刻像受邀参加了一场疯狂的头脑舞会。而那些无聊的人，你和他共处一个小空间哪怕几秒钟，简直感觉像连续 5 天 5 夜参加多场下着大雨的葬礼。

不过有趣的人，快乐来得快，悲伤来得也快。

在上了 1 个月班后，小陈厌倦了廉价香水与汗水混合的地铁早高峰车厢，选择骑自行车穿越半个上海来上班，速干紧身衣、头盔、银色山地车，全套装备引得办公室几个环保痴迷症小姑娘弹落眼睛。我讽刺他，真会出风头哦，真有雅兴哦。他反呛回来，你也一起来呀，就当省了去健身房的钱。怎么，难道你怕晒黑?

我被他激得第二天就买了辆荧光黄风骚山地车，呵呵，我要让你小子知道什么是真正的速度，小学时期我可是全校无人不知的仰卧起坐大王呢，一分钟光速做 60 多个，可不是小白脸卷毛可比的。

谁知道，骑了一周还没到，也许因为我们的自行车实在太出风头，那天下班一起去车棚时，小陈发现他的自行车气门芯被偷了，他瞬间就红了眼眶。我推他一下，不会吧，你不是要哭了吧，一个气门芯有多少钱。他有些沉重地说，我只是想起了高中时候一起玩恶作剧的兄弟，他常常冷不防偷掉我的气门芯，藏在学校某个偏僻角落，然后画一张烧脑藏宝图，让我去找。那是我放学后最快乐的一段时光。

感伤青春啦? 我说。确实，最近这段时间骑自行也让我回忆起了匆匆忙忙的高中早晨。

他沉默不作声。

过了一会，他低声说，原本我性格很孤僻，是他带我一起疯闹，才变成现在这样乐观的。不过现在他已经不在了。

我安慰他，没关系，办公室里会有更多朋友陪你一起疯的。

他忽然又开朗起来，笑笑说，就是某些人胆子太小，好多事都不敢去做哦。

我大声说，谁啊！谁啊！豪迈的声音响彻整个空旷车棚，震碎那些伤感的小情绪，直冲被夕阳染成金黄的天边晚霞。

有趣的人，恋爱的时候，又会怎么样呢？

和小陈在安福路看完阿加莎·克里斯蒂的话剧《无人生还》后，外面天色已暗，又去酒吧小酌了两杯红酒，我们两个摇摇晃晃像两只分不清方向的陀螺在街上无目的地漫步。

突然被眼前一辆黄色如坦克般威武的汽车吸引，原来是对面那家私立小学的校车。

那么晚了，还没放学吗？

当我刚被校车上嘻嘻哈哈的小学生笑声吸引时，小陈带着酒劲已经大步冲上了校车。

我赶紧追上去，上了校车，想立刻把他拉下来。

只见还没站稳的小陈对司机大喊，大叔，请一起载我重新驶回小学时光好不好？

对不起，对不起，我朋友喝醉了，我一边打招呼，一边用擒拿术勾着小陈的脖子，控制住他。

我看到校车上没坐满，十几个小朋友穿着可爱的黑色小西装，几乎每个人手里都拿了一样乐器。

有小提琴、小号、单簧管、三角铁、长笛，还有堆在后面车厢的定音鼓、大提琴等。

快下去吧。司机大叔还算客气地说。

等等，你们去哪里？我们可以带你们一程。从车里后排座位走出来一个貌似刚大学毕业的女人说。

孟老师，这怎么可以！司机大叔有点责备的语气。

没关系呀，我们那么多乐器，光靠我和你还有小朋友帮忙拿，真的有点吃力，正好让他们两个年轻人帮忙。

对啊，对啊，坐在前排的几个小朋友一边吃着小面包，一边淘气喊到，让他们拿，让他们拿！

孟老师和小朋友盛情“邀约”，司机大叔对我们如居委会阿姨般仔细审问我们的身份、年龄、职业后，回过神来，我们两个已经坐在了孟老师座位的后排位置。

小陈的醉意已经全无，完全被这突如其来的奇遇所震醒。

他轻轻问前排孟老师，那么晚了，你们这是去上音乐课吗？

不，我们刚在学校排练完，现在是去淮海路那里的露天音乐广场表演啦。活动是学校和街道一起协办的。你们去哪里啊？孟老师的声音听起来很亲切自然。

平时训练辛苦吗？小陈继续问。

还好，孟老师笑笑。就是因为孩子个头还太小，低音提琴、大号等训练要垫上凳子。你们去哪儿？孟老师问。

我看小陈支支吾吾，便说，我们吃好饭，在这附近闲逛呢，一会儿正好要去环贸那里的咖啡馆等客户，顺路、顺路的。

不知为何，我心里也一阵莫名起伏激动，好像这辆车要把我们带到什么从未去过的幸福地方。

车上，小朋友们继续吵吵闹闹，小陈则和孟老师努力攀谈起来，看得出，她是他喜欢的类型。这小子走运了，

孟老师带给我的那种优雅、亲切、含蓄之感和我之前一段失败恋情的对象太相似。我已经对这种类型不再感兴趣了。

车开得很快，没有吃红灯，一会就来到了音乐广场，我和小陈帮忙把一件件重乐器从车里运下，拿到已经搭起的小舞台上。

下车的时候，看到司机大叔点着一根烟，脚翘在方向盘上说，明天继续来哦，你们可帮我省了不少力。

演奏很成功，孟老师亲自指挥，不同于刚才她在车上的温柔内敛，她挥舞指挥棒时大气自信、潇洒独立的气场简直可以切开乏味时间，让美好的瞬间永驻。不管是传统的《茉莉花》《秋景》，还是舒伯特的《第九交响曲》，柴可夫斯基的《暴风雨》，时而低吟婉约、时而气势恢宏的演奏，让观众如临天堂。

这场演出后，小陈和孟小姐毫无意外地谈起了恋爱。

可他们的恋爱不像童话里那样永远美好的爱情故事。

两个人在一起没多久就天天吵架，吵的内容都是些极其幼稚的小事。简直是在天天过儿童节。

看到他们这样，我却很开心。

因为，我知道，一段好的恋爱会让那些平日装成熟装得很累的人彻底卸下骄傲，去开心地挂久违的儿科门诊。

而且，两个人在一起，天天过甜蜜的情人节，早晚腻味。要是能天天过可爱的儿童节，保持童心，一起打闹，一起成长，互相扶持，成为拯救彼此乏味生活的小英雄，倒是件想想就很有趣很美好的事。

后来某天，我好好问了下孟小姐，那天，你为什么会让我们上车，就真的不怕我们是坏人吗?

她只是用手勾着自己卷卷的头发说，因为你们都是卷发，我相信卷发的朋友人品一定不会太差。

我摸了摸因为受不了理发师促销而烫出来的卷发，有点尴尬和羞愧。

我在想，什么时候，我才能恢复到青春时代那种纯真的自然卷呢?

我的头发发生异变是发生在那场生日会。

那段时间，小陈忙得天昏地暗，状态奇差，甚至发起了后青春期的小痘痘。脾气开始越来越急，和孟小姐小吵不断。他甚至开始躲孟小姐，借口说不想让坏情绪传染到她身上。

所以孟小姐常常找我了解他诡异的行踪。而且小陈的生日快到了，孟小姐想好好为小陈办一个开心的生日会，疏解他日益积聚的压力。

一次和孟小姐聊小陈的时候，突然聊到了那次因为气门芯被偷，他快哭的事。

孟小姐眼睛一亮，激动地说生日会的主题有了，我纳闷，难不成给他买辆自行车?

生日会那天，老板不知道是不是和孟小姐商量好似的，提前一周前就派给小陈海量工作，约见上海各区客户，因为太累了，小陈遗失了一个重要合同文件，面对客户的严厉责难和咆哮时，小陈甚至当着众人面跪下来赔罪，一切尊严尽失。晚上快 9 点才下班，他简直累得站不起来，我看到他脸上有巴掌印，问他是老板还是客户打的，他一声不吭，头快低到地上，垂头丧气，最后呆呆地约我去喝一杯时，我看他精神恍惚，便坚持送他回家。

来到家，打开门，瞬间灯亮起，礼炮飞起，祝福声响起：小陈生日快乐！

我看到有小孟和其他三人陌生男人拿着荧光棒欢呼。屋里挂起了彩灯，上面好像夹着一个个五颜六色的小夹子。仔细一看，居然是气门芯。

你们！你们 TM 怎么来了？小陈瞬间来了精神，惊讶地问。

你小子，太幸福啦，是你女朋友把我们召集起来的。一个平头哥们拍了拍小陈的肩膀，兴奋地说道。

对啊，好像是去学校查的，又问居委会，又问街道民警，好不容易才查到我们地址的，我们好久没联系啦。另一个还穿着正装，好像直接下班过来的小个子男人说。

听说，你们还吵架，这么好的女朋友，你还舍得吵，看来我们四贱客要好好教训下你了。一个小眼睛男人把小陈勾在怀里，其他几个兄弟用荧光棒戳他打闹。

可是，哪里还会有什么四贱客。小陈突然低下头去说，阿树已经不在了。

我看到桌上还有空余荧光棒，拿了一根，走到他们中间说，四贱客，听起来好有趣，能让我一起加入吗？

小陈突然抬起头，兴奋地看着我，对啊，还有你啊，能，能！

来，我们四贱客又回来了。他的三个朋友，勾着我的肩膀，把我拉到中间，我们四人把荧光棒击打在一起，说着江湖盟约。庄重的样子就像挥舞着四把光剑的绝地武士们。

小陈忽然看见绑在彩灯上五颜六色的气门芯，他还在疑惑时，一旁的孟小姐捧着一块蛋糕出来，蛋糕上面画了一个可爱的气门芯，又像是一撮快乐的小卷毛。孟小姐说，生活有太多会让我们泄气的痛苦事，所以今天我们来给你加油打气了！现在你有那么多绚丽的气门芯了，如果你随时泄气，我们这些爱你的朋友就在你身边，随时给你把气补上。

小陈瞬间像个孩子一样号啕大哭，感动、愧疚、开心的情绪一起涌上来，把小孟紧紧抱在怀里，紧得好像永远不想再失去她。

那天晚上，我们庆祝得很晚，12 点我才到家。

第二天早上醒来，我在镜子前刷牙，忽然发现头发卷得那么熟悉，哇，一撮撮好久不见的、那种向着太阳升起的自然大圈圈卷发！

没想到，我的头发真的又卷回来了，仿佛又回到了无限的青春时代。

我看了看表，时间还早，飞快吃完早饭，我背起学生时代那只已经褪色的旧黑色双肩包，穿上球鞋，骑上自行车准备去高中溜达一圈，庆祝卷发回来。

来到学校，那家小小的文具店居然还在，女营业员问：同学要买什么？同学这两字彻底为我打了爆棚的鸡血，让我开心得仿佛坐了火箭要升天。

我又去了隔壁那家球鞋店，买了一双红色板鞋。

该搭配什么颜色的袜子呢，我看到五颜六色的袜子就像一只只小金鱼一样亮着青春的光芒。

可爱的导购小姐看着我迟疑地说，我觉得红色板鞋应该配白袜子。

她虽然好漂亮、好可爱，我有点心动，但家里都是白袜子，今天又是我恢复卷发的大日子，我一定要和平时的循规蹈矩彻底决裂！

最后我左挑右选，上跳下蹲，不放过任何最下层、最角落适合我的袜子。

一连买了 7 双各种颜色，红橙黄绿青蓝紫不同款袜子，准备一周看心情每天换一双。

就是没买再普通不过的、天天穿的白袜子，出门时，导购小姐叫住我，拿着我的手机还给我，说是我的手机刚才掉在地上了。咦，我的手机是什么时候离开我口袋的，我一点都没发现。她意味深长地对我笑笑，她说，欢迎你下次再来，还是觉得白袜子最适合你斯文的气质。

走出店来到学校门口，迎面一群朝气蓬勃的学生，我突然发现今天回头率特别高，莫非现在的女生都喜欢我这样头发卷卷的，男孩之上、大叔未满的轻熟男？

甚至还有女生在害羞地偷笑。

来到公司，更是发现一些平时不正眼看我的女高冷上司也在窃窃私语，怎么？卷发的魅力那么大？

小陈看到我，立刻把我拉到角落里，疑惑地问我，这是最新的潮流吗？

什么？我不懂问。

他说，你为什么要在黑色双肩包上面挂一双白袜子……

啊??? 原来我的回头率是因为这个！我马上想到刚才在球鞋店那位可爱、强迫客人买白袜子的女店员。

我想到她说那句“再来”时，轻轻卷起来的迷人发梢。

哼，我当然还要去“好好”会会她。

傍晚下班后，我重新来到那家球鞋店。

女店员走来走去很忙碌的样子，店里来了不少放学后买球鞋的学生。

我心里盘算先礼后兵，我礼貌地和她打招呼，她见到我忽然爽朗大笑了起来，仿佛知道自己那个玩笑有点过头。

她语气清脆得像一只正在飞的蜂鸟，她说，我在忙哦，一会儿我们再认真聊聊好吗?

我说好，于是转身看球鞋。

忽然听到她在一堆中学生和我中间，大声对着手中手机里的某最新研发出的人工智能语音助手问，请搜索我身边最有趣的男人。

手机里机械的声音回答她，已经为你选中目标，是否要拨通他的电话。

我和店里所有人都在看着她莫名其妙的这一举动。

女店员笃定地说，如果那个人，可以在今后带给我欢乐和幸福，请拨通他的电话。

嘟……我的电话居然响了。我惊呆了，她怎么做到的?

学生们立刻发出一片“在一起！在一起!”的起哄声。

与此同时，我心里那道冷漠的心墙被人攻陷的警报声也久违地响了。

我所有沉睡已久的快乐细胞因子都被唤醒了，它们在我沸腾的血液里不断炸裂！

我顿时明白了，原来有趣就是一种正义，一种拯救你乏味生活的英雄主义！

和有趣的人打交道，你要随时适应他们突然脱离常规的疯狂举动。你永远不知道下一秒是福是祸，你的人生是狗急跳墙般羞愧窘迫，还是鲤鱼跃龙门般幸福飞过，这一切，都要靠你自己去机智掌握！

所以，我一个华尔兹浪漫大滑步，上前一把搂住了她。

主菜浪漫篇

我偏爱那些不切实际的浪漫

浪漫是什么?

是我们许下诺言，交换过去，一起埋下所有秘密的那片海?

是捧着热咖啡看着窗外，思念远方之人时忽然下起的雨?

是和你坐在草地上野餐时，那朵忽然飘来，和我们心情一样悠悠然的云?

是和你在下着暴雪的晚归途中，两人紧紧靠着，一起撑起的那把伞?

是看到自己最爱吃的食物热乎乎躺在面前时，那份只愿意给你分享的独占宠溺?

好吧，这些只是我不切实际的空想，我不确定自己到底算不算一个浪漫的人，但一说起浪漫，我会想到一个榜样，那就是我的老板。

如果一个人总喜欢把沮丧藏在扬起的嘴角下，久而久之，那里就成了酒窝。

这句话是老板的浪漫名言，老板当初就靠这句可爱的表白赢回了不可能娶到的妻子——阿娟。

阿娟嫂和善又有气质，眼睛会说话，像花样年华里走出的优雅女人。

她常常晚上会和女儿花花一起来公司给大家送夜宵和水果，花花那时候工作很忙，却意外地来得很勤。

我总记得，花花微笑的时候脸上和阿娟嫂一样，总挂着两个大大、甜甜的酒窝，可以稀释掉我所有的忧愁。每次她递给我新鲜爽口的草莓时，我都会立刻原谅让我们夜夜加班累成一条流浪狗的老板。

不过那已经是很久之前的事了。

我的老板 50 多，很胖，他极爱吃猪排，每次做了心里愧疚的事，总爱大吃特吃猪排赎罪。

他吃猪排的样子若是被一头不幸待宰的猪看到，连屠夫都省了。

嘴碎的，被老板拒绝加工资的同事们常常背后说，你看，那肥猪又在吃同类了，相煎何太急。

每次听到这样诋毁老板的话，我总会制止他们，说什么呢，他毕竟是我们的老板，怎么能轻易说他是猪呢。人说话要摸着自己的良心。明明连猪都自叹不如啊!

老板真实名字姓熊，五大三粗，圆咕隆咚，走路摇摇晃晃，真像只笨笨的狗熊。

每次和他待在同一部电梯里，他的呼吸声简直可以去配惊悚电影。

不过，平时骂归骂，我们心里还是很爱熊老板的，因为他是一个很有意思的老顽童，有他在，机器般无趣的上班生活立刻就龙飞凤舞起来，这世间真的很难再找出一只像他那样可爱逗趣“熊”。

比如，有天气温突然回升，熊老板今天一早来就扭扭捏捏，浑身不舒服，中午陪他出去见客户，走了一半，他急急去商场厕所好一会，出来后，手里提了一个马甲袋说，你帮我把这个放进包里，这个东西一会客户看了会有失我的身份。我说这是什么？他面如死灰地说，棉毛裤……

比如，有天我太困了，早上上班时心里一直默念好想睡、好想睡，结果好不容易熬到中午，打起精神，想和同事说，一起去吃饭吧！居然一张嘴说成，一起去睡觉吧！众人大惊失色的同时，熊老板正好打开门要出来，听到这句话，他居然又默默像个害羞小媳妇一样把门关上了，搞得好像怕我想和他睡一样。

比如，有天我买了一件有点花的新款衬衫，却没想到上班一早和熊老板撞衫了，平时一向自傲的我，只好默默地去卫生间换了身……更高调的花衬衫！下午，熊老板不甘示弱，去楼下百货商店买了一件粉红花朵衬衫，办公室女人个个素雅白衬衫，我们两个大男人却胜似花开。

可那天，我永远记得他一早过来时，那种诈尸起来发现世界已换，一切都已经完了的表情。

因为，他那天来上班时，平时超注意仪表的他，连假发都戴歪了。一种彻底放弃的姿态。

我小心翼翼地敲了门，看到他低着头呆呆看着自己办公桌上的相框，突然心生老板贴心好员工的慈悲关怀，好想帮他把假发默默扶正，调一个可以使他重新振作起来的角度。

怎么了，老板，我问他。股市大跌吗？不要紧的，钱还可以慢慢赚的。

他不声不响。

公司这月业绩不好，大家要解散了吗？我继续问。

他依然不声不响。

难道是要派我这个最忠实员工去非洲拓展业务，你舍不得？我想缓和气氛。

他终于抬起了头，勉强笑了笑。

我家里出了大事，这两天公司你多担待，我有可能明后几天都不来了。他的表情毫无生气。

哦，你放心。我战战兢兢地回答，生怕多嘴，触及他的尴尬隐私。

果然，他一连几天不见来上班，办公室的气氛一下如呆板无聊的自然风景纪录片，我们都有点想念熊老板。

那天下了班，到了酒吧，我发现一个醉汉，背影很熟悉。

醉汉和一群黄毛小青年争执了两句，突然打了起来。

劝架时才发现醉汉原来是胡子邋遢的熊老板。

我把他拉到酒吧后门外，他深吸一口空气，对我怒吼，我真不知道你们这些小年轻每天都在想什么！

啊？我被他骂得云里雾里。

我递给他一支烟，烟雾渐渐融于凛冽的空气后，他终于平静下来。

我和他坐在街心公园里。

他看着周围被风吹得不停晃动的花朵默默说，不知道她在那里，现在过得怎么样了。

谁？我问。

他沉默。

一对年轻气盛的情侣手拉着手从我们面前走过，熊老板终于忍不住开口了，他似一个哲学家般说，我就不明白了，人活着有那么多开心事，有那么多可以汲取快乐的地方，让你感受到生命的伟大，干吗要跟自己过不去，天天把自己困在区区一个爱情里？

谁啊？谁困在爱情里了？我纳闷。

你不要对不起阿娟哦，我们全体员工只认这个大嫂。我连忙说。

不是阿娟，是我女儿花花，这两天阿娟已经被气倒一直卧床。他苦恼地说。

花花？听到这个名字我心里突然一怔，却装傻平静说，花花？那个高高瘦瘦、比你还忙的、完全遗传阿娟美丽气质，一点都不像你在外企银行工作的女儿花花？

他翻了一个白眼，你怎么说得和她很不熟的样子，而且她的手明明很像我，肉鼓鼓的、福嗒嗒的。

她前两天跟一个画画的日本长发野男人跑了。他的语气很不屑。

私奔？去哪里了？哇，这年头很难再听到这种浪漫事了。

浪漫个屁哦，那男人有什么本事，就会画破人物与实肖像图，而且都是裸体的。

你不懂，那是艺术！有升值潜力的呀。

好好好，你懂，你确实懂花花啊。熊老板看了看我说，她还是和你在一起好。他突然冒出这一句。

我们，哈哈哈哈，已经过去啦。我一笑而过地说。

现在他们在日本，人生地不熟的，日子要怎么过哦。万一那男的把她卖了，她成艺妓怎么办？他焦急地念叨。

哇，有相当的可能啊！我故意使坏点点头。

你看，熊老板拿手机给我看，她还发微信给我——爸，不要担心我，常寂光寺的枫叶太美了，北海道的初雪让我打了一场等了20多年的雪仗，新小岩一燈的荞麦拉面嚼劲十足，我们现在几个朋友每天一起躲在暖洋洋的居酒屋里看着窗外的飘雪，喝喝小酒，弹弹小曲，画下当下开心的瞬间，聊聊过去和未来，一天天很快就过去了。

他无奈地说，我和她妈都急死了，那么好的工作也不要了，整天就想着玩，一天天过去了，现在是年轻奋斗的时候，可不是懒散地过老人一般享受生活的时候。

她开心就好呀，也许她想明白了，每天像机器一样工作太累，偶尔终于舍得放松放松成为人嘛，我安慰他。

什么？熊老板的眉毛一皱，怒目瞪我。

也许，她明白幸福就是带着一颗年轻的心和爱人提前过起简单的老人生活啊。我羡慕地说，恐怕她幸运地找到了这样一个可以陪她不切实际去浪漫的人吧，你应该开心呀，咦，你好像曾经也是一个浪漫的人，也是用了很多小花招才追到娟嫂的吧，花花说走就走地私奔恐怕是遗传你咯。

他听了，愣了一下，好像想起什么已经被生活磨掉的久远往事，他呆呆看着远处一格格如监狱般的办公楼窗户，若有所思。

你不要给我灌迷魂汤了，他忽然说，我知道你平时喜欢琢磨那些文艺电影和诗歌，你浪漫起来不要命的，我不要听，我不要听。他边捂起耳朵，边起身向公园的人工小河里扔石子。

因为扔的力气太大，溅起的水淋到在黄昏下热舞的大妈，熊老板被一群腔调老阿姨拿着扇子花式追着打。

两个月后，花花和她的油画男友终于回来了。

那天，他们来公司看熊老板。熊老板那几周忙得日月不分，像一部疯狂运转、已经快要烧坏的机器。我真的担心他们会吵起来，酿成不可控制的后果。

花花比之前胖了，人也精神了好多，那个油画男头发长长的、瘦瘦的，人很娇弱的样子，中分塌在脸上，穿黑白素色衣服，一副打死也不说话拒人千里的态度。

他们进了熊老板的办公室好久好久，我路过时竖起耳朵听，房间里却诡异地鸦雀无声。

我怕出事，借故要熊老板签名，拿一堆文件鲁莽地打开门。

门开的瞬间，我呆了。

熊老板正穿着一条红短裤，全身赤条条，努力挤出尴尬的微笑，模仿罗丹雕塑思考者的样子，拼命绷紧隐藏在肥肉底下的肥肉，静静坐在那里让油画男写生。

打扰了，我立刻慌乱地大力关上门。

下班时，在电梯口不幸遇见熊老板，我想躲开，却被他先叫住。

上午的事，我也是为哄女儿开心，那个日本男人最近要开画展了，女儿说我是最重要的人，一定要特意为我画一幅画，我在家里和阿娟面前拉不下这个面子，所以才在公司……

嗯，老板，我知道，我不会多说什么的。我低着头，没有看他。

我也是想拉近我们父女关系，才给他画的。他继续说。

嗯，老板，你这个举动完全没有任何问题，为了女儿这样把裸体豁出去，简直太浪漫、太朋克了。

他满意地笑笑说，对了，我看你最近常常健身，要不要也让他给你画……熊老板突然心生一个坏念头，也想抓一个我的小辫子。

我趁他还没说完，胡乱摸裤子口袋没有响的手机，说有一个重要客户来电话了，赶紧拔腿跑掉。

晚饭我在公司楼下的自助日料店拿了一碗鳗鱼饭、一盘天妇罗正要吃，忽然听到有人和我打招呼。

原来是花花和他的油画男友。

好久不见，阿谷。花花笑得好甜，脸上展露两个熟悉的大大的酒窝。油画男友礼貌地点点头。

刚才我们已经见过，我微笑回答她。

咦，你这件天蓝色鸟纹刺绣毛衣很好看，那么多年了，你还是那么小清新，哈哈。

我尴尬地笑笑。

听说，阿谷的小说终于出版了？花花突然问。

是啊，随便乱写写的。我吞吞吐吐地回答，脑子里突然想起前几年，在江边给花花看我的小说初稿时，她被风吹得飞舞起来的头发。

那恭喜咯，她和油画男在我对面座位坐下。

我们像个不熟的朋友那样寒暄几句后，她说，下周小葵会在M50开一个小画展，你来吗？她把头靠在男友瘦弱的肩膀上。

我听你父亲讲过了，一定来，我努力挤出微笑。

小葵，你帮我去拿一些鹅肝寿司、金枪鱼寿司、三文鱼寿司什么的，她故意支走油画男。

好的，油画男第一次开口说话，但轻轻的两个字让我有点震惊，因为这全然是一个女人的声音。

小葵是……？我不解地问。

是啊，是女人，很帅气吧。花花表现得很坦然。

那你爸知道吗？我忍不住追问。

知道，我这次回来本来已经准备好和他坦白所有，甚至大吵一架了，也想过也许他会和我断绝父女关系。没想到他居然同意了，他说，爸爸已经老啦，你爱干吗就干吗吧，爸爸既然不能改变你，就希望你过得开心。我真没想到最近他的思想居然已经那么开放了，真是让我刮目相看。

哦。我低头默默扒饭，心里想，难道是我的劝说起作用了？我TM也太伟大了吧。

阿谷，我们都老了。花花语气突然有点沉重。

嗯？怎么啦？我觉得气氛有点怪。

我要结婚了，下周就和小葵去冰岛。花花冷不防说。

哦。我礼貌回答。

等等，和是女人的小葵结婚？去冰岛？等我的反射弧隔一秒后抵达，我差点没喷饭。

我心里想，你在和我开玩笑吧，冰岛冻死人了吧？你不是很怕冷的吗？要带多少件厚毛衣啊？以前你可是总把我的手当作捂脚的热水袋的！而且去冰岛的机票应该很贵吧，那个小葵画油画真的赚那么多钱？你明白在冰岛结婚的具体法律规定吗？再说了，世界上允许这种婚姻的地方那么多，你干吗要去冰岛？荷兰、丹麦、美国也都可以啊！

是女人那又如何？花花仿佛听到我心声似的镇定自若地回答我，她幸福地摸了摸无名指那颗特别与众不同的戒指。

你现在心态真好，你幸福就好。我一时不知说什么，吞吞吐吐挤出这几个字。

是啊，现在都想开了，小葵是真的懂我，人哪，还是要找一个愿意比你还想了解你的人去爱。阿谷，你始终还是更爱自己一点。说完，她意味深长地朝我看看。

我不声不响。

还是一个人？她继续说，还那么理想化？还在追求那些不切实际的浪漫？还那么宁缺毋滥？还在坚持永远不结婚？她对我笑笑说，我是你的第一个女人，我可不希望同时我也是最后一个啊。如果你总觉得你那么好，真爱为什么还未遇见，那么你要做的不是扩大搜索范围，而是要颠覆搜索种类哦。她调皮地向我吐吐舌头。

我礼貌地点点头，心里想，你还真是厉害，说颠覆就颠覆，我可做不到。

回想起来，当初我们真是太幼稚了，做了那么多企图证明自己是爱着对方的傻事……怪就怪我们遇见得太早了。她释然地说。

那你觉得你现在算成熟了吗？我问她。毕竟你要结婚了，而且是和那么特别的人结婚。

她一时愣住，不知道怎么回答我。

她喝了口水，想了想，突然表情严肃，认真地说，真正的成熟，不是给自己夜盲症头衔并对一切隐匿的精彩选择性无视，总以所谓过来人的姿态心灰意冷地告诉别人：生活本来就是如此绝望。而是虽然一点点老去，但内心仍旧敏感纯真，依然有一份追逐爱的勇气，对生活中失去的不留恋，对永远得不到的也坦然接受，保持一个奋斗过却失败的人最后的风度和宽容。

嫁了那么有才的画家，变成哲学家了，马上要开画展了，还失败？我故意揶揄她。

我们那时候，不是很失败吗？分得那么难看。她欲言又止。

我不声不响。

在生活面前，人人都是输家，大家只是在比谁输得更少罢了。她边说，边指了指眼角淡淡的鱼尾纹给我看。

草莓吃吗？她从包里拿出一盒新鲜的有机草莓。刚在旁边有机超市买的，我刚想起，你最爱吃草莓了。

不，我骗她说，我已经很久没吃草莓了。

我想告诉她，我是爱吃草莓的，可你给的草莓我永远也不能吃了。

和花花、小葵分手后，我路过了那个超市。心里居然又忍不住有想大吃草莓的欲望。

脚自动把我带到水果摊前，超市里正巧播了一首卡朋特的《close to you》，这是花花最爱的一首歌。

可恶，这首悠扬的歌又把我带到了好多好多年前，眼前满是我和花花边看《老友记》边瘫在沙发里大笑、大吃草莓的情景。

我呆呆站在水果摊前怅然若失，一动不动，虽然为得到幸福的花花开心，但也不得不为依然落寞的自己难过。

先生，我们的榴莲有问题吗？一个亲切的胖胖的女营业员见我呆呆对着榴莲看了老半天纳闷地说。

混蛋，才不是在看你们的榴莲！我在聚精会神地感叹人生呢！

是的！

没有什么到了该结婚就要结婚的年纪！

没有什么不生孩子就是不孝的荒唐规定！

没有什么生来什么性别就应该要喜欢什么性别的僵化逻辑！

没有什么生活本应该就这样活的呆滞模板！

没有什么爱吃草莓的人搞不好也爱种草莓，单身的人最花心，不想结婚的人都是爱乱搞这样的可笑推论！

我就不要这样活！我活我的，杀出一个不一样的浪漫黎明给你们看！

今夜众生皆情人

明天就要结婚，孟小彤看着手里那张不能被别人看见的露骨合影照片，想着该什么时候在婚礼上逃跑。

夜深了，窗外树影随着大风肆意摇摆，像是一个头发散乱的痴狂女人在乱舞，可孟小彤明白，这不及自己逃婚计划的万分之一疯狂。

走到卧室，未婚夫林雨生已经沉睡，他贴心地给她留了一盏小灯。借着这一点微光，孟小彤最后一次仔仔细细观察这个男人。

其实，这个男人光凭这张可爱帅气的脸，就能轻而易举俘获各类女人的真心，更不要说他的体贴、学识、才智，以及他雄厚的财力——一栋思南路独栋洋房画廊、一间外滩黄金铺位的高级牛排餐厅、两套陆家嘴江景大平层公寓。换做是一般的拜金女人，一定死死贴住不放，使出百般温柔招数，这辈子死心塌地跟随，可孟小彤现在却不得不放弃这个男人，并将在明日众亲朋好友面前上演逃婚戏码，想到这里，她觉得一切真是发生得不可思议，她不明白为什么他们两人非要弄到现在这种鱼死网破的地步，但同时又明白确实缘分已尽，她默默叹了口气，轻轻地在他身边睡下。

不一会，未婚夫迷迷糊糊开始说梦话，呼喊着孟小彤的名字，像是预示着他将要失去她。而孟小彤一睡下，眼前却立刻浮现出另一个人的潇洒面孔。

她突然回到两个月前和未婚夫林雨生大吵的那个夜晚。

也不是什么大事，林雨生把画廊那张孟小彤最爱的奈良美智版画《阿根廷婆婆的素描》送给了别人。

孟小彤每次在画廊看见这幅画都要停下来驻足欣赏，她觉得这张画很神奇，巧妙地把天真和邪恶画在了同一张脸上。

她质问他怎么可以送给别人，他却装糊涂，说是捐给一个残障儿童孤儿院了，而且自己并不知道她喜欢这张画。

是的，孟小彤想起，她确实从未开口问他要过这张画，只是默默欣赏，她以为她吃定了他，料他会在追她的途中送给她当礼物，可是林雨生因为她迟迟没有答应他的求婚，这样给孟小彤颜色看。

结了婚，这些画就都是你的了。林雨生没有看孟小彤，对着画廊满墙的各类当代艺术经典画作自负地说。

你这是在谈条件吗？孟小彤看着他的眼睛质问。

他不声不响，一句解释也没有，默默离开去打电话给客户告知最近的展览讯息，留她呆呆待在原地，一瞬间，孟小彤觉得画廊里满屋子的画像都在偷笑她。

她气急地拿起了包，夺门而出。

酒量甚好，千杯不醉的孟小彤在酒吧喝了不少威士忌消愁，她看着酒吧投影屏上播放的希区柯克经典电影《群鸟》打发时间，忽然觉得自己有点恍惚。

这部电影她看过几遍了，但从未觉得电影里的鸟像今天这样真实恐怖。

她的头越来越疼。

过了半个小时，电影到了高潮部分，黑压压的一群乌鸦遮住天，恐怖地袭击人群。

突然，她居然看到一只乌鸦飞出投影屏幕外，朝她怒冲过来。

她啊的一声大叫起来，害怕地捂住头，从吧台高脚座位跌倒在地，酒杯砸在了一条腿上。

酒吧里的人都寻声朝她这里看过来。

你没事吧，一个瘦瘦的黑影立刻扶起她。

她定神一看，是一个五官十分精致的短发女人。她一身黑衬衫，紧身牛仔裤，耳朵上有在黑夜里星辰般闪亮的钻石耳钉，脚下穿着白色高跟鞋。孟小彤觉得她的脸好像一个熟人。

我没事，孟小彤对她笑笑，可能是我酒喝多了，眼睛花了。

有受伤吗？那个短发女人问她。

没，没，我的腿没事，孟小彤见是一个女人，对陌生人的戒心已经消了一大半。

我是问你的脸。有没有被那只鸟啄伤？短发女人朝她细细打量，那眼神简直要看到她心里。

啊？你也看见那只乌鸦了？孟小彤不敢相信她说的话，她还以为刚才从屏幕飞出的乌鸦是自己的幻觉。

嗯，她修长的手指指了指不知何时打开的酒吧后门，刚才从这里飞出去了。

孟小彤一时惊讶得说不出话。

短发女人用手温柔地摸着孟小彤的脸细看，确实没有被啄伤，这种鸟不是乌鸦，叫魑夜，一般人看不见，它只有晚上出来活动，专噬寂寞之人的痛苦和恐惧。

简单聊几句后，短发女人头也不回地离开了酒吧，孟小彤喂喂的呼喊她也没有理睬，匆匆买单后便紧跟着她神秘高挑的黑色背影出了酒吧。

你等下，你刚才说的那什么魑夜，是不是真的？出了酒吧，踏着白色月光，孟小彤在短发女人身后追问。

风突然扬起，短发女人额头的刘海像在花丛里飞舞的精灵一样优雅飘逸着。别跟着我，她的口气坚决，仍然没有回头。

短发女人继续往前走，孟小彤着魔般跟随她，夜晚的石子路上没有其他人，两个女人、四只高跟鞋叮叮咚咚的追逐声像一曲别样动听的打击交响乐。

走了很久，短发女人听见后面追踪的脚步声没有终止，终于停下回头说，跟着我会交厄运的。

孟小彤在月光下第一次清晰地看到了她的脸，她惊叹得几乎要站不稳跌倒。

她从未看见过那样美丽又悲伤，天真又邪恶的脸，忽暗忽亮，裹着月光不知去向，没有源头，也没有尽头，永远孤寂漂泊着。

孟小彤愣在那里，仿佛被摄了魂魄。而短发女人已经转眼消失得无影无踪。

回到自己的小公寓，孟小彤立刻打电话给闺蜜林曼妮。曼妮，你不知道我刚才到底经历了什么。

什么事，你慢慢讲，林曼妮在电话那头十分有听下去的兴趣。

算了，没什么。你那边可能已经很晚了。孟小彤不想打扰远在美国的林曼妮。

不晚，我这里已经是早上。是林雨生做了什么对不起你的事了吗？林曼妮小心问。

没，没。孟小彤连忙撇清，生怕闺蜜发现什么。

我刚才在酒吧里遇见一个人。孟小彤还是忍不住说了出来。

嗯，什么人？

很像我们一同认识的一个故人。

谁？

阿菲。

林曼妮在电话那头突然就没有了声音。

沉默了一会儿，林曼妮才开口说，小彤，你眼花了，这不可能的。

对，我也觉得我眼花，所以我跟着那个人到酒吧外面，后来我看清了她的脸。真的好像阿菲。

只是一个长得像她的人吧，天底下不可能还有一个女生会有那样潇洒的气质。林曼妮那头语气突然有点失落。

是啊，阿菲是谁都无法代替的，那时候阿菲在大学里真是风云人物，男生女生都围着她转。连带我们的寝室也因为她而增光，我们两个每天都要为她收那么多情书。孟小彤说。

那时候真是开心，我们两个跟屁虫天天跟在阿菲后面转啊转。林曼妮电话那头的声音有点哽咽。

是啊，我们还为出去吃饭谁坐在阿菲旁边争风吃醋呢。孟小彤笑着说。

可是为什么毕业后阿菲突然就消失了，她到底去了哪里，为什么她突然就不和我们联系了，孟小彤茫然地问。

大概她是厌倦了我们……在躲着我们吧，我听说，她、她……好像出国了。林曼妮在电话那头断断续续地说。

林曼妮一直觉得当初大学寝室里的几个人中，阿菲和自己走得最近。

孟小彤也是这样认为的，她觉得阿菲更喜欢自己一点。

阿菲永远是孟小彤和林曼妮最不能和旁人言说的秘密，阿菲是她们可以回忆一百次的青春，最纯真的崇拜，更是最美好的依恋。

电话打了两个小时，孟小彤那晚一夜未眠。

第二早上 7 点刚过一刻，林雨生的赔罪电话就打来了。

约了晚上在思南公馆法国餐厅吃饭，他说给孟小彤准备了一个大惊喜。

孟小彤本想摆架子拒绝，转念又觉得何必呢，给别人台阶下也是给自己毫无意义的矜持松绑。

她已经过了 30 岁了，像林雨生那样条件好的男人，她已没有时间成本给她作，给她肆无忌惮地任性。

下了班，她回家洗了一个澡，吹得长发尾端微卷，穿了身淡蓝色长裙，外面加一件黑色皮衣就出门了。

林雨生本想开车接她，但被她一口拒绝，她决定自己开车去，住在顶层公寓的她在快速下降的电梯里想，她才不会那么轻浮，在楼下看到他车的一瞬间就笑嘻嘻迎上去原谅他。

女人可以豁达一点，但不可一点姿态全无。

电梯到了 25 楼，进来一个人，孟小彤一看呆住，居然又是昨天那个短发女人。

阿菲，你是阿菲吗？你什么时候回来的。孟小彤也不顾礼貌不礼貌，鼓起勇气着急地问。

小姐，你认错人了。短发女人冷冰冰地说。

不可能，你就是阿菲，你和她长的一摸一样啊，阿菲，这些年你过得好不好。为什么后来突然出国，和我们所有人都断了联系？

我不是阿菲，也不认识你说的那个阿菲。短发女人极力否认。

既然你这两天一直找机会接近我，为何又还是装作不认识我。孟小彤着急得快哭了出来。

小姐，我们只是碰巧遇见而已，你想多了。短发女人语气开始变得有点厌恶。

谁知道，电梯到了 3 楼突然发出哐当一声巨响停止了，灯一下全灭掉，孟小彤害怕得说不出话。

孟小彤因为恐惧，全身无力，蹲在角落。

短发女人依然保持冷静，按警铃，拿出手机照明打求救电话。

谁知道按铃无效，手机也突然没有了信号。

两个人一同坠入了密闭的黑暗中。

现在怎么办，我们会不会死在这里？也许因为有短发女人在，孟小彤此时特别脆弱，完全没有了平日里一点逞强的勇敢。

你别害怕。短发女人温柔地安慰她。你把手机打开，给我照明。

只见，短发女人从裤兜掏出刀片撬开警铃按钮，露出里面第二道精巧龙纹设计的急救按钮开关。

孟小彤平日里从来没有按过警铃，更不要说知道里面第二道开关了。

短发女人手指轻轻触碰按钮，电梯立刻恢复正常，灯也亮了起来。

电梯继续下降，停在一楼，门一打开，忽然黑压压一群蝙蝠向电梯里扑过来。孟小彤尖叫起来，短发女人拉起孟小彤的手。快，跟我出去。

孟小彤还没缓过神来，也顾不得要去地下一层车库拿车，立马就跟着她出了电梯，来到公寓外面。

刚才怎么回事？怎么会有蝙蝠？孟小彤来到喧闹的大马路口，喘口气问。

魑夜一直在跟着你。短发女人面无表情地说。

她幽幽地用打火机点了一根烟，吐出的烟雾仿佛是一只只在夜里发光的小鸟。

你到底是谁？为什么这两天遇见你都会发生那么奇怪的事。孟小彤终于忍不住问。

真是麻烦，短发女人撇了撇嘴。

你不是阿菲，你确实长得很像她，但你不是她，为什么要跟踪我，孟小彤忽然警觉起来追问。

听着，我叫莉熏，我现在没闲工夫陪你说话，什么都一一告诉你，总之，我是受人所托，有人派我来保护你渡过这个难关。莉熏用带着黑色皮手套的手摸着孟小彤的下巴说。

两人靠得很近，孟小彤感觉到了莉熏的呼吸，是一股年轻，充满冒险而又悦动的气息，仿佛一群白鹭正要起飞。

难关？孟小彤笑了起来，怎么听起来我的死期要到了。我们现在是怎么样，拍恐怖电影吗？我做人一向本分低调，工作上不抢别人功劳，感情上不抢别人丈夫，根本没仇家，她努力掩饰内心的恐惧。

莉熏长时间沉默不作声，不断警觉地望着四周大城市里无边无际的黑夜。

喂，你不要那样神神道道的啊，我该怎么办？那个叫魑夜的东西要怎么甩掉？孟小彤忍不住问，语气既带着抱怨又无限依靠。

既然你不相信我，你就回家去吧。说完莉熏突然拉住孟小彤，睁大眼睛痴痴望着她。

你干吗这样看我？孟小彤有点不好意思。

因为你现在离开我，这个城市明天就不会有你这个人了，最后看你一眼吧。莉熏继续死死看着孟小彤。

啊，别吓我，我跟着你走就是了。孟小彤忽然搂住莉熏一只胳膊。

莉熏立刻甩开孟小彤的手，你跟着我后面走就是了。说完嘴角露出一丝调皮而又心满意足的微笑。

夜色温柔，两个女人一前一后，她们穿过一条条已经开始蠢蠢欲动的暗黑小街。

孟小彤忽然完全没有时间概念了，她觉得时间一会儿加速，一会儿减速。

她看了看手机已经过了10点，有几十个未接电话。她忽然想起和林雨生的约会，只是这个念头只是一闪而过就迅速被忽略。她毫不迟疑地关了手机。

她现在只知道要一心一意跟着前面这个高挑身影的女人走。

忽然莉熏拉住孟小彤，她们躲在一个已经熄灯的咖啡店后面。

看，莉熏轻轻说。

只见临街不远处一个衣冠楚楚穿高级西装的男人在偷偷撬一个女装小店的门。

看来是惯偷，门一下子就被打开了，男人朝四周望了望，蹑手蹑脚进了店里。

小偷呀，这个有什么好看的。孟小彤疑惑地问。

继续看下去，莉熏像是摸透了男人接下来的行为镇定地说。

只见不一会儿，男人半边身子从店里探出来，手里像是抱了一个巨大的白色东西。

孟小彤借着昏暗的路灯看见，男人抱着一个褪去衣服、全身赤裸的塑料女模特在往外走。

咦，不偷衣服，偷模特？孟小彤不解。

男人小心地把模特放进停在路边的黑色吉普车里，见没人，于是返回店里继续偷模特。

孟小彤和莉熏继续在暗中观察这个奇怪的男人。

她们一共看见男人从店里偷了5个赤裸的塑料女模特运进车里。

好戏开始了，看那辆车。莉熏突然冷笑说。

街边的路灯突然像是被人遥控般全部熄灭。

那辆体积方正而巨大的黑色吉普车孤独地停在空无一人的路边，车轮似乎被车上的重物压得快要陷在地里，在黑夜里远远看，简直像一个令人不寒而栗的巨大棺木。孟小彤不由害怕起来。

啊，孟小彤突然捂住嘴巴，身子惊恐地颤抖，借着她这里一点微光，只见那辆黑色吉普车忽然有节奏地上下振动起来。

男人都是道貌岸然的东西，真是下流。莉熏语气十分厌恶。

他为什么要偷那么多女模特运进车里，现在这个车子开始动起来又是怎么回事？孟小彤忍不住问。

你是假天真，还是明知故问啊，莉熏语气十分不屑。没见过车震吗？

孟小彤的脸突然红了起来。这、这怎么可能，那些只是塑料女模特而已。

男人为了欲望，又有什么事是做不出来。莉熏咬牙切齿，仿佛憎恨世界上所有的男人。

这倒是，孟小彤附和道，脑子里突然浮现出她的那些人渣前任。

你很讨厌男人？孟小彤问。

我没见过我不讨厌的男人。莉熏说。

难道你从来没爱过男人？孟小彤大胆地问，话说出口立马又觉得太唐突了。

莉熏恶狠狠看了一眼孟小彤，她沉默不语。

这个男人每周星期二晚上都会来这个店偷模特进车里，一会儿，他还会把那些模特放回去。莉熏继续说。

这个世界上可怕的人真多。孟小彤感慨。

可怕的人并不多，寂寞的人才多。莉熏依旧冷冷地说。

那辆宛如灵柩的黑色吉普车还在剧烈地震动，让人毛骨悚然。

走吧，莉熏突然拉起来孟小彤的胳膊。

刚想走，孟小彤闻到身后传来一阵特别刺鼻而又露骨的香水味。

孟小彤忍不住回头张望。

只见吉普车那条路的路灯忽然迎宾般全部亮起，车门打开，那个西装笔挺的男人先行下车，之后，居然有 5 个穿着时髦的风骚女人跟着下车，他们打打闹闹，面孔潮红，仿佛才从一个喧闹放荡的舞会回来。

孟小彤内心还在震惊中，身体已经被莉熏拉着走了好远。

又产生幻觉了？在徐家汇公园的湖畔旁，莉熏问孟小彤。

孟小彤不响，身子微微颤抖。

看来魑夜一直在紧追你不放。莉熏从投币饮料箱买了一罐咖啡拿给孟小彤喝。

你说的那个魑夜到底是什么？它为什么要跟着我？孟小彤喝了一口咖啡，镇静下来。

它是一种传说中的动物，它变化多端，可以化作千百种你所恐惧的东西，哪里有寂寞和痛苦，哪里就有它。魑夜通常由人的邪念幻化而生，用人的嫉妒、憎恨、杀意喂养，慢慢长大后可以控制它去害人。

你不觉得这个城市里的疯子越来越多了吗？莉熏起身望着在小灯照射下平静的湖面说。

孟小彤一边点头附和，一边在思考刚才莉熏说的关于魑夜的话，她不明白到底是谁会对她如此报有恨意。

湖面上游过来两只黑天鹅，它们悠闲地戏水、亲昵，像一对令人艳羡的情侣。两个人的眼光不禁被吸引。

忽然啪的一声，两只天鹅的脖子被击打得扭曲，痛苦哀鸣，侧身翻进水里。

她们寻声看去，只见湖畔旁一个头发散乱，衣衫褴褛，大鼻子戴眼镜的肥胖男人在用枪射杀天鹅。

住手！身手敏捷的莉熏一边喊，一边飞快跑过去，不到三秒钟，就立刻放倒男人，从他手里夺下枪。

肥胖男人摊倒在地，没有还手，却对她们诡异地笑笑。

你在干什么，为什么要拿枪对准天鹅。孟小彤气不过，厉声质问他。

还好是仿真气弹枪，莉熏说，她熟络地把抢拿在手里把玩，看了一眼便立刻知真伪。

大鼻子男人挣扎地站起来，拍了拍屁股上的灰，带上破了一只镜片的眼镜，从破旧的裤子里掏出一根烟若无其事地抽起来。

这是我儿子的玩具枪，你们紧张什么。他说得很慢，声音呼噜呼噜，仿佛是一个气喘吁吁的野猪。

那也不能用来打天鹅啊。孟小彤拨开飘过来的烟味大声说。

谁让他们天天在这里秀恩爱的。我在家里烦透，好不容易出来透透气，却又在这里被他们腻味的爱情恶心到。大鼻子男人躲在烟雾后面说。

是你恶心吧，天鹅本来就爱情的象征，它们在公园里生活，哪里妨碍到你了，你还有理了。孟小彤说。

世界上哪里有这种忠贞不渝的爱情，全都是见一个爱一个的贱货。大鼻子说着吐了一口痰。

你说话放尊重点，臭猪。孟小彤也不客气。

莉熏在一边看笑话。

说什么结了婚，就会定下来，真的和她结婚了，又说有了孩子就会定下来，有了孩子又全丢给我带，现在和别的男人一走了之，全部都是谎言，鬼话！骗子！贱人!!! 大鼻子男人用手捂住头，发疯似的喊叫。

你这个样子，她凭什么不和别的男人走。莉熏冷笑着说道。

大鼻子男人发狠地扑过来想打莉熏，却被她一脚踹在肚子上，哀鸣倒地。

男人倒地瞬间，从裤兜落出一个皮夹子，他想伸手去捡，被一旁的孟小彤抢先一步。

你又想搞什么花头？孟小彤恶狠狠地对他说。

孟小彤以为他皮夹里有什么小刀片，打开查看，却意外发现一张照片，她震惊了。

是一张无比温馨美丽的结婚照，男人英俊帅气，朝气蓬勃，女人温柔矜持，端庄美丽。

她看见这个结婚照上男人的大鼻子和眼下这个倒地，如脏兮兮的野猪般的男人大鼻子好像一模一样。

这是谁的结婚照？孟小彤语气低了不少，客气了不少。

我和她的，十年前我们的结婚照，那个时候，一切都是那么美好。大鼻子肥胖男人坐在地上，悲哀地说道。

什么？孟小彤不敢相信，对照片看了又看，这个英俊的男人怎么会变成现在这种落魄穷酸模样？

男人就是这样的，结婚前对你百般照顾、万般呵护、这些都是假的，结婚后就不理不睬，生活稍有不顺，就自甘堕落，自己拯救不了自己，为了面子，也不接受别人的帮助，任由家庭慢慢破裂。莉熏看着坐在地上的男人，鄙视地说。

孟小彤忽然想起自己帅气的男友林雨生，如果她和他结婚后，他也会慢慢变得这样吗？即使有一天，两人分手后，他也不放过她，到处诋毁她，侮辱她，男人真的是这样一种低劣动物吗？

经过前面一个衣冠楚楚却偷模特的猥琐男人和现在这个衣衫褴褛、没本事留住女人，还一直诋毁她的懦弱男人，孟小彤心里对男人的感觉一落千丈，似乎所有男人都莫名变得面目可憎、不可理喻。

我说的吧，男人没有一个是好东西。莉熏仿佛猜透孟小彤所有心思。

你肩膀上有一只长得很丑的鸟，大鼻子男人起身，突然严肃地对孟小彤说。

孟小彤一惊，立马又逞强说，我知道，都是你们这种人放出来害人的。

被这种鸟盯住的人也不是什么好人。大鼻子男人不依不饶。

够了，你这种男人活在世界上，真的是一种祸害。莉熏挡在孟小彤面前。

大鼻子男人见到莉熏立刻吓得连连退闪。

夜已深，马路上难寻人迹。莉熏拉起孟小彤的手往公园外走，这是她第一次脱下黑色皮手套，牵起孟小彤的手。

孟小彤觉得这手心的温度十分奇怪，仿佛有蓄势待发的火山和沉睡千年的冰山一同在她皮肤下栖息，争先恐后要破开肉身，觉醒于这个世界。

不知为何，孟小彤不想放开这只手，她贪婪地留恋这个奇怪的体温，她慢慢分开自己手掌，抓准过马路的间隙，让她和莉熏十指相扣。

莉熏的手突然警觉地颤动了下，想松开，又立马紧紧握住，拉着孟小彤的手继续往深不可测的夜里探去。

我有点累了，我家不能回，旅馆总能住吧。孟小彤此刻对着她们头顶闪烁的红色旅馆招牌说。

旅馆不安全，莉熏的口气有点凶。

那我住哪里，我总不能和你这样到处流浪一晚上吧。孟小彤忍不住打了一个哈欠。

住我家，就这样决定了。莉熏干脆利索地说，不给孟小彤丝毫犹豫的时间。

嗯。孟小彤默默点头，紧紧跟着莉熏。她觉得她的脸突然烫得如快要喷发的火山。

夜色在后面继续追赶，她们在黄昏时启程，恐怕要在黎明前走失，但正因为那些已不知去向的人，夜才有意义。

也不知走了多久，两个女人穿过许多条阴暗潮湿、垃圾满地、黑得有点诡异的小巷，孟小彤终于来到莉熏的公寓。

一幢看上去已经造了近 20 年破旧而阴沉的大楼，楼梯扶手的红色油漆早已褪色，看上去像抹不去的血迹。

一共 6 层楼，莉熏住在顶层。她们一步步小心迈上楼梯，走到 3 楼时，孟小彤听到一间灯泡坏掉、忽明忽暗的房间里传来用锯子不断拉扯的吱吱声，而且伴着咳不出厚痰的男人的重重喘息声。

这是什么怪声音，那么晚了，还有人在锯木头吗？孟小彤勾住莉熏的胳膊，边注意脚下楼梯，边轻轻问。

不，是锯骨头。莉熏说完，嘴角诡异地抽动了下。

孟小彤一惊，身体不自觉更靠拢莉熏。

到 5 楼时，发现一间屋子大门敞开，屋内传来热闹非凡的乐声，好像有一堆时髦年轻人在里面办庆祝派对。

听到她们走过的声响，一个脸上满是痘痕、化着浓妆也遮不掉的妖艳女人探出头来，同时音乐立刻停下。

她笑嘻嘻地问莉熏，有客人？要不要一起进来喝一杯，今天我们特别开了一瓶 1987 年的拉菲。

莉熏礼貌地摇摇头，拉着孟小彤继续往上走。

孟小彤忍不住从那个妖艳女人的身子间隙往屋里瞧了瞧，却一个人也看不见，只见到客厅里有一堆放在地上凌乱破旧的乐器，大提琴、长笛、架子鼓，竖琴等都七歪八倒，狼狈不堪，仿佛刚才已经耗尽激情自行演奏过一番，正躺在地上喘气休息。

终于到了 6 楼莉熏的房间，莉熏用钥匙疯狂地转圈开锁，仿佛在搅动一个时间机器的发条。

孟小彤原本以为在这样破旧的大楼里，莉熏的房间一定又脏又乱。

却没想到，在门打开的瞬间，她愣住了。

首先是一阵扑鼻的花朵香气袭来，她看到屋内布置得雅致而温馨，墙上贴满了色彩缤纷却不艳俗的森林图案墙纸，各种盘根错节的大树和栩栩如生的花朵，仿佛是一个只允许精灵才能进入的秘密花园。

各种名家设计、创意满满的家具也让她的眼睛停不下来。

孟小彤坐在一个大象翻过身、四脚翘起模样的可爱椅子上说，你是装潢设计师吗？房间真漂亮。

我只是一个没名气的调酒师，莉熏随意带过，不想多说，微笑问，要喝点什么？说完，她打开一个烈焰红唇形状的音乐播放器放了一首 Ella Fitzgerald 的《April in Paris》。

有酒吗？孟小彤听着舒缓的蓝调音乐兴致上来了。

当然有，莉熏调皮地微笑，我去帮你调一杯鸡尾酒，没有酒的话，那么多夜晚，怎么熬得过去？

莉熏进了厨房，一会儿一只直立行走的白猫头上顶着一个银盘，上面放着一杯摇摇欲坠的蓝色鸡尾酒朝孟小彤走过来了。

孟小彤吓了一跳，立马上前接下这杯酒，把银盘放在桌上，小猫高兴地喵叫了一声，放下前面两只毛茸茸的小脚，恢复正常猫趴着的慵懒姿势。

莉熏端着刚做好的巧克力熔岩蛋糕从厨房走出来，她看着小白猫微笑说，乖。

白猫走到她面前，头靠着莉熏的脚，闭上眼睛，满足地眯起觉来。

这猫？孟小彤疑惑地问。

训练一下就可以做到了，猫其实比人类聪明，只是大多时候它们懒得跟你多解释。莉熏端起自己的鸡尾酒与孟小彤轻轻碰杯。

孟小彤觉得身体越来越松弛，喝了一口蓝得像深海的鸡尾酒后，立马来了精神，感觉有一千颗蓝莓与樱桃在口腔中跳舞，她的身体也开始随着悠扬的音乐忍不住摇摆起来。

来，不要浪费了这么美好的夜晚。莉熏像个老练的舞会王后伸出手礼貌地邀请孟小彤。

孟小彤的心还在怦怦跳，还在矜持地犹豫，可身子已经不听话地起身，雀跃地迎了上去。

现在还害怕吗？莉熏对着搂住自己腰的孟小彤的一只发烫的耳朵低语。

孟小彤摇摇头，脸上带着微笑，感觉自己脚下的舞步正在一步步幸福地迈上云端。

刚才的鸡尾酒好喝吗？莉熏问，两人一同默契地移动着舞步。

好喝，里面放了什么？伏特加吗？孟小彤轻轻应答。

没有一点酒精，只有一点蓝莓和一点我的心。

孟小彤不声不响，莉熏觉得这话稍有过火，马上弥补说，每一杯鸡尾酒都放了一个调酒师当下一半的心。

一半？还有一半去了哪里？

献给当下美妙的夜，和美妙的人。莉熏的声音紧跟音乐节奏，一同缓缓流出，低沉、波澜不惊，却能流到人心里。

你骗人，没有酒精的鸡尾酒可以那么好喝？孟小彤的声音越来越娇嗔温柔，她感觉周围墙纸上的枝条在生长，花朵在盛开。

我想，既然存在很多种没有酒精却依然调得很好喝的鸡尾酒，那么也一定存在很多种不用随大流走却依然可以顺利抵达幸福的路。莉熏的话有暧昧的言外之意，她引导着孟小彤的身子轻盈地转了一圈，正好绕进自己的怀里。

孟小彤已经神魂颠倒，痴痴地闭上眼睛，等待那一刻嘴唇亲密的来临。

可莉熏突然松开了她的手，关了音乐。

孟小彤张开眼睛，感觉刚才自己失态了，难掩尴尬。

莉熏微笑说，没想到才跳了那么一小会舞，我肚子就饿了。走，我带你去吃东西。

走？去哪里？已经很晚了。

别多问。莉熏看了看表，从厨房冰箱里拿了一个蛋糕礼盒，牵着孟小彤的手走到卫生间里。

来这里吃东西？孟小彤觉得荒谬，忍不住笑出声来。

莉熏用手轻轻捂住她的嘴，示意她噤声。

莉熏轻盈地小跳一下，拉了下卫生间天花板上一个月亮形状的拉钩。

突然响起一阵嘎达嘎达的机器律动声，从天花板顶部整齐有序地裂开一个正方形窟窿，四周的木块开始变形，像一条蛇一样，变成一个弯弯曲曲的楼梯。

来，跟我上来。莉熏牵着孟小彤的手小心踏着楼梯往上走。

孟小彤一只脚刚放上去，就感觉像是踩着某种毛茸茸动物的肚子。她甚至听到一声饱嗝声。

慢慢走上去，忽然一阵清冽的风刮来，孟小彤环顾下四周，都是黑漆漆的瓦片，原来她们来到了屋顶。

刚好赶上，莉熏拿了一个巨大的白色绒毛垫子，示意孟小彤坐下来。

孟小彤坐下的瞬间隐约听到喵的一声嫌弃叫声。

她看到月光突然朝她们坐下的这块空间奔驰过来，像母亲看到归家的孩子那样热烈。

白色的月光像一片光海，温柔地把孟小彤和莉熏包裹在内，孟小彤感到那温暖就像母亲的怀抱。

每晚 12 点，月光会越过城市里重重高楼，独独宠幸这片屋顶区域，大多数人都不知道，他们睡觉了，通常我都是一个人来这里独享美食。好在，今天多了一个你。莉熏笑着把手中的蛋糕盒打开，分了一大块给孟小彤。

真美啊，你是怎么知道这里的？孟小彤看着自己四周被白月光燃亮的一切，感觉自己就像穿着婚纱，坐在圣洁的月宫中。

是我的小白猫发现的，她每晚 12 点准时不见踪影，跟踪了她几天才知道这片梦幻屋顶。说着，莉熏温柔地摸了摸他们屁股下的白色坐垫，就像在抚摸着一只猫。

这简直是月光屋顶下午茶。孟小彤一边吃蛋糕一边幸福地说。

下午？你被这明亮的月光照傻了吧，现在可是深夜。莉熏摸了摸孟小彤知道说错话而低着的头。

为什么跟着你会发现那么多这世界上我以前从未知道的有趣事？孟小彤说。

难道你不怕这一切都是幻觉吗？莉熏看着远方的星辰说。

幻觉？不可能，幻觉只是一瞬间，幻觉可没那么慷慨，它不会给我那么久的幸福时光。孟小彤看着满天近得不可思议的星辰，不愿让自己重新走回乏味的现实世界。

人和人之间微妙的关系，就像一种用星星点缀夜的艺术，星尘间的距离太亲密，太疏离，太多，太少，天空都不会好看。莉熏说完把手指圈成一个圈放在一只眼睛上对着一颗最遥远的星，仿佛这是只望远镜，可以看到她想要遇见的未来。

孟小彤不敢确定这句话说的是不是莉熏和她之间若有若无、想靠近、又怕靠近的关系。

她们就这样沉默地坐了一会，任凭月光照射在她们身上，仿佛一对在海边幸福晒日光浴的情侣。

月亮半个小时后就收起了光芒，重新躲回厚厚的云层之下，躲回城市里无数冷冰冰高楼的掩护下。

累了，睡觉去吧。莉熏没有拿毛毯，只是牵着孟小彤的手，重新找到刚才上来的蛇形楼梯回到房间。

孟小彤依依不舍地看着已经重新关闭，恢复原状的天花板说，呀，毛毯忘了拿了。

没关系，让她在上面多放一会儿。莉熏说话的语气，就像在说一条会动的宠物。

孟小彤在房间里四处张望，她看见唯一的一间卧室，唯一的一张大床，我睡哪里？她心里有答案，故意问。

莉熏不响。丢给她一套淡蓝色荷花图案的睡衣。

孟小彤抱着柔软丝绸般的睡衣站在卫生间门外，等莉熏洗完澡。

不知为何，她觉得里面传来的嘶嘶水声在暧昧地撩她的心，咬她的耳朵。

孟小彤洗完澡出来，发现莉熏正坐在床上抽烟，眼神死死地盯着她。

你睡觉有什么癖好吗？需要裸睡吗？莉熏借着香烟吞云吐雾地说。

没、没……我特别容易入睡，不需要特别的枕头或者床垫，连眼罩都不需要。孟小彤不敢看莉熏的眼睛。

睡衣的尺码还合适吗？莉熏的眼神却一直没离开她，仿佛随时可以攻入她的心底。

合适，简直像为我量身定制的。

本来就是。莉熏冷不防喃喃低语说。

嗯？孟小彤不明白，她可是刚认识莉熏，也是第一次来她家。

哦，我的意思是，这件睡衣适合所有美丽的女人。莉熏低下头，假装在抚床单。

孟小彤看见大床上已经铺了两套如碧波般柔软的薄被。她安心的同时又有点低落。

来，坐这里，我帮你吹头。莉熏手拍了拍床单，拿起床头柜旁已经插好电源的吹风机。

这个吹风机设计得真好看，孟小彤坐在床上紧张地说，她感受到背后传来阵阵炙热的温度。

莉熏的手指轻揉孟小彤的头发，就像一条调皮的小金鱼在发丝间惬意地游泳。

忽然，孟小彤一惊，身子不由地躲开，原来是莉熏的手在拨弄头发的时候触碰到了她敏感的耳朵。

头发差不多干了，莉熏把吹风机放回床头柜。她关了灯，房间一下子暗得透彻无比，使一切不能在灯光下暴露的欲望都变得不再禁忌。

孟小彤在黑暗里摸索上了床，钻进被子里。

严格意义上来说，她是滑进去的，因为身体刚接触到被子，就感觉像坐上了一片用云朵捏成的滑滑梯。

她侧身朝床外，心里猜想着那边的莉熏是一个什么睡觉的姿势，她在想什么？睡了吗？

我睡觉的时候会说梦话，一会儿我说什么，你都不要管我。莉熏的声音在黑暗里更加低沉迷人。

嗯，孟小彤经过这荒诞的一天，身体已经疲乏得不行，容易入睡的她立刻就跌入了梦乡。

她感觉自己顺着滑溜溜的被子渐渐往地下一个深得不见底的黑洞里滑。

这种混沌的感觉比平时做梦更深一层，自我意识更消失一层，仿佛是梦与梦的融合和延续。

她感觉自己来到一条肮脏的街道，几只老鼠在一个垃圾桶里觅食，忽然一个浑身脏得不行的小孩挤过去与老鼠抢垃圾桶里别人丢弃的食物。

那个小孩心满意足地翻着垃圾桶，就像在翻一个满是美食的食盒。

过了一会儿，小孩翻到一个别人吃剩的汉堡大口咀嚼起来，烂蔬菜从她的嘴角漏出来。

那小孩看来是饿坏了。孟小彤像一个透明的旁观者在一旁看着发生的这一切。她碰不到小孩，说的话小孩也听不到。

忽然，一个浑身黑色套装，戴复古黑帽子，帽檐垂下神秘薄纱，几乎遮住整张脸的女人来到小孩身旁，递给她一只香味四溢，冒着热气的大汉堡。

小孩想也没想过就接过汉堡大口吃起来。

如果你以后跟着我，我保证你再也不会遭受饥饿和苦难。女人用手抬起小孩的脸对她说。

孟小彤这下看清了小孩的脸，她惊呆了，虽然小孩的脸上积满了脏兮兮的泥土和汉堡溢出来的酱汁，但她一眼就认出那是莉熏！十几岁模样稚嫩的莉熏！

她看见莉熏跟在那个一身漆黑的女人身后消失在肮脏的小街拐角，仿佛是在头也不回地走向毁灭之路。

孟小彤跟了上去，却一脚踩空，瞬间空间飞快变形，斗转星移，等她起身爬起来的时候，发现自己又来到了一间像古堡似的酒吧。

酒吧里的灯光暗得不行，墙上各种暴露的人与骷髅亲密缠绵的日本浮世绘画让人作呕，各色男女的呼吸与欲望交织在一起，浑浊不堪。

她看见了莉熏，这会儿是二十岁的青涩模样，她穿着性感的黑色蕾丝制服正在对一位壮得如同母牛的女人赔笑喝酒。

女人一边喝，一边对她上下其手，莉熏熟练地欲拒还迎，故作娇嗔，孟小彤看到这景象，心里很不是滋味。

她冲过去想拉开莉熏，却发现立刻穿过莉熏的身体，酒吧里的所有人都看不见她。

莫非这是莉熏的梦境？孟小彤心里想。为什么我会在莉熏的梦里？

这是莉熏曾有过的真实经历还是只是虚幻的可怕噩梦？

突然有人打开了酒吧里所有的灯，强光让孟小彤睁不开眼睛。

她努力睁开眼睛，却发现自己已经来到了一个明亮的手术室。

再仔细观察四周，严格意义上来说，这是一个布置得像手术室的卧室。

卧室的门被打开，进来几个穿着护士装的女人，她们画着妖冶的浓妆，巨大的胸部几乎要撑破护士装，明显不是真正的护士。

她发现莉熏也穿着十分修身的护士装，此时的年纪又比刚才成熟了几岁，身材也更加玲珑有致了。

一个脸披厚厚白粉、眉毛吊着，面目可憎的护士长模样的女人一巴掌用力打在莉熏脸上，莉熏立刻跌在地上。

你以为你是谁，这不可以碰，那不可以摸，天天有客人在投诉你。你TM还真以为自己是圣洁的护士了？护士长凶狠地说。当初老板收养你，抚养你长大，你为什么一点都不懂感恩？

就是呀，以为自己长得好看死了，架子越来越大，谁都不放在眼里。旁边护士帮腔说道。

今天我们要让她彻底认清自己的真面目。护士长恶毒地笑着说。

这次一定要她知道这里的规矩，这里可不是天堂。旁边几个女人纷纷对她恶语相加。

她们你一手，我一脚，将莉熏绑在手术台上。

扒光她的衣服，我倒要看看，同样是女人，她有什么金贵的？护士长恶狠狠地说，嘴角抽动的瞬间仿佛整张丑陋的脸就要脱落。

你们敢！莉熏瞪大眼睛咆哮。

给我手术刀，我要让她的脸改变下模样。护士长越发诡异地笑着说。

孟小彤不顾一切地冲上去想阻止她们，解开绑在手术台上的莉熏，却发现自己根本无能为力。

住手！你们住手！住手！孟小彤疯狂地喊着，可手术室里静得可怕，她只听得见自己惨烈的回声。

噩梦在朝最可怕的方向发酵。

手术台的灯一下子亮起，孟小彤感觉自己的眼睛要瞎了，她勉强睁开，却惊讶地发现此刻自己被绑在了手术台上。

就是刚才莉熏的位置，她替代了莉熏，变成了莉熏，可莉熏去了哪里?

更神奇的是，那张护士长的脸居然变成了莉熏，她面无表情，却写满了痛苦与憎恨。

莉熏拿着刀，正一点点靠近她的脸。

啊!!!! 她极度惊恐地叫了起来。

你醒醒，没事吧。孟小彤忽然觉得耳边传来熟悉的声音。

她睁开眼睛，发现自己终于回到了刚才睡下的莉熏卧室里，身上的被子已经湿透，原来是一个可怕的噩梦。

刚才我做了一个梦，特别可怕，特别真实。孟小彤喝着莉熏递过来的热水说。

是吗，别害怕，跟我说说，说出来就不可怕。莉熏边温柔地安抚她的后背边说。

我梦到了你，童年的你和年轻时候的你。

我？莉熏笑笑，那时的我长什么样?

比现在的你小。

哈哈，那当然了。

还有呢?

比现在的你痛苦。

孟小彤看着莉熏，莉熏沉默不语。

梦终究是梦，你太当真的话，就上了梦的当。莉熏过了很久才开口说话。

孟小彤看了看床边的时钟，才凌晨3点，她回想起刚才睡觉之前，莉熏对她说，无论她在梦里说了什么，都不要管她，难道莉熏每晚都会做那样可怕的噩梦，难道刚才与莉熏睡在同一张床上，心灵相通的她与莉熏在梦境里也意外地相通了？

她虽然在莉熏的劝说和安慰下继续倒下休息，却不敢再轻易入睡，决定睁着眼睛到天亮。

过了一会儿，孟小彤还没睡着，却感觉莉熏那边静得可怕，简直是没有了呼吸，也许她睡着了吧，她安慰自己。

孟小彤还是怎么都睡不着，精神极度焦虑和紧张。

突然她感觉有一个暖乎乎的东西钻进被窝里，她没有害怕，她以为是莉熏的手，一摸才发现是一只浑身毛茸茸的小动物，是一只猫！

是刚才一进这间奇妙的房间，头顶上顶着鸡尾酒的那只小白猫。

她从刚才的月光屋顶蹓跶回来了。

这只小猫像只温柔的小球暖在孟小彤的怀抱里，孟小彤抱着小猫，感觉自己的恐惧突然全都跑掉，只有温暖和安心。

她又一次睡着了，这一次她没有做梦。一觉到天亮。

醒来的时候，孟小彤感觉精神全部复原，一切元气满满，像身处逃课的礼拜五下午。

怀抱里的小猫已经不见了，身旁的莉熏也不见了，床边放着叠放整齐的衣服。

脱掉睡衣的时候，她有一个疑问怎么也弄不明白，因为睡衣的一个扣子搭错边了，扣在了另一边下面的一排扣上，她昨晚洗好澡穿好睡衣的时候特意在浴室里的镜子前照了好久，要是扣错的话，一下子就会发现，所以不可能扣错的。

她后来就睡觉了，没有再脱下这件睡衣过，所以更谈不上在关了灯的黑暗里粗心扣错。

孟小彤突然冒出了一个可怕的念头，除非、除非……有人在她睡觉陷入噩梦的时候，帮她脱掉衣服，又帮她重新穿上过？

懒虫，来客厅吃早饭了。她忽然听到卧室门口莉熏的声音，一反昨晚的低沉，此时她的语调简直像正在从山顶草原上滚落下来，清脆悦动的苹果。

这声音立即把她头脑中残留的昨夜的噩梦与乱七八糟的忧虑驱散得一干二净。

新的一天又开始了，孟小彤看着窗外楼下盛开的一树桂花，她觉得这会是美好的一天。

吃早餐的时候，莉熏对孟小彤说她可以去上班，魑夜不会在白天活动。

语气中有逐客的意思。

孟小彤恋恋不舍，把烤好的吐司放入嘴里问她，那今晚我住在哪里？

莉熏不出声，她喝了一口咖啡笑笑说，随便你，反正这里永远欢迎你。

莉熏拿出了一张纸，写了家里的地址给孟小彤。

你要来的话还是坐地铁来这里吧，最方便，莉熏说。万一你开车的时候魍夜让你产生幻觉就不好了。

孟小彤说，不用纸，丢了就麻烦了，地址记在手机上就好了。她这才终于想起自己的手机。

一打开，吓一跳，一共 126 条男友林雨生打过来的未接电话。

她觉得事情有点严重，去阳台拨回去，才响了两声，电话就立马接通了，仿佛他一直在电话那头守候。

你昨晚去了哪里？为什么要关机？为什么我去你家怎么敲门都不开？早上再没你消息我就报警了!!!

孟小彤把手机离开了耳朵一点，等那边男友烦人的连珠炮喷完。

她不慌不忙地说，昨天临时接到曼妮电话，她到上海了，我去机场接她了，飞机误机了，等了很久，就在机场附近旅馆睡下了。后来太累了，就关机充电睡觉了，这不手机刚充好电，第一个就打给你啦。抱歉。孟小彤说起谎话来，眼睛都不眨。她自己也知道说的理由自相矛盾，漏洞百出。

但林雨生却选择相信了她，或者说更多的是还不想失去她。

哦，是曼妮，她回来啦。林雨生的语气立刻缓和下来。那你打给我，让我去接她嘛。

孟小彤心里想，为什么要你来接，你那么积极主动干吗。说出口却是，我不想麻烦你。

麻烦什么？我是你未婚夫啊！

孟小彤听到未婚夫三个字，眉头立马一皱，仿佛那是一个立刻想脱下的枷锁。

还在生我的气？林雨生在电话那头轻声问。

没，我是那么小气的人吗？一张画而已。这是你的画，你想送给谁就送给谁咯。孟小彤的语气带着半分抱怨，半分撒娇。

你真的那么想要？那我去要回来。

你舍得让那个人伤心吗？孟小彤知道那张画一定不是捐给幼儿园的，她冷不防问。

电话那边突然凝固了，林雨生被问得蒙住，他一定想不到孟小彤会这样突然揭穿他。

喂喂，怎么不说话了，不会真的送给其他女人了吧？孟小彤假装调皮地问，她在给他台阶下。

你总是这样，爱逗我玩，打我一拳，再帮我揉下。但我就是吃你这一套啊。除了你，我哪里还有什么其他女人。林雨生无奈地说。

好啦，大清早不要那么肉麻啦。不说了，一会儿我要上班了。孟小彤不想再听到那些虚伪的甜言蜜语。

曼妮在你旁边吗？林雨生还是有点将信将疑。

曼妮，在啊，她在整理行李呢。哦，原来你给我打电话那么久，真正目的是为了要听到她的声音啊。曼妮……孟小彤对着阳台的空气假装喊。

没……没。林雨生在电话那头吓得立马挂了电话。

放下电话，孟小彤呆呆看着楼下人来人往、开始热闹起来的马路叹口气，她觉得她和林雨生之间的间隙越来越大，感情越来越淡。她不知道这样虚伪的感情继续下去还有什么意义。

是那点让旁人羡慕的物质吗？孟小彤自己本身就有一份不错的广告公司高管工作，而且又早早买了一套舒适的市中心小公寓自住，单是每月股票、期货投资、各类基金的收益就足够她买化妆品、买衣服、买包包、买各类珠宝的开销。她不需要再舍弃自己的精神世界去交换一个男人的物质供给。

曾经，她深深地迷恋着他，她觉得林雨生是这个世界上最信任的人。

现在，他们心中各有各的秘密花园，迷雾缭绕、深不见底，彼此也不再知晓唯一进入的通关密码。

在想什么呢？莉熏看她打电话那么久，来阳台问她。

孟小彤看着穿一件宽松紫色真丝衬衫，头发微卷得十分可爱的莉熏，觉得她更美了。

阳光照在莉熏的头发上，好像为她带上了一顶加冕脱俗之美的皇冠。

她舍不得把目光移开莉熏身上。

迟到了一小会儿，孟小彤穿了莉熏的衣服去上班，她时不时低头闻闻衣服上宛如晨间花露般的香水味。

她似乎不再害怕随时可能出现的魑夜，因为有这件衣服在保护她。

同事的小姐妹纷纷说她今天气色极好，问她用了什么新牌子的护肤品。

她敷衍过去，她一点不想和她们聊天，就算是再离奇的八卦，再大的客户订单都不感兴趣。

她在回想昨夜，与模特共舞的男人、射杀天鹅的男人、诡异的公寓楼、可爱的直立行走的小猫、月光屋顶、共通的梦境，每一个细节，都在贪婪的回味中。

工作一点都不在状态中，她心神不宁，仿佛心里时刻有雨点在急速敲击，她假装看电脑，留意客户的邮件，却一个字都看不进去，她知道，她在等下班，等神奇的夜晚再一次来临。

傍晚快下班的时候，她接到一个电话，是闺蜜林曼妮打来的。

曼妮，什么？你回上海了。真的？孟小彤不敢相信自己随口的谎言竟然成真。

我为什么要骗你，小彤。

曼妮，你还好吗？你的声音怎么听起来那么不开心。

一切等出来再说吧。

她们约了孟小彤公司楼下的咖啡馆见。

忽然下雨了，孟小彤越发觉得林曼妮刚才在电话里不对劲，不是两个月前林曼妮才和一个当代艺术品拍卖行工作的外籍男友去美国生活，现在怎么突然回来了？

孟小彤急急按了去一层咖啡馆的电梯，她十分想念林曼妮。

走进咖啡馆，不见林曼妮，以为她还没到，所以坐在靠窗的桌子前，独自点了一杯咖啡，边等边看匆匆而过的路人，她不明白，为什么每一个人看上去都那么忙，那么不快乐。

小彤，小彤，孟小彤听到背后有人轻轻呼喊她。

她转头过去，咖啡馆旮旯角落，一个没有灯光的阴暗位置有一个熟悉的身影。

她走过去细细看，不由地吃了一惊！

林曼妮穿一身黑色风衣缩在沙发座里，中分的长发毛糙而疏于打理，根根枯黄分叉，脸色惨白，没有血丝。

最夸张的是，居然有一只眼睛蒙着纱布。

曼妮，你这是怎么了？孟小彤的眼泪几乎要掉下来。

我带着一切希望过去，现在，我失去一切回来了。林曼妮对她苦笑。

那个外国男人不是很爱你的吗？他为什么要这样对你？孟小彤紧紧握住林曼妮冰冷的手。

一种刺骨的、痛苦的、绝望的冰冷。

都是我的错，一切都是我咎由自取。林曼妮低下了头。

他出轨？还打你？你的眼睛没事吧？说吧，说出来会好受点，我们之间没有什么是不可以说的。孟小彤又急又难过。

孟小彤看到林曼妮落魄成这个样子，实在是不忍，她想起林曼妮初去美国的时候，是那么幸福，那么充满朝气，为什么短短两个月，她仿佛失去灵魂，成了一具被生活遗弃的行尸走肉。

林曼妮不说话，只是摇摇头。

过了一会儿，林曼妮轻轻对她说，小彤，你要记住，两个人相处一段时间，当你突然察觉那个人是不是变了的时候，往往正是他终于舍得向你敞开真面目的时候。

不管孟小彤怎么问，林曼妮对于在美国的事就是不愿意多说，仿佛已经是上辈子久远的记忆。

既然已经不能重新开始，努力去忘记总归是好的。

林曼妮不愿意谈论自己，她勉强微笑，问起孟小彤的近况。

孟小彤正愁一肚子离奇经历没人会听她倾诉，所以她立刻把这两天所有发生的奇怪事，包括魑夜，包括莉熏，都对林曼妮完完全全说出来。

曼妮，你是不是觉得我疯了？孟小彤自己也不敢相信自己说的那些话。

我相信你，小彤，因为你看起来很幸福。

我真的觉得这只是一场梦。孟小彤边说边用勺子一直在黑色的咖啡里旋转，仿佛想观察这漩涡的本质，观察时间是否已经颠倒。

不快乐的人连做美梦的资格都没有。林曼妮忧伤地低语。

那个莉熏真的长得很像阿菲吗？林曼妮好奇地问。

刚开始觉得她们很像，后来就明白那真的不是她。我不会再去满世界找她的背影了。孟小彤有些黯然。

你在美国有遇见阿菲吗？有人说她在美国啊，不知道她现在过得好不好。孟小彤终于忍不住问。

一个人要是真的想躲藏起来，住在同一个街区都不会遇见。林曼妮叹一口气。

她为什么要躲着我们，那时我们还小，一切都只是青春期的躁动罢了。孟小彤看着黑漆漆的咖啡馆天花板，回忆遥远的过去。

可能她厌倦了激情，想远离喧嚣，想过过安稳平凡的小日子，所以选择了隐匿。我们还是不要打扰她了，如果她真的想念我们，终有一天，会遇见的。林曼妮努力安抚孟小彤。

哎，过了那么久，原来我还是会激动呀。孟小彤自嘲地笑笑，对自己失望地低下了头。

这就是你最可爱的地方。林曼妮眼带笑意地望着孟小彤。

你好像对那个莉熏很着迷呀？过了一会儿，林曼妮抚了抚干枯的头发，懒洋洋地说。

她是一个会让周围的一切都变得不可思议的人。和她在一起，下一秒永远都是惊喜。孟小彤一提到莉熏就感到无限喜悦。

被你说的，我也好想见见她。

那一会儿一起去她家吧。

家？你今晚还是住她家，不住自己家？要不住我那里吧，林曼妮不放心地说。

没事，林雨生可能又会去我家堵我，我们这两天正好需要冷静冷静。你那里乱得简直像一个卖衣服的市集，我不想和你的宝贝衣服抢你的床。孟小彤做个鬼脸调皮笑笑，婉拒林曼妮的好意。

你和林雨生……你们怎么了啊？林曼妮还是问了。

我也说不清，感觉忽然就和他很陌生了，忽然就觉得他没意思，忽然不喜欢他了。

别被外面精彩的世界迷住眼了，他是一个好男人。林曼妮作为一个好闺蜜在细心告诫。

曼妮，我倒觉得他和你挺配的。孟小彤嬉皮笑脸，胡乱开着玩笑。

林曼妮不声不响。

看，你又生气了，曼妮，你这个人就是太严肃。

是你太不正经，你把我当乞丐了，我干吗要去捡你不要的，虽然在美国的那段感情很失败，我逃回来，可我……林曼妮明显有点不高兴了。

好啦，曼妮，我就随便说下，因为林雨生的条件想想还真是不错的，江景公寓晚上的夜景真是迷人，肥水干吗要留给外人呢。

你啊，你啊，太不知道珍惜了，你也晓得是肥水，虽然你条件好，还可以再看看，但你不能一直这样任性下去。

好啦，你这次回来真的啰嗦了不少，我要叫你妈了，我还有更重要更值得去追求的东西。孟小彤撇了撇嘴。

你的眼睛真的没事吗，让我看看，要不我陪你一起去医院再看看。孟小彤看着林曼妮左眼上的纱布，还是不放心。

不，不，真的没事了。就是有一点肿而已。我一会儿要去我妈那里，你放心吧。

那我就放心了，不过阿姨看到你这样，不知道又会多伤心了，当初她和我一样，极力反对你和那个外国人在一起，哎。

小彤，这些过去的话，我们不要再讲了。林曼妮低下头说。

嗯。

两人在咖啡馆门前分了手，雨已经不下了，街道四周的空气清新得像新生的芳草，孟小彤目送林曼妮打到计程车之后离开。

她觉得虽然那么久没见，但好在和林曼妮的友情一直没变。

可事实是——林曼妮回到家中，还是不能平静，她还在介意刚才孟小彤把她不要的男人丢弃给她的话，她站在镜子前，呆呆看着里面那个陌生的自己。

弃妇，呵呵。她笑了起来。

就让我们看看谁最后会是弃妇，孟小彤。

她摸着自己皱巴巴的脸庞，像是在摸一棵枯树。

她不知道，这一切交换到底值不值得。

她自始至终都没有去美国，外国男友也早已分手，各自生活，不再过问。

这两个月，她一直都在潜心策划一个可怕的阴谋。

外面的天已经完全黑了下来，卧室里静得可怕，林曼妮可以听见一只黑色蝴蝶从前门飞进来时的翅膀挥动声。

她脱掉眼罩，一只眼睛已经没有眼珠，只有混沌黑暗的一片，像一个诡异无底的黑洞，仿佛能吞噬一切快乐。

她知道，这是她那天绝望地坠湖后，没有死去时与魔鬼交易所付出的代价。

那只黑色蝴蝶轻盈地飞进卧室，飞进她的一只眼睛里。

她的复仇计划早已开始。

她拿起电话拨通了那个神秘的号码。

她的语气暧昧，喂，亲爱的莉熏，一切都还顺利吗？

那边孟小彤刚离开咖啡馆，她怕开车时魑夜来搅乱而出事故，所以准备乘坐人多的地铁去莉熏家。

这时林雨生的电话又来了。

你在哪里啊？你那么早就已经下班了？林雨生焦急地问。

你去我公司了？孟小彤很厌恶他这样。

正巧路过，你在家吗？

我在哪里，不需要时时向你汇报，我有我自己的私生活。记得你以前跟我说过，拜托请给我一点私人空间。现在我把这句话还给你。孟小彤说得很不客气。

是是是，都是我的错，你不是说不生气了嘛，一起吃个饭吧，我在半岛酒店订了最好的露台位置，我有样礼物送给你。是奈良美智的……

我已经约了人了。孟小彤打断了林雨生的话，毫不留情地拒绝了他，她根本不想再得到他的任何礼物，她觉得自己已经慢慢厌倦这个男人。

不喜欢一个人的时候，他所有的殷勤都是一种不合时宜的骚扰。

好吧，林雨生语气低落，不管怎样，我还是想说，我会一直等你。

孟小彤没有说再见就挂了电话。她明白他到底在等什么，一张绑住她的婚约的纸。

挂了电话，她从衣服里掏出莉熏给的地址，她看了看时间还早，夜还未深，现在去她家气氛并不好，所以在地铁旁一个开了很久的书店逗留了一会，她左看右看，最后淘了一本充满幻想的童话故事集——《银河铁道之夜》，书旧旧的，好像还是原版。

这是她在日本电影里常看到主角在读，常听到的、却一直没机会读的书。

她看了一小段后决定一会在地铁上继续读读看打发打发时间。

可让她意外的是，今天的地铁站里格外安静，简直像一个落寞而又空旷的废墟。

她在等地铁，长长的这一排只有她独自一人，她觉得诡异，但又不敢四处张望，怕突然有一张脸从天而降。风刮过来，带了一阵奇香的薰衣草味道，简直像是从阳光拥抱过的普罗旺斯刮来的。

终于一辆地铁慢悠悠地驶过来，完全没有以往上下班时极速飞驰的劲道，像是在懒散地度假。

乘客请注意，乘客请注意，广播喇叭声响起，开往半人马座 α 星的列车即将抵站。

啊？孟小彤一惊，觉得是自己大概听错了，她要去的是地铁常熟路站莉熏的公寓，可不是什么可笑的半人马座 α 星。

难道是广播播报员喝酒喝多了说胡话？她不禁哑然失笑。

列车真的就要到了，她已经看到闪闪发光的车灯了，像一颗明亮的星。

忽然她感觉身旁有人来了，她转头一看，简直吓得要瘫坐在地上。

是一只巨大的，穿着西装的仓鼠！她死死盯住它看，真的是一只直挺挺站立、穿着蓝西装、带一个黑色圆礼帽、举止绅士的仓鼠。

它脸庞的几根银色胡须翘得太可爱了！

小姐，你这样看人很不礼貌，巴蒂和你很熟吗？仓鼠开口说话了，声音低沉稳重，像一个40岁的大叔。

哈？你居然会说话？孟小彤一惊一乍。

我一定是在做梦，我一定累坏了，在咖啡馆睡着了。孟小彤在心里不断暗示自己。

小姐，巴蒂上了一天班已经很累了。仓鼠不开心了。

巴蒂是谁？孟小彤张大眼睛问。

巴蒂在和你说话！仓鼠的眼睛也瞪得老大老大。

他们两人说话间，列车已经在他们面前停下来。

这是什么车，一点都没有平时冷冰冰的地铁样子。孟小彤还没从刚才的惊吓中恢复过来，又被眼前景象惊呆了。

车身满是薰衣草和一闪一闪的如星辰般璀璨的宝石装饰，美得她睁不开眼睛。

如果这是梦，那么再让我睡一会儿吧。她暗暗对自己说。

仓鼠巴蒂给翻了她一个白眼，抢先一步，上了车。

孟小彤在犹豫到底要不要上车的时候，忽然感觉背后被一只鸟重重啄了下，疼痛更像一只手，把她推入车厢，双脚踏上车的瞬间，她感觉仿佛是踩在软绵绵的云朵上。

车厢里安静非凡，响着一点悠扬的爵士乐。

各种奇形怪状的人坐在座位上，各自没有交流，都在读封面优美的小说。

孟小彤平时也是一个极爱读书之人，有些封面不用看名字，一眼就认出了。

《1984》《双城记》《了不起的盖茨比》《看不见的城市》《小径分岔的花园》……

这些书的原版封面，她再熟悉不过了，都是她看了一千遍，却又买不到的绝版珍品。

她一眼扫过去读这些书的人，有全身裸体的无脸之人，有穿着红色宫廷拖地长裙的猫咪，有半边身体男人半边身体女人的连体人，有朋克装扮，穿黑色皮衣，背着一个吉他的狼，更有一个头戴黑色面纱的独眼少女。

她觉得有点害怕，还是坐到了刚才那只仓鼠身旁。

她一坐下，就听见仓鼠巴蒂不屑地啧了啧嘴。

仓鼠巴蒂也从包里拿出一本小说开始读了起来，她瞄一眼黄色封面，是一个戴帽子，胡子邋遢的大叔。

哇！是《百年孤独》！这仓鼠真有品位。

你是怎么死的？仓鼠冷不防说。

死，我死了？孟小彤纳闷。

哦，再等一会儿大概就死了。仓鼠继续看小说。

我，我……我这不是在好好和你说话吗？孟小彤不敢相信他说的话。

人类？仓鼠小声问，怕打扰周围其他怪异的乘客，它只动嘴，身子没有转动，假装自己在看小说。

当然，我可没有你那样特别的胡须！孟小彤提高嗓门。

嘘!!! 仓鼠转过头，两只毛茸茸的爪子比在嘴边，做了一个噤声的姿势。它的眼睛恶狠狠地盯住孟小彤，仿佛下一秒就要吃了她。

孟小彤立刻吓得大气不敢出，她的心怦怦跳，手里紧紧握住那本刚买的《银河铁道之夜》。

列车突然加速，是超过她身体负荷极限的那种速度，有一瞬间，孟小彤感觉自己身体要爆炸。

她努力平复下来，看见窗外原本黑漆漆的地下隧道突然变成了粉红色线状。

她刚要张大嘴巴，突然想起旁边严肃的仓鼠，又努力让自己镇定下来。

超过光速就会这样，别大惊小怪，人类。仓鼠巴蒂冷冷地说。

我们这是要去哪里？孟小彤问。

半人马座 α 星，巴蒂看见你长耳朵了。

去那里干吗？孟小彤大吃一惊，刚买的那本《银河铁道之夜》书里描写的是少年坐上通向银河的火车，现在她厉害了，直接坐上了现代化的通向银河的地铁？难道这又是我看了书之后在幻想？她心里百感交集，却又激动不已。

那里是你们人类灵魂的安息流放地，最后你们都要去的。仓鼠轻轻叹了一口气。

难道我真的快死了？孟小彤不解，她就是去了地铁站准备乘地铁去莉熏家呀，怎么好好地就要死了？

人类的话，只有濒死或者已死的才能上这辆车。这辆车会载他们的灵魂去往最终流放地。仓鼠认真地说。

那你也死了？孟小彤不解地望着仓鼠。

巴蒂不是人类!!！仓鼠又瞪她一眼，它的胡须扬起，这是我的工作，其他生物到站了就自然会下车，人类总是会贪婪地留恋今生，不肯下站，放不下过往的一切!

你难道是专门负责把我送去人马座，防止我不肯下车或中途逃车的？孟小彤问。

嗯，就是防止你们这些浅薄的人类会在车上大惊小怪，做一些不安静、不礼貌的事，打扰到其他尊贵的客人。说着仓鼠巴蒂的嘴轻轻往上扬了扬，示意孟小彤对面座位那些奇形怪状的生物。

哈哈，原来传说中的黑白无常是一只仓鼠。孟小彤心里想，仍不再笑出声。

列车在慢慢减速，外面模糊的一片粉红色渐渐成了可见的灿烂星空。

广播又一次响了起来，天狼星即将抵达，请旅客注意下车。

孟小彤看见对面那只穿朋克皮衣、背着吉他的狼站起来，从上方拿了行李，豪迈地大步走向车门，准备出站。

原来不同动物死去后灵魂的归属地也不同啊。孟小彤自言自语地感叹道。

为什么人类是人马星，狼是天狼星？那你们仓鼠又是什么星？

巴蒂今天很累了，没想到那么晚还有你这样麻烦的人类。因为人马座是银河的中心，那里最大，也最荒凉，足够包容人类的自负。

列车停了下来，门瞬间打开，没有风进来，车厢内依然平静如深海，门外一道光瞬间像地毯一样朝向外面的宇宙星空平铺开来，狼的两只长满灰毛的脚踏着光，慢慢下了车。下车前，狼呜呜叫了两声，仿佛它将要重生。

门立刻关上，列车重新光速起航，窗外又变成了模糊的粉红色。

你手里拿着的是什么书？仓鼠问她。

孟小彤给它看了看封面的书名。你看得懂文字吗？

巴蒂可是教授！

就在这时，对面那只穿红色宫廷拖地长裙的猫咪迈着猫步优雅地走了过来，一屁股坐在了仓鼠的旁边。

孟小彤觉得这猫好像很眼熟，在哪曾经见过。

这不是莉熏家的那只猫吗？她突然想起，心里一阵激动，仿佛他乡遇故知。

猫咪和仓鼠悄悄说了两句话，仓鼠就立刻偷笑起来，胡须在剧烈地颤抖，它边笑还边把毛茸茸的手放在猫咪的大腿上。

原来如此，原来如此，怪不得我看到她拿着那本珍贵的《银河铁道之夜》。虽然已经过去很久，但我依然记得写这本描述我们这个世界的书籍，记得那个偶然闯进我们这里的旅人。仓鼠低声说，猫咪附和着笑笑。

你一会儿跟猫大人下车，巴蒂对孟小彤说，它又恢复了冷漠的语气。

啊？我为什么要下？孟小彤一惊，去看猫咪，猫咪对她调皮地眨了下左眼，她的眼睛里有一条琥珀色的线，仿佛能看穿一切秘密。

不下，你就真的要死了。猫咪说话了。

孟小彤觉得奇怪，她对于猫咪会说话这种稀奇事已经见怪不怪了。

她觉得奇怪的是，猫咪说话的声音好熟悉、好温柔。就像、就像莉熏的声音！

对，莉熏！是莉熏说话的声音，是她来救我了吗？帮我从这荒诞而又真实的梦里逃出去！

好，孟小彤笑着回答猫咪，她的脸瞬间红了。

牛郎织女星到了，那对连体人下了车。

你看他们多恩爱，死了都不愿意分开。仓鼠巴蒂嘲讽地说道。

好了，一会儿你就到了，记得下车。别再一不小心回来。它毛茸茸的手轻轻拍了拍孟小彤的肩，仿佛是一个温柔的长辈在做最后的告别。

我会想你的，孟小彤也不知道自己怎么会说出这种话，她和仓鼠才刚认识而已，但她莫名觉得和它很亲。

希望我们很久很久之后才会相见吧。仓鼠低头说。

喂，你不会要哭了吧，刚才你还对我那么凶。孟小彤也有点哽咽。

车开得太快，巴蒂眼睛里进星尘了，巴蒂才不会哭。说着它揉了揉眼睛。

走吧，猫咪伸出猫爪子轻轻拉起孟小彤站在了门口。

把书翻到最后的一页，这本书是回去的钥匙。猫咪说。

孟小彤最后看了一眼这列梦幻的通向银河的地铁列车，她觉得有一点不舍。

我们哪一站下？她问了问身边的猫咪。

猫咪高傲地抬着头，神似冷酷的莉熏。

现在！猫咪按了按地铁旁的紧急制动开关。地铁在急刹车下停下，孟小彤几乎站不稳。

门开了，外面的银河璀璨，闪得孟小彤睁不开双眼。星空仿佛近在咫尺，伸手就能摘下一颗。

猫咪拉着孟小彤从车厢里跳下银河，孟小彤感觉自己正急速落下，心跳快要终止。

渐渐地，她感觉自己晕了过去。但立刻又恢复意识，她看到自己过去的一生在眼前像一页页书一般急速翻阅，让她能重新回顾。

她从小和母亲相依为命长大的瞬间，父亲对她们家庭暴力用凳子砸她的瞬间，恋爱失败遇上人渣被赶出车丢弃在街头的瞬间，躲在衣柜里偷偷哭的瞬间，在画廊遇上林雨生、迷上他笑容的瞬间，在月光屋顶和莉熏坐着一起分享美食的瞬间……

她感觉自己在流泪，一种直冲内心的悲戚和缅怀。

喂喂，你醒醒。她模模糊糊听到旁边有人在呼喊她，她努力睁开眼睛，但失败了。

她感觉自己躺在床上，周围人声鼎沸，应该是又回到了现实世界。

她又一次拼命睁开眼睛，她慢慢看到了光，这光比起银河平凡了太多。

她发现自己正躺在一个干净的小房间里。

刚才你突然晕倒，跌落进车轨里，把大家吓坏了。一位好心的大叔对她说。

后来一位女孩不顾一切地也冲进铁轨里，她抱住你，大家一起帮忙，通知了地铁站紧急停止正在靠近的列车，好不容易才把你们拉上来。

我这是在哪里？孟小彤虚弱地问。

这是地铁站的医疗救助站。放心吧，没事了。你只是有一点擦伤，真是神奇。一位穿白大褂医生模样的男人对她说。这是你掉在身边的书。

那个女孩呢？我要谢谢她。孟小彤努力起身，接过书，发现自己可以坐起来了。

看起来你真的没事了，一位女孩拿了一瓶水进来，对她亲切地笑笑。

莉熏！你怎么在这里，是你救的我吗？孟小彤简直不敢相信自己的眼睛。

嗯，我只是刚好在这里准备转站，听到对面车站那边一阵喧哗，走近发现你居然晕倒在铁轨里。

怎么那么巧？太不可思议了。

莉熏不作声，她不知道该如何回答，她怎么能告诉孟小彤她在她今天穿的衣服上放了迷你跟踪器。

孟小彤又躺了一会，莉熏一直陪着她。

慢慢恢复精神后，她们一起离开了地铁站。

我刚才坐地铁去了银河。孟小彤抬头看了看街道上空的星星，对身边的莉熏说。

可否记得带一颗星回来？莉熏对她笑笑。

呀，太美了，我光看了，居然忘了。孟小彤拍拍头懊恼。

孟小彤突然觉得很幸福，因为莉熏能听懂自己的胡话。

是不是魑夜又回来了？孟小彤沉默了一会后问。

我不是也来了嘛。莉熏摸了摸孟小彤的头。

孟小彤感觉心里涌进一阵暖意。

我现在已经不害怕魑夜了，它能让我看到平时无聊生活中看不到的东西。

可是你刚才差点死了！莉熏提醒她，怕她沉迷于空虚的幻觉中。

死没那么可怕啊，有通向银河的列车，还有可爱的仓鼠大叔，还有你那只猫。孟小彤突然惊喜地拉住莉熏胳膊。

莉熏不出声。她心里明白那个人的目的已经达到，让魑夜慢慢魅惑一个人的心智，丧失理智，沉迷幻想，自己心甘情愿一步步走向死亡。

她本应该高兴才是，这也是她接近孟小彤的理由。

可现在，看着眼前活泼可爱的孟小彤，她不知为何，心里乱得像猫爪子搅弄过的毛球。

刚才来到地铁站本来也是想监视她，必要的时候，制造些浪漫的偶遇，当发现她一有危险，马上奋不顾身冲过去，这种想保护一个人的心情从未有过。

那本书有问题，快给我。莉熏突然想起说。

她一接过孟小彤递过来的书，马上拿起打火机点燃纸页。

孟小彤看到新买的珍贵原版书就要被烧毁，立刻想夺过来，却被莉熏一个凛冽的眼神吓得不敢动弹。

书碰到火，立刻蹿出一道虹光，不到几秒，就几乎烧尽。

那不是一本普通的书，一阵风吹来，烧起来的纸屑像一只只活生生的，闪着光的萤火虫在飞舞。

孟小彤开心地在飞起来的纸屑里转圈，觉得自己像是回到了童年，回到了那个在田野追逐萤火虫的夏天。

今晚我又不想回家了，和你在一起永远都会有那么多神奇的事发生。孟小彤倚着莉熏的身子撒娇说。

是那么多厄运的事。莉熏犹豫了下，还是推开了孟小彤。

她们一前一后，保持着一段距离，孟小彤跟在莉熏的身后，在莉熏被路灯照射出的修长的影子里，像快乐的小兔子般蹦蹦蹦跳跳地走。

孟小彤觉得在黑夜里只要躲在莉熏的影子里，就能得到最温柔的庇护。

她不知道莉熏要带她去哪里，她根本也不想知道，因为和一个自己喜欢的人在城市的夜色里不再恐惧地四处游走，探寻隐藏在寂静中的疯狂与荒诞，这种兴奋的感觉她从未体验过，她感觉自己就像是一个踏上冒险之路的夜吟诗人。

风起了，街道旁的梧桐树枝在发疯地摇晃，仿佛在演奏一曲欢乐颂来庆祝午夜将至。

有点冷，孟小彤手抱胳膊问，我们到底要去哪里啊？快回家吧。

家，莉熏听到这个字后忍不住笑，她没有回头，继续往一条灯光隐约的小巷里走。

到了，莉熏终于回头，她们在永福路一栋阴暗房子前停下，孟小彤朝一楼窗口张望，房间里好像有烛光在摇曳，把人的影子向鬼魂一样，飘飘忽忽印在墙上。

这绝不是餐厅吧？孟小彤问，她走进屋子前的小石子路，觉得脚底的小石子在隐隐颤动。

嗯，一个自杀俱乐部。你刚才说到死，所以带你到这里来认识下那些真正想死的人。

啊，孟小彤听到这话吓一跳，她拿出手机照明，居然发现脚下的每一个小石子都是一个小小的骷髅。

她立马想逃，莉熏拉住了她的手说，这些只是掩人耳目的假石头，只是物主怕被打扰，吓吓路人罢了。

孟小彤仿佛失了魂，她跟着莉熏，被背后的风推进了门。

屋内没有开灯，她只看清楚几张欧式圆桌和墙上可怕的骷髅壁画。桌上放置几根忽闪忽闪，像是有眼睛的银制烛台，一堆人闭着眼睛手拉手围坐着，像是在祷告。

借着忽明忽灭的烛光，孟小彤看清最近一个桌子旁坐着的人。

是几个小腹微微隆起的女人，她们每一个人脸上都死寂得可怕，仿佛已经被绝望吞噬殆尽。

听到声音，她们朝孟小彤和莉熏看过来，孟小彤发现她们的眼睛都好像带一点黑色的血丝。

她们的眼睛？她轻轻问身旁的莉熏。

快被死神追上的人眼睛都这样，眼睛全黑的时候，也就是她们告别这个世界的时候。

一个戴银色蝴蝶耳环并盘发的女人站了起来，微笑着朝她们走来。

莉熏，好久没见你来了。她温柔地牵起莉熏的手，仿佛她们是旧相识。

我不来，不是证明我过得很好嘛。莉熏打趣说道。

别把我们这里说得那么可怕，这里可是都市迷失之人救赎之地。那个女人笑笑说。

那么，这次是介绍朋友来？女人朝着孟小彤饶有兴趣地说。

是的，她最近对死很有兴趣。莉熏冷冷看了一眼孟小彤。

几个月了？女人冷不防对孟小彤说。

孟小彤一时无语呆住，莉熏反应快，微笑说，才刚一个月，所以看不出来。

哦，那么看看就回去吧。你的时间还没到。她摆摆手离开，示意她们自便，脸上失去刚才的兴奋，仿佛同类又少了一个。

她们说话间，孟小彤忽然听到远处一桌有人在毫无顾忌地哭泣。

她眯着眼看过去，发现是一桌穿着女装的……男人。

坐在桌子最外面那个男人，平头，短发，穿着一件黑色抹胸晚装，带一个钻石蛇形项链，脚踩黑色高跟鞋，他喉结明显，胸部却高高隆起，光滑的腿显眼地露在裙子的外边。

他手里拿着几页纸，一边读着，一边大肆哭泣，那哭声除了悲伤似乎还有一种别的情绪。

隔了有一段距离，孟小彤也能感觉到悲戚的手在掐她喉咙，抑着她的呼吸。

她发现那个男人的一只眼睛已经全黑了。

他在读什么？是别人写给他的信吗？孟小彤问。

是他写给自己的最后一封信，一生的回顾与告别，也就是遗书。莉熏平静地说，仿佛熟知这里的一切流程。

孟小彤捂住嘴，表示不敢相信，居然有人会像在阅读会念诗一样念自己的遗书。

他为什么要那么伤心？孟小彤问。

他不伤心，是看到的人觉得他会伤心，他已经过了绝望的阶段了，等着他的只有释然的喜悦。他的泪水只是一种仪式化的条件反射，这不是在告别，这是在庆祝。你看，他笑了。莉熏手指那个男人说。

孟小彤看过去，真的发现那个男人念完自己的遗书后笑了，那笑容纯真得仿佛是一个终于参加完一生毕业会考的孩子。

人到了那个地步，真的会放下一切，真的会不再伤心吗？孟小彤还是不相信，但愿吧，她喃喃自语。

忽然孟小彤瞄到一个熟悉的人，吓得她几乎站不稳，几乎要跌坐在地上。

因为她看到了林曼妮。

她穿了一件血色玫瑰花镶成的衣服，她双手紧握，放在脸前，对着烛火在虔诚地祷告。

曼妮，孟小彤跌跌撞撞走到那一桌，她不敢相信地呼喊道。

林曼妮静静地回过头，她不再带眼罩，一只眼睛像是个窟窿一样，在微亮的烛火里摇摇欲坠。

不知是反光还是太过于害怕，孟小彤看到林曼妮已经满头白发，脸也苍老了不少，仿佛这几天被偷走了大量青春，以坠崖的速度在接近死亡。

林曼妮冲她笑笑，以几乎听不清的，一种午夜蝴蝶轻轻掠过窗沿的声音说，小彤。

为什么你会在这里，前两天你还和我有说有笑的，为什么会来这种地方？她问。

你不是也来了吗？林曼妮对她笑笑。

我，我是朋友带我来的，孟小彤看看莉熏。

她却意外地发现莉熏满脸慌张，甚至是惊恐，像一个看到午夜鬼魅而受惊的孩子。

你是莉熏吧，小彤一直提到你。林曼妮站起来，要和莉熏握手。

莉熏往后一躲，被后排的烛火照亮了脸庞。原本光线太暗没发现，她的脸已经汗如雨下，明明在电话里林曼妮说她还在国外，催她加快计划进度的，她没有料到会在这里看见林曼妮，她仿佛看到世界上最可怕的事。

莉熏，你怎么了？孟小彤有点担心。

没、没、莉熏强装镇定，吞吞吐吐地说，可能是人太多，太闷了，太热了。

我还以为是看到我紧张呢。怕是因为我长得太吓人了吧。林曼妮忽然开起玩笑。

莉熏，这是我最好的朋友，大学时候认识的闺蜜，我和你一直提到的曼妮。

你好。莉熏很不情愿地伸出手，像是在怕触摸到厄运。

不知为何，我第一次见到莉熏，就觉得莫名亲切呢，仿佛已经认识了好久了。林曼妮笑笑说。

莉熏突然沉默不语。

孟小彤觉得奇怪，为什么莉熏看到她的朋友，神色那么慌张。

曼妮，你知道你在哪里吗？据说这是自杀俱乐部。孟小彤打破沉默说。

我当然知道，这里就是我开的呀。

什么？这是什么时候的事，为什么你从来都不跟我说?

说了又怎么样？林曼妮反问，她若无其事地点了一根烟。

曼妮，你真的想死吗?

我只希望有一个地方可以属于我们这些不快乐的人，能在临死前聚在一起说说心里话。

你还有我啊，你可以对我说啊，曼妮，我们不是最好的朋友吗?

小彤，你那个时候天天忙着恋爱，天天和林雨生腻在一起。你那么快乐。

我怎么忍心打扰你？林曼妮的话语中满是讽刺。

曼妮，你这是什么话。朋友都想自杀了，我还能装作什么事都没有一样忙着恋爱？

你难道以前没有这样过吗？难道你不记得阿菲了？你从来都是那么自私。林曼妮忽然说出过去的事。

啊？孟小彤无语凝噎，她看了看莉熏的脸，生怕林曼妮说出什么不可告人的事。

过去的事，不要提了。孟小彤语气中带着恳求。

你以为不提了，大家就都不记得了？林曼妮咄咄逼人。在她的这片黑暗所属地，她终于说出了在白天不能想说的话。

怎么了？你是怕莉熏知道吗？林曼妮笑问。

孟小彤不声不响。

莉熏对你的事，没有一件是不知道的。林曼妮突然亲昵地握住莉熏的手亲吻了一下。

你这是什么意思？孟小彤不解地说。她看到莉熏的脸面如死灰。

你真以为你和莉熏那些浪漫的事是真的？林曼妮讥笑。

孟小彤突然心里一沉。

哦，是从哪里开始的？林曼妮故意装作不记得似的问莉熏。

酒吧。莉熏像一个被人控制的机器人，已经面无血色。

哦对，莉熏是那家酒吧的调酒师，所以很容易就在你的酒里稍微放了点东西，小彤。

放了什么？孟小彤愤怒追问。

别怕，我还不想让你那么快死，只是一点可以让你想象力飞起来的毒蘑菇粉罢了。

是吗？孟小彤强装镇定。莉熏，那么后来我去你家你给我的酒里也有？第二天早餐里也有？

莉熏不作声，眼睛也不敢看孟小彤。

后来我和你在咖啡馆见面的时候，我也偷偷地放了点，不好意思，小彤。林曼妮假惺惺地用手捂着嘴巴说。

原来一切都只是假的，只是我一厢情愿的幻觉吗，莉熏？她不死心，继续追问。

莉熏刚刚开口说，不、不是这样的，毒蘑菇是为了加重致幻的效果，魑夜是确实存在的……

林曼妮打断了她，小彤，也许你会想问我，我们不是最好的朋友吗，我为什么要这样对你？

你不是一直都是这样心狠手辣吗？孟小彤面如死灰地说。

呀，小彤，你终于不装了，开始要露出真面目了。来，莉熏，坐我旁边，我们来听故事。莉熏坐了下来，林曼妮头一歪，轻轻地靠在莉熏的肩膀上。

怎么了？看我们这样不舒服？我们认识可比你早得多，连莉熏这个名字，也是我给她起的。

要不是我，当初她怎么离得开那个可怕的酒吧。林曼妮把自己的手和莉熏十指交握。

孟小彤觉得恶心，她死死盯住莉熏，莉熏低着头，失魂落魄。

小彤，从读书的时候，你就一直在和我争，我看中的，你总是一定想方设法夺过来。你总觉得你夺过来是应该的，总认为你比我漂亮，比我受欢迎，比我会讨好人，比我能干，连买的包和口红都比我贵很多。你把我当朋友，只是想找一个比你差很多的人，来陪衬出你的好。你说我说的对不对，小彤。

孟小彤不说话，她只是冷冷地看着林曼妮。

可是你抢到别人的东西后，却一点不知道珍惜，像丢垃圾一样丢在一旁。

你一切都很顺利，大学毕业后，你的工作、男友、生活一切的一切都美好得不像话，你明知道我的日子过得比你差多了，可是你却总是和我虚伪地抱怨着你的生活。工作不顺心，没有体现你的个人价值，你就说别人都是靠身体和背景爬上去的。林雨生对你那么好，包容着你的任性，你却觉得那是应该的，你对他感情勒索，你不过就是仗着他喜欢你。你在他面前总是装作一个没有心机大大咧咧的可爱蠢女人，装作你不要他的画，不要他的财产，可是你却比任何人都追逐名利，比任何人都虚伪。

孟小彤一直听林曼妮说话，她在思考，她在蓄势待发。

你天天自我感觉良好，天天不切实际地幻想，小彤，你以为你真是童话故事里的公主，一切都要簇拥着你吗？你不知道，我一面要做听你抱怨的闺蜜，一面要顺着你的意思开导你，这让我多恶心。

恶心你为什么一直和我做闺蜜做那么久？孟小彤终于忍不住说。

就是为了现在，我就是要陪着你，看着你拥有一切，再看着你突然失去一切。我要亲眼看到你现在这生不如死的痛苦模样。对对，就是你现在看着我的这种眼神。哈哈哈。林曼妮疯狂大笑起来。

所以说小彤，我怎么舍得离开你。她轻轻握住了孟小彤的手，孟小彤像碰到一只死老鼠一样躲开。

你不就是气当年阿菲不要你，选择了我吗？孟小彤冷笑。

可是你有没有想过，为什么阿菲那么不想跟你在一起，连朋友都不想跟你做。

你长得又丑嫉妒心又强，那么敏感又那么自卑，你知道自己是一个没有任何本事的垃圾，却总要求别人把你看作珍宝，凭什么？如果我们你对说话的语气稍微重一点，说你的那件裙子俗气，像地摊货，说你口红的颜色不适合你，稍微直接一点，说你性格不讨喜，那么接下来我们要做的就是帮你扫掉碎了一地的玻璃心。

呵呵，阿菲不离开你才怪，对于你这种人，她越同情你只会越纵容你。

你知不知道，有一次阿菲和我说你像什么，她说你像一条怎么甩都甩不掉的癞皮狗。孟小彤笑了起来。

阿菲才不会这样说，阿菲后来离开，也是因为她不想再看到你。林曼妮说话的语气变得越来越急切。

是不想看到你，你以为我不知道你做的那件肮脏的事？要不是你把我和阿菲的那些照片贴满学校的布告栏，弄得阿菲身败名裂，阿菲怎么会消失，怎么会连同我一起怨恨，彻底远离我们？

哎，我们那时候真是小看了你的嫉妒心。后来我依然和你做朋友，也是怕你会报复我。孟小彤说。

我还天真地以为这两年你变了，原来你只是在策划着更大的罪恶。孟小彤又愤怒又失落。

够了，你们够了，都不要说了。莉熏终于忍不住说话。

林曼妮忽然恶狠狠地看着莉熏说，你也想为她说话了？你也被她迷惑了？我让你去接近她，让她对你入迷，让她失去一切理智，让你毁了她，你做到了吗？到头来还要我亲自动手。林曼妮收起那些假笑，终于露出凶恶的真面目。

你以为那些都只是幻觉吗？那天我真不应该在地铁里心软，没有置你于死地。你要知道，一个人诅咒和憎恨的力量是无限的。林曼妮暴怒，蜡烛瞬间全灭，黑暗的房间里忽然好像有一千只眼睛同时睁开。

孟小彤察觉到一股凛冽的杀意，这个自杀俱乐部的其他人正磨着刀，准备张牙舞爪在黑暗里撕咬她。

忽然，房间里的灯全部亮起，像突然升起的太阳，林曼妮那些丑恶的随从纷纷捂住自己快要腐烂的脸，痛苦地呻吟。

原来是莉熏以极快的速度开了紧急制动的照明灯，此刻，她正用一把小刀架着林曼妮的脖子。

放她走，我只要你放她走。莉熏恳求地说。

为什么，为什么你们都那么爱她，她到底哪一点比我好！林曼妮表情十分痛苦。

在灯光下，孟小彤看到林曼妮的脸苍白得像一个僵尸，眼睛已经混沌得黑暗一片，有几条白色的蠕虫正恶心地从她耳朵里爬出。

孟小彤知道，这是憎恨的代价，憎恨的力量在伤害别人之前，首先一定会彻底腐蚀掉自己。

孟小彤忽然有点难过，她想起大学开学报到的那一天，朴素单纯的林曼妮坐在寝室床边吃苹果的画面。

那个时候她的脸比苹果还水灵。

嫉妒心太可怕了，憎恨太可怕了。

现在的林曼妮像是一个刚从地狱逃出来的骷髅。

我都已经不怕死了，我还怕你的刀吗？林曼妮忽然将莉熏的刀用力戳进自己的脖子，血飙出，但她的表情没有半点痛苦。

快走！孟小彤听到莉熏大叫一声。屋子里的灯瞬间全都灭了。

忽然她听到一阵狂风声，好像从不同的时空飘过来。成千上万只乌鸦呼啸着飞进来，啄林曼妮和那些快死之人。

乌鸦撞破所有灯，撞翻所有桌子，挥舞着翅膀把这间房间里所有死亡的瘴气全部驱散。

难道是一直纠缠她的魑夜来救她了？

她没有空多看一眼这奇幻的画面，立马朝着被乌鸦撞开的门狂奔跑去。

不知跑了多久，她开始听到周围有吵闹的汽车声，应该到闹市区了，孟小彤觉得安全了，停在街边大口大口喘气。

小彤，你那么晚了一个人在这里做什么？一辆黑色跑车在她面前停了下来，一个穿高级西装的男人急匆匆走了过来。

孟小彤觉得这声音熟悉，定神一看，居然是林雨生。

雨生，孟小彤觉得救星来了，她再也不顾矜持，一个疾步扑在了林雨生的怀里。

她第一次觉得他的胸膛是那么厚实，身体是那么温暖。

孟小彤累极睡在了座位上，林雨生的车开得很稳，一路上，他没有多问她一句话。

外面下起了雨，一滴一滴有节奏地敲打在车顶，像一首调皮的小步舞曲，睡在车里的孟小彤觉得格外地安心。

她瞄了一眼窗外，一排排向后飞起的霓虹灯依然美得那么梦幻。但意识模糊，半梦半醒的她忽然觉得已厌倦了这些，此刻身旁的男人才是她现实而又理想的归宿。

林雨生把孟小彤送到了她自己的小公寓，他没有要上去坐一会，他知道她累了，他更不想乘人之危。

睡在温暖而又踏实感的大床上，孟小彤回想起最近发生的那些不可思议的事，难道这真的只是一场人为的骗局吗?

她甚至有想过用刀子划破手臂上的经脉，看看濒死的她会不会重新踏上那辆开往银河中心的列车。

莉熏，你为什么要这样对我?眼泪已不知不觉滑下，流到她的嘴里，好苦，这是失去一个人的味道吗?

她想起那晚和莉熏睡在一起的那个梦，那个关于莉熏悲惨童年的梦，她觉得这梦真实得可怕，难道这是莉熏仅有的，对她讲的真心话？

她终于懂了，林曼妮为什么不直接杀了她。要大费周折，派一个人慢慢接近她，让她动心，让她沉迷，让她怀抱期待，然后再狠狠揭穿一切，重重地朝她的心脏开一枪。因为梦幻泡泡戳破的时候，可比直截了当地死痛苦多了。

她失去的不只有莉熏，还有她不能割舍的，自己的另一半灵魂。

忘了她吧，从头到尾，她只是一个复仇的工具而已，她闭上眼睛，强迫自己入眠，去睡梦中慢慢自愈。

第二天已经接近中午，孟小彤公寓的电话响了，是林雨生打来的。

起来了吗？小彤，我已经帮你向公司请好假了，我说了你人不舒服。

谢谢你，雨生。

你人好点了吗？昨天看到你的时候，你整个人都空掉了，像是丢了魂魄。

睡一觉，天一亮，已经好多了。

桌上有我昨天买的吐司，是从武康路上你最爱的那家面包店买的。冰箱里有蓝莓果酱，抱歉我知道你最喜欢草莓味的，但昨天太晚，买的时候只剩蓝莓味的。你工作的一直盯着电脑，蓝莓对眼睛好。

雨生，孟小彤轻轻呼喊他的名字。

嗯，林雨生轻轻应答着。

你为什么不问我到底发生了什么？孟小彤说。

你不说自然有你的原因嘛。林雨生故作轻松。

你不怕我这两天一直跟别的人在一起吗?

我不怕，你舍得离开我，舍得离开我的牛排吗?电话那头传来爽朗的笑声。

你再睡一会，晚上来我的画廊，我特意拜托国外回来的朋友带来新鲜的黑松露、M9 牛肉和野生鲜美的蘑菇过来，我煮一桌热腾腾的菜给你恢复恢复元气。

蘑菇?我再也不想吃蘑菇了。孟小彤突然想到那些可怕的致幻蘑菇。

好好好，懂得挑食就是慢慢在恢复胃口了。林雨生的语气十分宠溺。

雨生，你对我真好。

你值得。

那晚上见。

嗯。

下午 5 点，外面金色的夕阳已铺满天空，拉开一个非凡夜晚的序幕。

孟小彤梳妆完毕，去进口超市买了一瓶林雨生喜欢的红酒，驾着自己的红色小轿车去林雨生位于思南路上的画廊。

来到画廊口，意外发现铺着一条星空图案的地毯。她下了车，穿着高跟鞋走上红地毯的瞬间，地毯上如钻石般一闪一闪的灯全部绚丽地亮起，仿佛是一条壮丽的银河。

推门走进去，发现今日画廊的格局比平时稍有不同，在最中间原本给 VIP 顾客休憩的大沙发位置放着一张布置典雅的餐桌，银制烛台、骨瓷餐具、玫瑰花，如艺术品般的法式料理一个不少，墙上的画全部换成了奈良美智的作品，最中央的位置放置着那副“失踪”了好久的《阿根廷婆婆的素描》。

你来啦，穿着白衬衫的林雨生端着一盆烟熏三文鱼鱼籽奶油意面走了过来。

辛苦你了，布置得太美了。孟小彤微笑。

坐，快坐下。林雨生绅士地放下鱼籽奶油面，礼貌地给孟小彤拉椅子。

只是吃一顿饭呀。孟小彤觉得这样铺张，有点不好意思。

不，今天可不是单单一顿晚餐那么简单。林雨生故弄玄虚地笑笑。

还有什么重要的事？孟小彤大致已经猜到了。

吃完再说啦，重要的事当然有好多好多，可是和你一起无聊发呆到老，吃遍世界上所有的美食是里面最重要的那件事。林雨生殷勤地给孟小彤倒上红酒。

莓子、椰子、芝士蛋糕上完之后，林雨生拉住孟小彤的手。

小彤，我知道你身上发生过很多奇妙的故事，但我赌我们今后的故事会比你之前一个人的生活更精彩!

真的吗？你怎么确定？孟小彤问。

不信你跟我过试试啊。林雨生坏笑。

听到这句，孟小彤也扑哧一下笑了出来。

林雨生又喝了不少酒，仿佛在为自己壮胆。

他从座位站起，伸手拿出一只宝石戒指，慢慢单膝下跪。

孟小彤犹豫不决，但又觉得这些天身心疲惫，再也不能纵容自己不切实际的幻想了，虽然她对林雨生只有那一点点爱，大约只有几年的保质期限，但拿来冲昏头结婚，还是绰绰有余的。

两周后，林雨生的画廊办了一个关于“温和暴力”的当代艺术展，有绘画、雕塑、装置艺术，还有各种真实的行为艺术纪录电影，都是非常有力度的作品，力图不动声色而又大胆地讽刺、揭露人性的丑恶。

桌上各种西餐甜品自助，孟小彤陪着林雨生招待贵宾，用流利英文对答如流，推荐画廊新签约的年轻画家作品，介绍威尼斯双年展画廊的备展情况。开始有了女主人的气势。

谁知道，展览进行得火热，各种权贵有钱人拿着香槟嬉笑言谈之时，两个拿着枪的蒙面歹徒闯了进来。

全都 TMD 给我蹲下，快，快！一个戴面具、瘦瘦如猴子的歹徒恶狠狠地叫喊道。

宾客都被吓呆了，有人看了看林雨生，莫名地问道，这是配合这个暴力展览的行为艺术吗？

林雨生强装镇定，用发抖的声音大声说，你们干什么！这里已经安装了防盗报警设备，我不会让你们拿走这些珍贵的作品的，如果你们现在就滚，我可以当作什么都没发生过。

哈哈哈，你以为我们那么蠢，不经过调查，就来这里抢劫吗？你以为我们是在吃好晚饭在大街上散步，准备去面包店买明天的早餐而突然闲逛到这里来的吗？另一个虽然看不到脸，但身上露出来的皮肤白得吓人，胖得如北极熊般的歹徒笑了起来。

报警装置已经被我们事先弄坏了，说着胖歹徒看了一眼瘦猴歹徒，得到他肯定的点头后，他继续说，我们才不要那些破画，这些都是你们这些自鸣得意的生意人互相吹捧出来的垃圾。

这是艺术！林雨生大声喊道！

我有钱，别伤害我！一个头戴黑色网帽，穿香奈儿高级定制礼服的胖妇人一手拿餐盘，一手拿出包里的一沓钞票，像挥手帕一样剧烈地摇晃着。

你盘子里的是什么？北极熊匪徒无视钞票，死死盯住盘子说。

啊，胖妇人看了看盘子说，草莓冰激凌，你要来点吗？

哼，胡闹！我们可是来完成任务的，可不是来吃冰激凌的，你是在逗我玩吗？北极熊匪徒大声喊了起来。

林雨生觉得奇怪，他们没有说抢劫，而是说完成任务，什么任务？

味道不错的，胖妇人说，真的不来点吗？

好吧，可是你硬要给我，不算我这个月的冰激凌流量。北极熊匪徒一边噘起嘴装作不情愿，一边笑嘻嘻接过盘子，完全无视胖妇人另一只手里的钞票。

钞票，不要吗？胖妇人像是在逗动物园里可笑的狗熊。

你把我当作什么了？乞丐吗！我们可不是什么随随便便、来如不明的钱都会要的！北极熊匪徒像是被侮辱般生气说道。

我这可是辛辛苦苦做生意挣来的，每一克我才收那些疯狂的小兔崽子一万元！胖妇人似乎也受到了侮辱。

你那些东西达到蓝色结晶状了吗，纯度到 95% 以上了吗？够不够 high? 北极熊劫匪听到某种粉，突然来了兴致。

喂，现在我们可不是 TMD 在炸鸡店谈生意，我们在是 TMD 在完成重要的任务！白痴！瘦猴匪徒简直暴跳如雷。

啪一声枪响，啊一声惨叫，胖妇女倒地，哼，差点被你迷惑了，忘了正事了。北极熊歹徒吹了吹枪里冒出的烟说。

你对你的同类真残忍。瘦猴歹徒撇撇嘴讽刺地说。

北极熊匪徒蒙着脸瞪他一眼。

趴下，全都给我趴下，手机全部丢出来。瘦猴歹徒疯狂地大喝一声，开枪射中一只玻璃吊灯。

你们中间谁是孟小彤？猴匪说。

笨蛋，我们不是看了照片吗？熊匪说。

你不觉得这些虚伪的女人都长一个样吗？一样的做作衣服，做作笑容，做作腔调。猴匪说。

谁是孟小彤，猴匪又问了一遍。

没有人回答。

好吧，不说是吧。猴匪反应快，立刻用枪对准刚才大出风头的林雨生。

你小子长得还挺帅的，看来是这里管事的，说，谁是孟小彤，猴匪掐住了林雨生的脖子。

呜呜呜……林雨生很痛苦，似乎想说话。

还想反抗吗？放弃吧，小白脸。猴匪温柔地在林雨生的脸上吐了一口气。

喂喂喂，你快掐死他了！你这样粗鲁让别人怎么好好说话？熊匪一边用绳子绑着其他宾客，一边说。

猴匪松开了掐住林雨生脖子的手，但仍然用枪对准林雨生的头。

嗯，把这群女人里面叫孟小彤的给我指出来，今天我们是冲着她来的。猴匪说。

她欠你们钱了吗？你们两个大男人跟一个女孩过不去，算什么厉害的劫匪？林雨生大声说。

我们又不认识她的，任务而已。熊匪一边说，一副“我为什么要老老实实告诉你”的无辜表情。

要她出来干什么？她欠你们多少钱，我加倍还给你们！林雨生的声音越来越响，他似乎感觉自己成了一个英雄。

都说了不是钱啦，我们只要她的命。猴匪坐在一张黑色椅子上抽烟，若无其事地说。完全没有担心警报，或者是警车突然滴滴滴驶过来。

怎么，你愿意用自己的生命来换那个女人的命？我会不忍心下手的哦！猴匪对林雨生不怀好意地笑笑。

不要脸，你对工作认真点好吗？熊匪似乎有点吃醋地说。

因为那个女人对我很重要，所以我愿意为她做任何事，甚至为她付出生命！林雨生简直一派总统候选人竞选演说的夸张语气。

听到这句话，从后面被绳子绑着，坐在地上的女人堆里齐声发出，“哇!!!”的一声喊叫，似乎她们也被感动到。

为什么那个女人对你很重要？猴匪像是个恋爱老师般继续发问。

哦，有些人说不出哪里好，但……林雨生像个中学生般害羞地吞吞吐吐说起来。

但……但就是谁都替代不了……我超喜欢这首歌的哎！熊匪如遇知音般激动，似乎要即兴唱起来。

够了，闭嘴！猴匪恶狠狠地说。

听到咆哮，林雨生和熊匪同时静声。

哎，连抢劫的时候都不给我面子。熊匪默默叹了一口气，开始将捆绑住手的男宾客一个一个关在了画廊的仓库里。

哦，我不是在凶你，你继续说，告诉我们孟小彤是她们中的哪一个。他转头对林雨生微笑，但仍用枪对着他。

我不能告诉你们，因为我爱她。林雨生说完，女人堆里又爆发出一阵“哇”的酥麻感叹声。

那她爱你吗？猴匪问。

应该……应该……林雨生想说“爱”又不敢说出口。

爱！！！孟小彤终于从后面坐着的女人堆里站起来。

小彤！你为什么要那么傻！林雨生看到孟小彤暴露了自己，担心地大叫起来。

你们到底是什么玩意！从来没看过你们那么不专心的匪徒！你们到底找我干什么！我根本不认识你们！孟小彤忍不住发火。

好好好，终于舍得出来了，猴匪拍拍手，满意地笑笑说。

他立刻用枪对准孟小彤。

五秒钟后，你就要死了，你有什么遗言吗？猴匪问。

孟小彤呆住。

不可以，你不可以开枪！对准我，对准我，林雨生激动地大喊！

好的，猴匪收起笑容，面如死灰地说。他把抢又对准了林雨生。

杀我，干脆点！孟小彤豁出去了。

4……猴匪漫不经心地倒数，枪移到了孟小彤。

杀我，杀我，你们这群混蛋！林雨生简直要哭出来。

3……猴匪继续倒数，枪移到了林雨生。

2……熊匪叉着腰，在一旁倒数。孟小彤闭上了眼睛。

1……猴匪这个 1 拖得很长很长，突然，他把枪从飘忽不定的林雨生和孟小彤身上移开，慢慢对准了自己的额头。

啪一声，枪响了，没有任何飙出的血浆，也没有子弹从枪里飞出。

只有宛如一道彩虹般的彩带以不可思议的弧度喷射而出。

真伤感，你们看起来好像真的是互相喜欢着哪。猴匪遗憾地撇了撇嘴。

所有人都目瞪口呆，莫名地看着猴匪。

真没意思，我还没玩够呢。熊匪恋恋不舍地说。

你们……你们……到底在干什么？林雨生已经不知道说什么好，他在看周围有没有摄影机，

确认是不是正在进行直播着什么无底线电视台的真人秀节目。

不是一开始就说了嘛，我们不是来抢劫的。猴匪不耐烦地说。

我们这样的蒙面劫匪很不一般吧。熊匪在一旁自豪地帮腔。

那我们走吧，猴匪说。他们拾起刚才骚乱中倒下的画框，准备离开。

等等，你们不能就这样莫名其妙地走了。是谁让你们来的？孟小彤不明白到底发生了什么，急切地问。

你们两个，少啰嗦，给我乖乖抱住！熊匪愤怒地说，他用枪指着他们。

我这把枪可是真枪，刚才那个啰嗦的胖女人真的死了哦，不过她好像确实在做什么犯罪的事吧，我这样也算替天行道了。熊匪自言自语。

等我们出去 5 分钟后，你们才可以分开，然后解开这些绑住的女人。不然的话，我们就引爆炸弹。他看了看他们背后那些坐在地上一言不发、被吓坏的女人。与其说是吓坏，不如说是被这种电影中也看不到的精彩情节惊呆。

奇怪的是，那些女人对这两位劫匪似乎露出了依依不舍的表情，好像不愿意他们离开，不愿这场闹剧结束。

林雨生在这场荒诞闹剧中不知不觉做了一回英雄，收获了一个一直想要的爱人，这会儿，他也有点斯德哥尔摩综合征发作，他说，别骗人了，根本不会有炸弹的，我知道你们不是坏人，以后不要做这样的事了，太危险了，万一有疯狂的被劫之人突然和你们纠缠，万一警察来了，你们就完蛋了！

猴匪听到后，默默地点点头。

请摘下你们的面具，让我看看你们的样子！林雨生突然说。

为什么？方便你报警后抓住我们吗？熊匪边撤退边恶狠狠地说。

因为，万一以后我们在大街上正常地遇见，说不定我们还是可以做朋友的！林雨生面对慢慢靠近画廊出口的劫匪大喊，他一直目送猴匪的背影，直到离开他视线里。

两位劫匪一出画廊的门就有一部巨大如棺木的黑色吉普车来接他们，然后迅速地穿梭于小巷中，消失在夜色里。

任务已经完成，确认他们是相爱的，很遗憾。坐在后排座位的猴匪说。他摘下面罩，露出清秀帅气的面孔。

哦，前排专心开车的莉熏从头到尾只是冷冰冰地回了这么一句。

我失恋了，猴匪看着外面飞驰的霓虹灯不甘心地说。

你还有我嘛。熊匪轻轻握住了他的手。

那边画廊里，10 分钟后，抱在一起的林雨生和孟小彤还是没有分开，反而热烈地亲吻起来，仿佛在庆祝刚才那场惊心动魄的劫后余生。周围被解开绳子的宾客都在热情鼓掌。

那个倒地的胖妇人听到欢呼声竟然摇摇晃晃站了起来，众人吓了一跳。刚才她是中枪了，但身上多得不可思议的厚厚脂肪和最新科技的超强耐磨硅胶假体救了她，只是受惊过度吓晕了。她问林雨生发生了什么，为什么她在地上，她说她脑袋里一片空白，已经什么都不记得了。

林雨生只是笑笑说，刚才她跳华尔兹的时候动作太大，滑倒了，大家以为她骨折了，所以不敢动她，现在没事就好。

还是不知道有谁报了警，又过了一会儿警察终于来了，林雨生上前赔笑说，误会，抱歉只是误会一场，我们一个员工多喝了一点酒而已。

宾客们也没有一个人多说一句话，大家的斯德哥尔摩综合征都很严重。

听见外面一阵开心的欢呼，仓库里的被绑着的男人们纷纷纳闷。

最后，一个人男人忍不住说，外面到底发生了什么好玩的事啊，到底还有没有人管我们啊！

经过了这场荒唐可笑的抢劫试炼，孟小彤与林雨生的感情更近一步。

一周后的一天夜晚，林雨生来敲门，手里拿着那幅孟小彤极爱的《阿根廷婆婆的素描》真迹。

孟小彤刚洗完澡，套着件白色真丝睡衣来开门，湿漉漉的头发塌在前额，说不出得性感。

她刚想给林雨生沏茶，林雨生却问她有没有威士忌。

你没有开车来吗？孟小彤问。

开了。林雨生解开衬衫上面几个扣子。

那还是不要喝酒了。孟小彤准备拿出茶具。

一定想让我走吗？林雨生进了门就已经没有再开车离开的打算。

孟小彤不声不响。

小彤，我给你带了这幅画，林雨生握住她胳膊。

我不喜欢这幅画。

我记得，这是你最喜欢的一幅画啊？

现在不喜欢了。孟小彤越看这幅画上人物的眼神越觉得像某个她不愿意想起来的人。

林雨生表情很尴尬。

那你说，为什么知道我最喜欢还送给别人啊？别和我提什么孤儿院。孟小彤觉得刚才的话有点重，打破僵局。

我错了，我真的知道错了，这不，我不是又带着这幅画来向你请罪了吗。小彤，我们已经订婚，现在我所有的东西都是你的。

哦，原来是我答应你的求婚，才终于舍得给我这幅画啊。孟小彤轻轻靠在林雨生身上，半撒娇半生气地说。

林雨生搂住孟小彤，两人脸慢慢贴近，准备接吻。

忽然几只黑乌鸦以不可思议的速度从窗口飞进来，两人立刻害怕地蹲下，乌鸦撞翻了许多屋内的陈列和挂在墙上的画。

画故意似的砸在了林雨生头上，他晕了过去，从落下的画框里好像跌落出什么东西。

孟小彤吓了一跳，赶走乌鸦后，定神一看，好像是两张照片。

翻开第一张照片，她简直整个人要跌入地狱。

是林曼妮和林雨生的亲吻照片，照片中的背景摆设孟小彤十分熟悉，那张茶几还是她帮林曼妮挑的，这毫无疑问就是林曼妮的家，甚至在照片中还能隐约看见他们接吻背后的墙上挂着那幅《阿根廷婆婆的素描》。

翻开第二张照片，她更是惊呆！她全身血液沸腾，汗毛直竖。

是她和莉熏两个人亲吻的照片，她躺在床上，穿着一件蓝色荷花图案的睡衣，睡衣上面几个纽扣大开，露出半边酥胸，她闭着眼睛，仿佛无比享受。

这、这、这、不是我。她下意识反应是抵赖。

但越看那个人越像自己，越看照片背景越觉得骗不了自己，这不是莉熏的家吗？

不可能啊，她看着照片上那个陌生的自己，那次去她家借住，顶多有点暧昧而已，根本没有和莉熏接过吻，怎么会有这样衣冠不整的照片？她的脑子一下子嗡的一声。

她看着照片上闭着眼睛的自己，除非、除非、她起了一个可怕的念头，难道是莉熏趁着她熟睡的时候偷偷拍的这张照片？

为什么要拍这样的照片？是林曼妮要求她这样做的吗？为的是用这张照片来要挟我？让我身败名裂？

但第一张林曼妮和林雨生接吻的照片又是怎么一回事？他们早就勾搭上了吗？难道现在林雨生看到林曼妮越来越丑陋可怕，又回来找自己了吗？怪不得之前她和他说起林曼妮，他的表情和语气总是十分异样。

但这张照片又是谁拍的？也是莉熏偷拍的？

现在林曼妮和莉熏已经决裂了吗？

这两张照片是谁放在画框后面，以这样的方式给我目的何在？

应该不可能是还在熟睡中的林雨生。

是林曼妮？撕破脸后为了炫耀？

还是莉熏？欺骗我之后为了赎罪？

夜已深，外面的树沙沙作响，千万个疑问堵在心头，孟小彤灌了自己不少酒，依然整夜失眠，再也无法入睡。

这时候，刚才晕过去的林雨生挠挠头，终于清醒过来。他问孟小彤刚才发生了什么，孟小彤什么也没说。

吃早餐时，孟小彤看着把吐司一片片慢慢放进嘴里的林雨生什么话都没有问。

林雨生把吐司边统统吐了出来，而孟小彤却极爱吃吐司边，沾点黄油，沾点糖，又香又脆。

孟小彤继续盯着林雨生看，想知道这个男人身上到底有多少她不了解的事。

林雨生觉得奇怪，他问，这样看着我干什么？

没什么，只是想记得你的模样。孟小彤微笑。

怎么，我今天长得和昨晚有什么不同吗？

确实不同了。我以前觉得你是一个挺单纯的人。

单纯？你在说笑话吧，小彤。成年人的世界可没有单纯两字，单纯只是那些碌碌无为的失败者安慰自己的借口。

孟小彤不作声。

小彤，我们的婚礼定在下个月，你觉得这个日期怎么样？林雨生拿出手机给她看日历。

你看着办吧。孟小彤无精打采地拿起咖啡杯，看着窗外树枝上活泼的小鸟发呆。

那天孟小彤和林雨生去试婚纱，婚纱店没什么人，一个女服务员带她去隔间试手工高级定制的白色蕾丝婚纱。

林雨生去另一个隔间试西服尺寸。

服务员刚带孟小彤进房间，就微笑退出，说是头纱忘记拿了。

门一关，孟小彤觉得奇怪之时，忽然看见里面那张沙发上有人在等她。

短短的头发，集单纯与邪恶为一体的魅惑眼神，是莉熏!!!

孟小彤强压内心激动，故作平静地说，你来干什么？

莉熏微笑，你可以来试婚纱，我为什么不可以。

你要和谁结婚？孟小彤惊讶地张开嘴。

这个你现在暂时不需要知道。莉熏机灵一笑。

恭喜你，莉熏突然说，听说你要和林雨生结婚了。莉熏说出林雨生名字的口吻十分熟络。

你认识他？孟小彤问。

比你认识得还早。林雨生时常来我当时工作的酒吧喝酒。

他圈子的聚会我经常参加，他的朋友我几乎都认识，为何我从来没见过你。孟小彤追问。

你觉得我是一个天天喜欢去那些社交派对的人吗？莉熏不屑地说。

那两张照片是怎么回事，是你送来的吗？林雨生和林曼妮也是认识很久吗？孟小彤终于忍不住问。

林曼妮其实并不爱林雨生，她费尽心思和他在一起，只是为了抢夺一件你手上珍爱的东西。她的外国男友也是假的，为了迷惑你，只是在掩盖她和林雨生偷偷在一起的真相罢了。现在我和林曼妮已经决裂，她已经消失很久了。小彤，确实一开始是林曼妮让我接近你的，让我拍一张可以供她要挟你、羞辱你的照片。但后来你的乐观、你的随性、你的大胆、你对幻想世界的那种单纯的期待，让我不由自主去靠近你。莉熏低下头，带点恳求与抱歉地说。

两张照片都已经给你，照片的数据我也毁了。莉熏继续说，林曼妮已经没有你任何把柄，现在一切的主动权都在你手上。

呵呵，她还想故伎重施，大学时候把我和阿菲的照片弄在公布栏，现在准备怎么着，准备把我和你的照片弄到网上，让我公司里所有的同事，我所有的家人都看见吗？我想告诉她，我已经不在乎，我爱的不是那个人的性别，而是那个人本身，爱一个人何错之有，我爱那个人，甚至可以为她舍弃现有的生活。而且现在的社会已经比那时宽容得多。

我没有给林曼妮看过那张照片，我一直珍藏着放在身边。那次接吻，我也是情不自禁，你睡着的时候，太可爱了。莉熏眼睛看着别处，吞吞吐吐地说。

孟小彤不作声，过了一会儿，她问，那些可怕的梦是真的吗？

什么梦？

我梦到你可怕的过去，你一个人在街头垃圾箱里找东西吃的童年，还有那个阴森森、穿特别制服的酒吧，还有……

别说了，莉熏悲伤地捂住头，她不想再记起那些可怕的往事。

那个时候，我在自杀俱乐部认识了曼妮，她对我特别好，只是一直叫错我名字。莉熏平复后说。

她叫你什么？

阿菲。

我当然知道我只是一个替代品，她也是因为我长得像某个她惦记的人而救我的。莉熏颓然地说。

她因为开自杀俱乐部，认识了我当时酒吧的老板，帮助我脱离那个恐怖的组织，帮我在外面租公寓，帮我联系林雨生找适合我的工作，她常常来我这里诉苦，她说看见我就觉得特别亲切，让她想起自己曾经的过去，她只是想借个肩膀来靠一靠。可后来她越发喜欢抱怨，抱怨那些自己拼尽全力也得不到的事，抱怨自己明明那么好，为何没有一个人懂她。她越来越疯狂，越来越不可理喻，越来越喜欢谈论死亡。但为了报答她的恩情，我答应为她做最后一件事，也就是那天在酒吧遇见你之后的事。

小彤，我和林曼妮之间，我们之间只是朋友……莉熏一字一字地说。

你不用强调那么多，说清楚就好，过去的事我已经不再想深究。我要结婚了。孟小彤打断她。

你真的要和林雨生结婚？在知道他和林曼妮有过一段的情况下？莉熏觉得还有挽回余地。

孟小彤赌气说，重要的是，他最后还是选择了我。而且我有资格说他吗？我难道没有爱过别人吗？孟小彤看着莉熏，仿佛这是她们最后一次相见。

小彤，莉熏拉住孟小彤的手。孟小彤像是被蛇咬一口那样，惊吓地松开了。

太迟了，下个月婚礼就要办了，一切都准备好了。他对我很好，虽然他背叛我一次，但我也背叛他一次，我不能再这样任性下去。孟小彤别过头去。

爱就是世界上最自私、最任性的东西啊。小彤，你这样逼自己，不会快乐的。莉熏仍然没有放弃。

我们会过得很好的，也会快乐让你看的！孟小彤没有原谅莉熏。

小彤，你还要我怎么样，我这是第一次那么卑微地去求一个人。我们那么不可思议地遇见彼此，发生那么多奇妙的事，难道你就忍心让它这样结束吗?

你不用再求我，我们根本没有开始，又谈什么结束。孟小彤冷冰冰回答她。

好的，那祝你们幸福，希望有一天你不会哭着来找我。莉熏抛下狠话。

别自作多情了你。孟小彤不留余地。

那再见了。就当一切只是一场我自作多情的幻觉。莉熏从房间一个侧门离开。

莉熏离开的门刚一关上，孟小彤立刻瘫坐在地上。

过了一会，她收拾好心情，慢慢打开门，绝望地走了出去。

走出房间的瞬间，发现林雨生已经穿好白色笔挺西服在镜子前照了又照。

林雨生看到孟小彤一出来便慌张地问，呀，小彤，你怎么哭了？

婚礼的日期越来越近，10 天后一切就要尘埃落定，这个月过得格外快，因为每一天都相似得可怕。

早上，昏昏沉沉地吃早餐，睡眼惺忪地开车去公司，浑浑噩噩地工作一天，下班后，林雨生来接她去约会。

无非是看电影，吃饭，逛美术馆，陪他在画廊应酬客户。

魑夜没有再出现过，一切奇幻的景象抽离得不留半点踪迹，她感觉不到平淡生活的真，反而越来越觉得乏味。

确实，尝过世间至极奇妙美味的人，又怎么甘心一直去吃平淡无味的日常？

婚礼前 5 天，她重温了一部电影，茱莉亚・罗伯兹的《逃跑新娘》，以前她觉得剧情很可笑，怎么会有人到了婚礼现场还会逃跑。现在她却越来越理解女主角，不到那一刻，人真的下不了决心抛弃所有去追求一个不切实际的未来。

婚礼前 3 天，她核对完宾客名单和座位，卧在沙发里看电视休息一会，她看到电视剧里的梦幻婚礼，男女主角在宾客注目下热烈拥吻，好似幸福万分。

她忽然撇撇嘴不屑地说，演得好假哦，你们根本不相爱好吗？话刚说完，她忽然又莫名落下眼泪。好像这句话是说给自己听的。

我真的要嫁给林雨生吗？我真的爱他吗？为什么一想到婚礼心里反而有些失落呢？

外面的小雨下个不停，孟小彤的心绪波动不停。

婚礼前 2 天，打完电话约好明天来的婚礼化妆师之后，孟小彤下楼去便利店买饮料，电梯哐当响了一声，灯突然全黑，停在了那里。

她没有害怕，反而兴奋了起来，借着手机的光，她努力用钥匙撬开警铃按钮，她知道里面有第二道龙纹紧急开关。

谁知道，用尽全力也无法撬动丝毫，警铃简直像块被封印的石头。

就在她期待有谁梦幻般来救她的时候，电梯又哐的一声恢复运行了，灯亮起，电梯平稳地向楼下驶去。

她失望地叹口气。

1 楼到了，门打开的瞬间，外面寂静无声，没有期望的人在等她，也没有奇怪的蝙蝠，现实僵化得像被死死捆住的木乃伊。

走到街道上，熟悉的便利店的招牌霓虹灯在闪耀，仿佛已经在那里亮了一百年，还要看着她过完一生，再亮一百年重复单调的夜夜夜夜。

结完账，她拿着饮料坐在便利店书柜前大口大口喝，看看杂志再看看玻璃镜子前来来往往的行人。

孟小彤放下饮料，忽然想到一个好玩的事，她决定随意打一部的士，让司机开往一条平时从未去过的陌生道路。

刚走出便利店扬起手，一辆黑色私家车就停在她面前，她觉得这是黑车，犹豫上不上车时，车里迅速下来两个黑衣男人，飞快地将她连拖带拉弄上车。

她刚准备大声喊叫，车里一个熟悉的声音传来，别叫，是我。

是莉熏，孟小彤又惊又喜。

带你去一个地方。莉熏说，她的声音比之前沙哑了不少，仿佛才痛哭过一样儿。

孟小彤看着坐在她身旁的两个黑衣男人有点眼熟，她忽然想起，喂，你们是上次在画廊抢劫的两个匪徒！

哈，又见面了，那次真是抱歉，是工作需要。熊匪热烈地打招呼。

猴匪一言不发，扭过头看窗外。

原来、原来你们是一伙的。我就觉得那次画廊抢劫事件怪怪的。孟小彤压低声音说。

是说我们不专业吗？需要的话，我们可以给你看看我们的专业水准，就是不知道你受不受得了。猴匪冷笑一声。

上次，上次，那个事件真是抱歉，熊匪吞吞吐吐地赔罪说，但我们的出发点是好的，为的是检验下那小子对你是否是真爱。

他对我是真爱。孟小彤斩钉截铁地说。

是真爱才怪呢。猴匪怪笑一声，似乎有点幸灾乐祸。

后来我们发现，其实事情并不是这样的。熊匪说。

那个小白脸啊，最近和一个女人一直在偷偷约会。猴匪突然说出这一句。

莉熏一直不说话，只是开车。

不可能的，你们一定看错了。孟小彤不相信。

怎么不可能，待会你就知道了。猴匪冷冷地说。

车子开了十几分钟，停在了一个情侣酒店门口。

他们四人下了车，莉熏走在最前头，酒店一个领班模样的服务生热烈地招呼她。

服务生带他们走向 5 楼中间一个大房间，莉熏大人，在这里，应该能听得很清楚，想看的话，也可以。说完他诡异地笑了下。

莉熏挥挥手，示意他退下，他们四人走进了房间。

房间的布置很奇特，四周都是镜子，仿佛一下子多了很多自己的分身。

你们到底带我来这里干吗？孟小彤忍不住问。

莉熏不作声，手指了指客厅正中间的一面大镜子，只见猴匪在床底按动一个机关，镜子的反射光线突然变化，里面呈现的景象让孟小彤大吃一惊。

是隔壁房间的一男一女，他们正坐在沙发上喝酒。

再仔细瞧瞧，孟小彤倒吸一口冷气，是林雨生和……和年轻版的林曼妮！

因为那个女人的相貌和大学时期的林曼妮简直如出一辙，皮肤吹弹可破，头发丝丝分明，充满弹性和光泽。

身材玲珑有致，和前段时间她在自杀俱乐部最后一次见到的林曼妮简直判若两人。

她不明白林曼妮最近做了什么，是整容吗？

只见林雨生被她迷得死死的，满面笑容为她倒红酒。动作十分暧昧。

林雨生嘴巴一直在动，但她听不到他在说什么。

笨蛋，声音，莉熏对猴匪说。

猴匪又在床底摸索了下，又按动一个机关，隔壁房间的谈话声仿佛在耳边似的清晰传来。

女人说，为后天的大事干杯，一切都准备就绪了吧。

男人说，当然，全都听你的，我会在牧师说完致辞之后，大声说不愿意的，一定会让那个女人的脸丢尽。

女人说，记住，事先一定不能露出半点痕迹。那个女人很阴险。

男人说，放心吧，我都要佩服自己的演技了，就是那个你安排的抢劫我都没留破绽。

女人说，什么抢劫?

男人说，好啦，这里没其他人，那次抢劫可是起了一锤定音的作用。

女人说，我不明白你在说什么，一会儿你还要去她那里吗?

男人说，嗯，今天早上我还和她打过电话说了很多恶心的甜言蜜语，我借口说是刚有一个重要的客人来画廊，晚上再过去陪她。

女人说，你觉得我很坏吗?毕竟在别人眼中，我们是很好的闺蜜。

男人说，既然是闺蜜，她为什么要做那么多对不起你的事，我们也该给她些颜色看看了。

女人说，恩，一切都是为了我们今后能永远在一起。

说完，两人拥抱在一起，开始热吻。

孟小彤一边听着他们的对话，心里一边流泪，她觉得这个年轻得不可思议的林曼妮一定是施展了什么可怕巫术才让林雨生相信她的谎言。

好了，关了吧，孟小彤失落地说，她背过身去，不想再看到接下去的丑陋画面。

莉熏做了一个关掉的手势，猴匪喃喃自语地说了句，可惜啊，可惜，挺帅气的一个男人。说完后立刻切换了床底的开关，镜子又恢复了正常，显出孟小彤可怜的、几乎要崩溃的身影。

真是麻烦你了，让我看到这些。她狠狠地瞪了一眼莉熏。

不要怪我残忍，我只是不忍心看到你自以为很幸福地生活下去。

是不是你故意设计他这样的，他为什么突然变成这样？孟小彤大声斥问。

他没有变，这就是他的真面目。我不想看到你被她们这样继续骗下去。

你一开始也是他们计划中重要的一环吧，为什么现在你要背叛他们呢？

因为你是我朋友，莉熏的脸意外地红了起来。

谁是你朋友？孟小彤咆哮地说，到现在你还在说你是我朋友？笑死人了！

莉熏呆住。

我不想再见到你了，你太懦弱了。说完，孟小彤哭着，头也不回地离开了房间。

莉熏没有追上去，依然呆坐在那里，思考着那句，谁是你朋友。

是啊，都到了这个时候，我居然还在骗自己。莉熏看着窗外两只小鸟在路灯照射下结伴飞向夜空，默默地笑了起来。

猴匪落寞地躺在床上哭，熊匪走过去安慰他，honey，你这是唱哪出？关你什么事啊。

明天就要结婚，孟小彤看着手里那张露骨的自己与莉熏合影床照，以及捏碎的那张林雨生与林曼妮的接吻照片，想着明日该什么时候在婚礼上逃跑。

她暗暗地想，我已经一无所有，既然她们设计要我出丑，我就陪他们玩到底，看到时候，到底谁更丢人。

她似乎有点期待这场闹剧婚礼的结局，看谁最终会玩火自焚，粉身碎骨。

夜深了，窗外树影随着大风肆意摇摆，像是一个头发散乱的痴狂女人在乱舞，可孟小彤明白，它不及自己这个逃婚计划万分之一疯狂。

走到卧室，未婚夫林雨生已经沉睡，他贴心地给她留了一盏小灯。借着这一点微光，孟小彤最后一次仔仔细细观察这个男人。

其实，这个男人光凭这张可爱帅气的脸，就能轻而易举收获各类女人真心。更不要说他的体贴、学识、才智，以及他雄厚的财力——一栋思南路独栋洋房画廊、一间外滩黄金铺位的牛排餐厅、两套陆家嘴江景大平层公寓。换做是一般的拜金女人，一定死死贴住不放，使出百般温柔招数，这辈子死心塌地跟随他，可孟小彤现在却不得不放弃这个男人，并在明日众亲朋好友面前上演逃婚戏码，想到这里，她觉得一切真是发生得不可思议，为什么他们两人非要弄到现在这种鱼死网破的地步，但同时又明白确实缘分已尽，她默默叹了口气，轻轻地在他身边睡下。

不一会，未婚夫迷迷糊糊开始说梦话，呼喊着孟小彤的名字，像是预示着他将要失去她。而孟小彤一睡下，眼前却立刻浮现出另一个人的潇洒面孔。

婚礼于晚上 6 点准时在五星级酒店举行，孟小彤的父亲牵着她的手步入布置梦幻的婚礼殿堂，一道光打在他们身上，圣洁非凡，宾客们纷纷注目观礼。

孟小彤穿着高级定制款手工蕾丝白色婚纱，镶满白色玫瑰和亮片珍珠，美得像是一道能融化一切的白色圣光。

林雨生也穿一身白色西装，衬得人神采奕奕。

孟小彤看着林雨生不禁笑出来，这不是遇见幸福的微笑，这是想到马上要开始的一系列闹剧的偷笑。

司仪说着哗众取宠的祝词，讲述两人的相遇相爱过程，宾客报以机械性鼓掌回应。

终于等到牧师上场，开始说那段大家在电影里早已看过百遍的誓词。

林雨生先生，你是否愿意娶孟小彤女士作为你的妻子？无论是顺境或逆境，富裕或贫穷，健康或疾病，快乐或忧愁，你是否愿意毫无保留地爱她，对她忠诚直到永远？

孟小彤面带微笑，心里暗想，好戏终于开始，我知道你要说不愿意了。

我愿意，林雨生大声说。

孟小彤一呆，咦？怎么不是按照上次在酒店偷听的剧本走？

牧师继续说，孟小彤女士，你是否愿意与你面前的这位林雨生先生结为合法夫妻，无论是健康或疾病，贫穷或富有，无论是年轻漂亮还是容颜老去，你都始终愿意与他相亲相爱，相依相伴，相濡以沫，一生一世，不离不弃吗？

孟小彤还在晃神整理思路，没有立刻回应牧师的话。

小彤，林雨生轻轻呼喊她的名字，微笑地看着她。

孟小彤简直被逼到绝境，不知如何接招，表面勉强微笑，心里大喊，你们到底在玩什么花样？

台下宾客纷纷交头接耳，有不少人等待着看笑话。

孟小彤女士，牧师又问了一遍，你愿意吗？

全部的眼光都集中在孟小彤身上。

我……我……愿……孟小彤一字一字快要说出那句话。

她不愿意！一声有力的喊叫声，从敞开的大门那里传来。

宾客闻声望去，只见一个高挑短发女子，穿一身优雅又鬼魅的镂空黑色婚纱，黑婚纱上金色翅膀的刺绣格外瞩目，她脚穿黑色高跟鞋，仿佛踏着风，向着场内跑来。

孟小彤回头一看，心脏简直要跳出来，是莉熏！她美得简直像一簇灵动缥缈的黑色火焰。

你来做什么？她对跑向她的莉熏说。

我来结婚啊，莉熏喘着气，兴奋地说。

和谁结婚？面对也穿着婚纱的莉熏，孟小彤一时有点摸不着头脑。

和你呀！莉熏微笑着看着孟小彤，你不是说我懦弱吗，我现在就要做一件惊天动地的事！我要向世界宣布，我爱你，我要和你永远在一起！

可、可、可是……孟小彤惊讶得一下哭出来。

场内的宾客已经乱成一团，有几个保守传统的长辈已经昏了过去。

保安，保安在哪里？林雨生喊了起来，把这个疯女人拉出去！

他边说边冲过去要打莉熏。

他刚动一步，忽然两个黑影从宾客第一排蹿出来，瞬间抱住他，把他往角落里拖。

一把枪顶住他屁股。乖，跟着我们走。林雨生听到熟悉的猴匪声音。

牧师吓得已经瘫坐在地上，正准备溜走时，莉熏说，你别走，继续主持婚礼，麻烦你重新说下刚才的誓词。

莉熏温柔地拉起牧师，她轻轻说，就是那段问愿意不愿意的誓词。

于是，两个女人，一个穿着白色花朵婚纱，一个穿着黑金翅膀婚纱；一道白色光芒，一簇黑色火焰，在牧师的注视下，准备宣读誓言。

牧师第一次看到这种奇景。

台下的宾客也是第一次看到这种奇景，有人想冲出宾客区阻拦，也被一个大鼻子如野猪般肥胖的男人，和一个穿西装的高个子男人用枪指着，乖乖坐下。

你、你叫什么？牧师声音发抖地问。

莉熏。莉熏自豪地回答。

那牧师你叫什么，我们会记得你的。孟小彤笑着问。

叫我阿谷吧。牧师清清嗓子，准备重新宣读誓词。

莉熏女士，你是否愿意娶孟小彤女士作为你的妻子？无论是顺境或逆境，富裕或贫穷，健康或疾病，快乐或忧愁，你是否愿意毫无保留地爱她，对她忠诚直到永远?

我当然愿意，我今天穿的黑色婚纱就象征着至死不渝的爱。莉熏笑得很灿烂。

那孟小彤女士，你是否愿意与你面前的这位莉熏男士，不……莉熏女士，结为合法夫妻，无论是健康或疾病，贫穷或富有，无论是年轻漂亮还是容颜老去，你都始终愿意与他相亲相爱，相依相伴，相濡以沫，一生一世，不离不弃吗?

我愿意！孟小彤这次没有半点犹豫，回答的干脆声仿佛要直冲云霄。

好，那现在，我宣布你们成为……

等等……牧师的话又被打断了，林曼妮终于出现。

林曼妮的两只眼睛都已经成了黑色深洞，她揪着林雨生狼狈的皱褶西装，像牵一只狗一样，把他拖到莉熏和孟小彤面前。

他们身后跟着一群脸色惨白的行尸走肉，仿佛是从黄泉路上逃到这里。

你们谁都不要想离开这里，林曼妮大吼一声，声浪像一个诡异的黑色旋风席卷过来，礼堂里的电一下断了，变得漆黑一片，宾客们被吓得目瞪口呆，纷纷捂住头蹲在地上。

牧师嘴里念念有词，仿佛在祈求神明的保护。

莉熏立刻拉着孟小彤的手准备向大门口狂奔出去。

刚走几步，一只只黑色骷髅的手从窗户里、从镜子里、从地面上伸出，拉住莉熏和孟小彤的脚。

猴匪、熊匪、大鼻子男人、西装男人拿着枪射击林曼妮的随从僵尸，准备掩护莉熏和孟小彤离开，可惜子弹射中他们身上，仿佛射中一阵阴风，一点都不起作用。

莉熏拿下一只耳朵上的珍珠耳环，像扔炸弹一样朝僵尸扔去，只见一道白光原地炸裂，种出一道通向大门口的彩虹之桥，僵尸面对亮得睁不开眼的光海痛苦嚎叫。

扯住孟小彤和莉熏脚的骷髅手却越抓越紧，几乎要陷进肉里，孟小彤疼得叫出声。

牧师见状，用厚厚的《圣经》击打缠在孟小彤和莉熏脚上的骷髅手臂，嘴里念着异国咒语。

骷髅手臂像碰到阳光似的闪躲，立刻萎缩枯竭下来。

孟小彤和莉熏抓住机会，穿着拖地婚纱，踏上彩虹之桥，头也不回地朝门口冲过去。

门几乎要打开，看见外面的霓虹灯光的瞬间，几千只黑色蝴蝶一下子从林曼妮的背后飞过来，聚拢成一只巨大的手，又把门关上了。

牧师马上撕下圣经书本的一页页纸，丢在空中，飞翔的纸张立刻化作无数闪烁的萤火虫。

萤火虫与黑色魂蝶正面迎战，缠成一团，门又轻轻打开了。

牧师回头微笑说，你们先走，我来断后，记住，你们并不特殊，世上有成千上万的人和你们一样，我知道你们在一起不容易，一定做好了舍弃一切来交换一个未来的决心，神会保佑你们的，祝你们幸福。

孟小彤和莉熏感激万分，来不及说句谢谢，和猴匪、熊匪、大鼻子男人、西装男人一起合力打开大门，终于冲了出去。

大门关上的瞬间，孟小彤回头看见从林曼妮身体里伸出的一只巨大的骷髅之手穿过了牧师的心脏，鲜血顿时极速飙出，但牧师的脸上却没有半点痛苦，反而露出了视死如归的微笑。

阿谷，我们会永远记得你的！孟小彤大声喊道。

此刻，孟小彤和莉熏她们坐上了停在外面的一辆黑色棺木般巨大的黑色吉普车里，车里意外地还坐着几个一动不动的塑料女模特。莉熏在前排开车，她的头上依然带着黑色头纱。

孟小彤见到这车、这个大鼻子野猪男人和那个西装男人又那么眼熟，才明白原来之前的奇遇都是莉熏特意安排的。

你们……？她看着他们不解地问。

再次见面，没想到是这么惊醒动魄的场面，西装男人说。哈哈，我们都是莉熏的生死朋友，之前是莉熏拜托我们演一场戏罢了。

为了什么？孟小彤仍然不懂。

为了让你彻底讨厌男人，大鼻子男人朝她眼睛俏皮一眨，为了让你爱上她咯。

哦，原来如此，我只能说，那她的目的达到了，她成功了。孟小彤微笑着看着前排帅气开车的莉熏，眼神里无限崇拜。

车急速飞驰着，西装男人打了一个响指，几个塑料女模特慢慢像活人般动起来，变成几个妖娆的女郎。

姐妹们，起床啦，high 起来啦，西装男人风骚地说着。

原来车震也是骗我的，你不是有特殊癖好的变态。孟小彤强装镇定，假装对活过来的塑料模特这样神奇的事见怪不怪，她平静地笑笑说。

我对女人可没兴趣，他们都是我的姐妹，从小一直没人肯和我说话，太寂寞了，所以幻想那些木偶陪我玩，后有一天发现她们真的能动了，再后来我遇到了莉熏这样的伙伴，她收留了我们这些特别的人，把我们聚拢在一起，免得落入可笑的马戏团或者供富人观赏的畸形秀。说着西装男人点了一根烟。

对啊，莉熏真是一个有趣的人，有了她，我们再也不寂寞了，她教会了我们很多颠覆现实的梦幻技能。大鼻子男人说着说着，耳朵慢慢变大，鼻子也真的变成了一个可爱的栩栩如生的猪鼻子。

猴匪和熊匪也纷纷点头认真附和。

这真的不是幻觉吗？你们真的不是她变出来的魑夜吗？孟小彤激动地问，她突然哭了。

我们可比魑夜更厉害！魑夜确实是存在的，由一切痛苦、嫉妒、憎恨幻化而生，它们既无形又变化万千，依附在我们每一个人平淡生活的汹涌背面。魑夜在我们这些敏感、寂寞而又特别的人身上常出现，有时候它们确实会置你于死地，但有时候它们只是在调皮地捉弄你，让你的生活变得更冒险有趣。莉熏曾经经历过一段被魑夜纠缠的日子，她死过一次，严格来说是她的灵魂死过一次。没有死透的她终于看破看透，绝迹重生，反而学会了控制那些东西，得到了不可思议的力量。不过魑夜也看人的，无趣的人它们才懒得去盯的。来，捅一捅我的鼻子，看看手感如何，是不是真的是猪鼻子。大鼻子男人亲切地拉起孟小彤的手。

西装男人周围的几个女郎也纷纷热情地让孟小彤去触摸她们真实而又温暖的酥胸。

车厢里其乐融融，仿佛她们几个人不是在逃亡，而是在去一场不可思议冒险的路上。

突然，呼的一声巨响，宛如墙壁的车后厢被轰炸出一个大洞，夜晚的狂风瞬间窜进来，扬起了孟小彤白色的婚纱。

莉熏依然镇定地极速开车，猴匪通过那个大洞张望说，是一辆红色敞篷车在追我们。

孟小彤看见林曼妮嘴里沾着血，眼睛里闪着嗜血的红光，头发如毒蛇般张牙舞爪飞扬着，手里拿着一个嘶嘶咆哮的火箭炮，林雨生麻木如死去般地开车。

敞篷车外攀爬着密密麻麻断手断脚的僵尸，是刚才在婚礼礼堂未被牧师消灭的残留尸群。

一会儿，孟小彤他们的车开上了高架，两边江河流水滚滚，而林曼妮的车也一步步极速跟进，已经近在咫尺，火箭炮先后击中了林曼妮身旁的车辆，受伤的路人越来越多，僵尸纷纷伸着舌头跃跃欲试，准备登上黑色吉普车继续大开杀戒。

忽然，孟小彤车前出现一个无数蝙蝠组成的洞穴，一眼望不到尽头，仿佛一条可怕的蝙蝠隧道，每一只蝙蝠都露出爪牙对他们凶狠怒视，高架旁边就是江河，不能转弯也无法回头，莉熏继续加快速度，一只只迎面而来的蝙蝠被撞飞，可越来越多的蝙蝠不知从哪一个平行时空飞出来，组成一个不可破坏的蝙蝠隧道，把孟小彤的车吸入其中，林曼妮的车也跟了进去。

一进入隧道，莉熏知道不妙，大声说一句，不好，进了林曼妮的圈套了，这是她们罪恶之人的黑暗世界。

林曼妮那辆爬满僵尸的车一进入黑暗的蝙蝠隧道就消失了，仿佛小溪回归大海，终于进入了母体。

孟小彤看到身边的黑暗像蠕虫般在兴奋地奔涌，并伴着低沉的痛苦呻吟声，仿佛这些滚动的黑暗之光是有生命的。

别怕，我们都在，身旁的塑料女郎用冷冰冰的手握住了她，其他人也都拿起了猪鼻子男人派给他们的枪，准备开战。

车越开越快，似乎已经接近光速，莉熏礼服的头纱已经吹掉，露出干练的短发，衬得脸庞既英武又美丽。

林曼妮开始攻击了，无数个僵尸从黑暗之光里诞生，全部聚拢过来，爬满了他们的黑色吉普车，从车的四周砸出好几个小洞准备进入。

猴匪和熊匪拿着火光四射的火焰枪喷烧从车上小洞里冒出的僵尸干枯的黑手。

猪鼻子男人、西装男人、塑料女郎纷纷也拿着枪猛射后排、地下和车顶小洞里丑陋的僵尸。

可一批僵尸打掉，另一批僵尸立马补上，仿佛永远杀不完，洞也越开越大，再这样下去，整辆车就要毁了。

此时，熊匪果断丢掉手里的火焰枪，居然拉住猴匪接起吻来。

瞬间从他们身上涌出一道虹光，把最接近他们的僵尸炸裂。

咦，你们在干什么？孟小彤问。

熊匪擦了擦嘴里的口水说，这里是无爱之人的黑暗结界，唯有爱的吻之虹光可以击败那些僵尸。

现在你们立刻拉住身边的人接吻，让我们的吻之虹光越聚越多，组成一架彩虹之桥，就可以带我们离开这里。

你在开玩笑吧，孟小彤觉得熊匪在趁机占他一直爱慕的猴匪便宜，这让她不敢相信，让她哭笑不得。

是真的，莉熏回头看着孟小彤暧昧地说，在这片黑暗世界里，现在唯有爱可以救我们。

猪鼻子男人瞬间拉住西装男人接吻，熊匪继续强吻猴匪，猴匪的一只脚居然调皮地翘起来。

几个塑料女人也嘻嘻哈哈，热烈地吻在了一起。莉熏按了自动驾驶的开关，起身离开驾驶座位，到车后排搂住孟小彤。

车厢里瞬间光明一片，仿佛是阳光普照的大同世界伊甸园。

当孟小彤还没反应过来，只是闻到一种沁人心脾的花香的时候，莉熏的嘴轻轻贴了上来。

莉熏的吻像一个薄荷味的子弹，甜蜜又粗鲁地射入了孟小彤的心脏。

又像一阵东边吹来的有故事的暖风，不由自主地想跟她去流浪。

此刻依然穿着婚纱的孟小彤，觉得自己正牵着莉熏的手，在铺满阳光的普罗旺斯花丛中快乐地奔跑。

车厢里的吻之虹光越聚越多，当孟小彤和莉熏终于接吻的那一刻，储蓄值立刻爆表，化成一个巨大的粉色爱心光晕，从车的四周膨胀扩散开来。

僵尸们纷纷捂住眼睛，既痛苦又愉悦地慢慢消融了。

车的前头冒出一道绚丽的彩虹之桥直穿黑暗，从蝙蝠隧道的尽头打开一个光的洞口。

看来，我们就要出去了，莉熏回到驾驶座位上兴奋地说道。

猴匪推开熊匪，一脸嫌弃地缩在一个角落。

西装男人被猪鼻子男人弄得满脸口水，正在用力擦干净。

塑料女人们不知从哪里变出几杯红酒，正在干杯庆祝即将的胜利。

他们的车开上了彩虹之桥，朝光洞冲去。

离洞口还有 500 米，一只巨大的银色透明鲸鱼从黑暗的空间里游过来，撞在他们车上。

鲸鱼瞬间破裂，巨吨海水融入车厢，全部的人立刻陷入梦魇，仿佛坠入海底，痛苦得快要窒息。

这是林曼妮的精神污染攻击。

孟小彤掉进童年的痛苦回忆里，母亲和继父在海边打情骂俏，全然不顾正在逐渐被海水波浪吞噬、挥手求救的她。

救命，救命，她回到了童年的身体里叫喊着，海水正灌进肺里，身体越来越无力，神智越来越模糊，再这样下去，她就要窒息，堕入无尽海底中去。

忽然一个力量拖住她，将她缓缓顶到海平面上，她瞬间呼吸到新鲜空气。

迷迷糊糊中，她看见是莉熏，不，是一只长着莉熏脸的美人鱼，她挥动尾巴，赶走湍急的暗流与漩涡，使海平面重新风平浪静，将她慢慢送到海滩边。

孟小彤得救了，岸上的母亲和继父已经大惊失措地冲过来。

离洞口还有 300 米，她睁开眼，自己仍然不在车里，瞬间来到空无一人的夜晚大马路上，噩梦依旧在撕咬她。

这是她 20 岁的一个夜晚，母亲不再给她生活费，她几乎要交不出学费，深夜打工的便利商店老板在仓库对她上下其手，她逃出便利店，眼泪飞奔在没有任何依靠、空无一人的大街上。

她逃到一条阴暗的死胡同里，回头却发现商店老板喘着恶心的粗气，伸着舌头流着黄色贪婪的口水，拿着一个钢制棒球棒正趁着黑暗在一步步靠近她，她吓得浑身冷汗，心脏简直要爆裂，她的意识知道这是梦境，肉体却身临其境，浑身剧烈颤抖。她不记得自己有过这样恐怖的经历，她只记得确实有一个对她毛手毛脚的便利店老板，可远远没有那么可怕，难道自己的噩梦和另一个人的噩梦重叠了？或是因为太可怕，自己选择性遗忘了？藏到了自己的潜意识里？

惊恐中，那个恶心的男人已经站在他面前，几乎挡住所有街道的光，他挥动球棒，重重朝她脸上一击。

孟小彤立刻感觉疼痛难忍，左边脸好像脱臼了，牙齿粉碎，血从嘴里不断涌出。

那个男人满足地笑了下，拉住倒在地上的孟小彤，继续往黑暗里拖走。

她感觉自己的身体在肮脏的地面上被拖行，渐渐失去意识。

睁开眼睛，她渴望回到车上，却发现自己在一张红得如血的床上。

床单原来是白的，谢谢你们的血帮我染成这么美丽的红色，这是世界上最能让我兴奋的颜色，那个男人舔着床单，眼带凶光地看着她。

放我走，我根本不认识你，你根本不存在，你只是我的噩梦，我知道的。孟小彤像念着保护自己的咒语一样，喃喃安慰自己。

是吗？男人亮出一把刀，既然是梦的话，应该不会痛吧，那先尝尝你哪里一块肉呢，好像锁骨那里吃起来很脆爽呢。男人对她魔鬼般地笑了笑，仿佛下一秒就要大开杀戒，一刀刀活活剁下她的身体。

救命！救命！她终于拼劲最后一点力气和勇气，仿佛要冲破这个世界似的大声喊了出来。

瞬间，一把刀从男人背后贯穿他，血顷刻爆裂出，溅了孟小彤满脸，她又一次极度恐惧地叫出来。

我来了……对不起，我来晚了，我刚从我的噩梦中杀出来，听到你的呼叫声，才终于找到你的准确位置。莉熏从男人背后出现，说完她没有拔出插在男人身体里的刀，而是继续往左，往右，不急不缓地进行切割。

男人并没有当场死掉，他的身体被莉熏一刀刀用力切割着，撕心裂肺地叫喊着，叫着叫着，突然发出一个女人凄惨的喊叫声，孟小彤觉得熟悉，因为这声音像极了林曼妮。

孟小彤整个人缩在床角，依然不停在哆嗦，莉熏靠近她，帮她擦干脸上的血迹，摸着她的头安慰说，别怕，我们就要冲出去了，洞口已经越来越近，再坚持一会就到了，梦魇马上就要倒塌破碎了。

说完，她给孟小彤端来一碗热汤，孟小彤没有犹豫，立刻喝下，汤刚刚沾上舌头，孟小彤就觉得美味极了，活到现在从未喝过这样醇厚香浓的汤，快要四分五裂的魂魄好像也突然被镇住，自己终于慢慢喘上一口气。

她问莉熏，这是什么汤，这么好喝？虽然我知道这是在梦里，但好喝得我几乎想留下来喝光再走。

莉熏不出声，笑一笑，她回头指了指在房间一边角落的灶台上冒着热气的大锅。

孟小彤兴奋地跳下床，来到灶台边，闻到一股直钻人心底的香气。

她掀开锅子一看，立刻又吓晕过去，原来大锅里煮的是刚才那个男人的头。

她瞬间觉得房子在剧烈旋转，场景似乎又要变换了，跌倒前听见莉熏负气地说，她对你来狠的，就不要怕我也来变态的。我倒要看看梦这样做下去，谁会更痛苦！

离洞口还有 200 米，刚才被锅里场景吓晕的孟小彤此刻睁开眼，发现周围已经不是恐怖血色的房间布置，而是一个熟悉的、亮着梦幻彩灯的旋转木马。

她想起来，这是她和林雨生第一次约会的游乐场。

而此时的林雨生已经变成被林曼妮几个手指就能轻易掌控的提线木偶。

也许他一半是身不由己，另一半是心甘情愿吧，谁又知道呢。

现在孟小彤心里只有莉熏了，不再留有旁人的位置。

游乐场里的年轻情侣不断与孟小彤擦肩而过，似乎一切都很平常，噩梦究竟躲在哪里准备发酵呢，孟小彤边走边想。

忽然看到大家纷纷冲上一条热闹街区，孟小彤也跟了过去。

是花车巡游吗？孟小彤踮起脚尖一跳一跳，努力把视线越过前面重重的人群。

哇！巡游队伍越来越靠近的同时，人群一下子都惊叹起来。

孟小彤也吓了一跳，因为她看见向他们冲过来的可不是什么装扮成可爱卡通形象的模特和花车，而是声势浩大、呼啸嘶吼的百鬼夜行！

所有小时候的噩梦，或者长大后电影、书里出现的鬼怪聚成一股可怕的黑色潮水向他们袭来。

忽然最前面的一只女鬼舌头像蛇般飞快甩出，把前排人群中一个男人勾向自己，吞入肚中。

人群中尖叫四起，刚才还在游乐场中享乐的大家一下子开始拼命逃跑。

孟小彤发现那个鬼怪吃掉一个人后，远处的游乐场主城堡的一个塔顶也轰隆隆崩坏掉了。

排在最左边的一只穿斗篷的吸血鬼也不甘示弱，抓住一个年轻女孩，咬断了她的脖子，鲜血如柱，喷射而出。

吸血鬼杀了一个人之后，游乐场的主城堡又毁掉了一部分。

百鬼夜行队伍正前方的妖冶美杜莎甩一甩头发，蛇发飞快地变长，死死咬住正在逃向四面的人。

你怎么还不跑，莉熏赶过来了。她拉住孟小彤的手边跑边说，孟小彤的噩梦攻势已经蔓延到大家的美梦里了，现在这些人都是在夜晚美梦中沉睡的年轻人，被那些鬼怪吃掉的话，就要永远坠入噩梦中，无法在现实里苏醒了。

孟小彤听到远处城堡又发出一阵轰隆隆倒塌声，莉熏连忙说，鬼怪每吃掉一个人，象征着大家美梦精神力的主城堡就会崩坏一部分，城堡如果完全塌了的话，这个游乐世界也就毁了，我们所有人都会永远迷失在这个永无止境的噩梦中。

忽然孟小彤发现，并不是所有人都在懦弱地害怕和逃跑，也有人在和那些鬼怪交战!

西装男人正在抵挡一个比他大三倍的狼人铁锤攻势，他举剑与它苦斗。

猪鼻子男人则骑在一个独眼巨人头上用棒球棒猛砸他的眼睛。

塑料女模特们敏捷地拉住木乃伊身上的布条，用力一抽，像抽陀螺般抽得木乃伊们滑稽地旋转起来。

猴匪和熊匪在用枪射击飞在周围、不断咬掉逃跑人群头颅的美女头鹰身小精灵。

拿住！猴匪丢了两把火焰枪过来给孟小彤和莉熏。

大伙都在战斗！我们也不能输！孟小彤打起精神，给自己打气。

对啊，绝不能让这些鬼怪、这些恐惧毁掉我们的美梦大本营！绝不能让主城堡塌了！莉熏的斗志也燃烧起来。

正在他们与百鬼越战越勇之时，地面的黑暗里突然涌出一张血盆大嘴。

那张嘴一口吞掉了其他百鬼，仿佛与它们合体了。

嗝……血盆大嘴打了一个饱嗝后，开始发出毛骨悚然的讥笑声，孟小彤听清楚了，那正是熟悉的林曼妮的笑声。

血盆大嘴慢慢从无边黑暗的地底上升，慢慢长出巨大的眼睛、鼻子，再长出巨大的整张脸，长出整个赤裸的上半身。

孟小彤看到，是林曼妮那张极度肿胀、恶心、扭曲的脸，而在她赤裸的上半身里，居然浮现出一张透明的林雨生的脸，他正在歪着头，闭着眼睛，深深沉睡，看来他的心智已经被林曼妮彻底吞噬。

想从这里出去，可没那么容易。一个雌雄同体的混沌声音从那个怪物口中叫喊着发出。

大嘴突然张开，从里面飞出三条喷着火的黑色恶龙。

恶龙盘旋着、吼叫着，不断毁坏游乐场内的街道，吞掉地上奔跑的人群。

巨大粘连、不断冒着腐臭液体的林曼妮正沿着黑暗，朝远方的主城堡移动过去。

不好，她要亲自毁掉城堡，毁掉我们的美梦！孟小彤一边用火焰枪喷射身旁的半兽人，一半喊道。

必须有谁来阻止她！谁来帮帮我！孟小彤从心里深深地呼喊着，希望有人可以听到她，来拯救她。

忽然，黑暗的天边裂开一个小小的粉红色光口，一辆震天八方、威风凛凛的直升机从异次元飞进来。

直升机射出导弹和巨大的金色捕梦网，瞬间击中并捕获住巨龙。

孟小彤激动万分，猜不到这个时刻谁会那么英雄般来救她。

直升机呼啸着在孟小彤他们身边停下，从扬起的大风里走下一个戴飞行员眼镜的人，他居然是……

哇！是你！是你！仓鼠巴蒂！孟小彤开心地跳了起来，赶紧和仓鼠来一个热烈的拥抱。

疼、疼，巴蒂的胡子！因为孟小彤的脸紧贴着他，仓鼠巴蒂微笑着轻轻喊道。

直升机里又走出来一个妩媚的背影，是莉熏家的猫咪，穿着红色宫廷拖地长裙的猫咪！

她开心地朝莉熏跑去，莉熏爱护有加地摸摸它的头说，你太棒了，好像给我们找来了不得了的救兵啊！那只仓鼠是谁？

那可是传说中亡灵的摆渡者，死神巴蒂哦，猫咪像是在说自己家人一样自豪。

巴蒂你怎么进来的！我以为我只有死掉才能看见你呢！孟小彤开心地问。

没有巴蒂去不了的地方，区区一个精神污染的黑暗空间而已，仓鼠巴蒂的胡子调皮地抖动起来。死亡列车上一下子莫名涌进来超多的人，巴蒂一问就知道是这里出了事。巴蒂决不原谅破坏正常生死秩序的人。

世界上灾难那么多，经常都是突然死很多人，他不想承认是他听到了你内心的呼喊声才来的，小彤。长裙猫咪笑着说。

巴蒂真的很担心你呢，他可是你的守护天使。猫咪暧昧地抚摸了下巴蒂的脸，继续吃醋地说。

见到你真开心，那次星际列车多亏你相救，喵呜。孟小彤学着猫叫声，努力和猫咪套近乎。

来，大伙快进直升机里面，林曼妮快要攻到城堡了，莉熏在一旁着急地说。

就是这个怪物在闹啊，没想到人类憎恨的力量有那么大。仓鼠巴蒂看了一眼不远处正在毁坏一整条街的巨大的雌雄同体版林曼妮，鄙视地说。

我们怎么出去？孟小彤坐在直升机里问前排驾驶飞机的仓鼠巴蒂。

巴蒂当然可以随时随地出去，关键是你们。巴蒂说着，不慌不忙按动了一个驾驶操作台上的一个机关。

直升机瞬间变形膨胀，慢慢长出骨骼和脸，好似也要幻化成一个和林曼妮同样大小的巨人。

巨人的身体由光海组成，孟小彤他们躲在巨人的身体里就像躲在某个巨大的梦幻水族馆里一样，他们隔着透明的皮肤看着外面的景象。

直升机好像成了一个人的样子啊，是谁啊？孟小彤忍不在问。

仓鼠巴蒂冷冷地说，变成了一个能让她醒悟的人。

巨人大迈步，咚咚咚飞奔到林曼妮身旁，还没等她反应过来，就用可以搅动龙卷风的力量重重击了她一拳。

瞬间林曼妮腹部就凹陷成一个大洞，她后退几步，呕吐出一个浑身包裹着黏液，仿佛是刚出生的林雨生。

林曼妮刚想恶狠狠反击，但看到巨人的脸时，她立刻呆住。

那是她大学时期爱慕而又得不到的人，一切憎恨的起源——阿菲。

阿菲，你终于舍得出现了，我找了你好久好久，林曼妮突然痛苦而又怀念地说。

你为什么要变成这样，巨人自己说话了，孟小彤他们因为死神巴蒂的力量变成了置身尘世之外的神之存在，他们仿佛在俯瞰人间悲喜剧一般。

林曼妮突然用手羞愧地捂住脸，她自己也知道没脸见阿菲。

都是你，都是你，林曼妮呜咽着咆哮说，声音大得仿佛是一片海在深夜里翻腾起浪。

如果你没有死，我就不会和魔鬼交易，我就不会憎恨自己的无能、软弱、丑陋、嫉妒，憎恨全世界的不公平。林曼妮哭着说。

可是，是你亲手杀了我呀。巨人一字字平和地说，林曼妮似乎陷入了自己布控的噩梦空间。

啊！林曼妮看着自己不断滴血的手，仿佛终于想起来自己掩埋的回忆。

你不要说了，林曼妮正在崩溃。她怒吼，我那么爱你，怎么可能杀你，你说，你到底和孟小彤还要骗我到什么时候，你究竟躲到世界的哪里去了，为什么我当初怎么都找不到你?

是你把我杀了，然后埋在了我们学校的花园里，那堵情人墙下，也是你骗别人，伪造我的短信、字迹，对我的父母和朋友写信说我出国了，这一切难道你都忘了?

孟小彤听到这段对话，已经惊讶得发不出声，她不知道这是林曼妮的噩梦，还是事情的真相。

那个时候，阿菲确实突然就不和她联系了，她以为是阿菲厌倦了她，甩了她，后来也是孟小彤一直对她说阿菲出国了，有朋友在国外看到阿菲诸如此类的消息。

曼妮。幻化成阿菲模样的巨人突然牵起林曼妮的手。

其实，比起孟小彤，我一直喜欢你比较多。巨人说。

林曼妮突然大喜。真的吗？真的吗？

是的。巨人身体进一步靠近巨大的林曼妮。

孟小彤隔着巨人的皮肤也能闻到一股恶臭，她看清了怪物般的林曼妮巨大的身体，无数丑陋的黑色蠕虫在她身上恶心地流动。

巨人用手抬起林曼妮的下巴，作势要吻下去。

林曼妮开心地闭上眼睛，等着她期待了很多年的那个吻。

突然巨人用手死死掐住林曼妮的脖子，林曼妮在挣扎，想变成黑色液体逃离，可她的脖子却突然实体化了，她感觉到了疼痛，感觉到了自己的脖子将要断裂，感觉到了自己将要灰飞烟灭，感觉到了自己的死期。

当初，你就是这样杀死我的。巨人说出最后一句话。

孟小彤已经不敢看了，她听到咔擦一声巨大的断裂声和一滴眼泪滴落进心脏的声音。

孟小彤再次睁开眼的时候，她已经逃出了噩梦空间，她发现自己终于穿回白色婚纱，和大家一起回到了车上，莉熏仍然穿着神秘的黑色婚纱在前方驾驶。

她发现车里的大家都回来了，唯独少了猴匪一人。她又朝外面看了看，蝙蝠组成的黑暗空间正在逐步瓦解，洞口近在咫尺。一辆呼啸的直升机在前方开路。

孟小彤问，谁知道猴匪去哪里了？

别管他了，他又见色忘友了。熊匪不开心地说。

咚的一声，仓鼠巴蒂忽然跳到他们的车里，他告别似的说，巴蒂不去那个糟糕的世界了，巴蒂要回去工作了，死亡列车的人应该又来了不少了，我要负责带他们去重生的星辰。

哦，就是所谓的投胎吗？孟小彤依依不舍地问。

最后，有的人可以成为一颗俯视人间的星，有的人可以成为不再有任何记忆、随风飘荡的蒲公英，有的人可以成为吃饱就睡、睡饱就吃，突然就被宰掉，不知一生滋味的猪。只是，也有的人会不幸继续成为人，一个人孤零零地降生，一个人孤零零地离开，所有的烦恼只能自己抵挡，又要熬很久才能过完漫长痛苦的一生。仓鼠巴蒂终于拿出死神的严肃派头说。

成为人并不都是痛苦，也有幸福的时刻啊，孟小彤甜蜜地看着莉熏说。

你一定要对她好哦，我会让我的喵甜心一直监督你的。它用胖胖的爪子戳了戳莉熏的胳膊。

放心吧，世界上有趣离奇的事那么多，也只有她值得我为区区爱情所困一生。莉熏说完甜蜜地看了看孟小彤，微笑着也戳了戳巴蒂毛茸茸的胳膊。

巴蒂像一个父亲那样慈爱地看着孟小彤说，巴蒂希望你幸福的时间更长一些，因为很多人得到了幸福之后的人生就是不断失去的过程。说完，他朝着大鼻子男人手上抱的那只莉熏家的猫眨了眨眼。

没有多余的再见，他重新戴上帅气的飞行员眼镜，披上炫酷的黄色风衣，敏捷地跳出车，飞到了直升机里。

他要为他们做最后的引路，将他们从这片死亡空间摆渡出去。

咻的一声，孟小彤和莉熏一伙人终于冲了出去，回到了现实世界的高架大桥上。

已入夜，圣洁的月亮高高挂在那里。

莉熏继续开着车，忽然他们前后方的大桥随着黑色死亡空间的瓦解，也瞬间受到冲击波而断裂，这是林曼妮同归于尽的最后一击吧，孟小彤边喊边起身朝车子外张望，她白色婚纱一只袖子的垂丝不小心卡在了断桥裂缝中，她用力也拔不出，前方的路越来越倾斜，眼看他们就要坠下大桥，落入大海中。

莉熏不慌不忙把手放入口中，吹出一声震耳欲聋的呼唤。

孟小彤听到耳边的风似乎改变了方向，许许多多翅膀扑闪的声音立刻汹涌地袭来。

刹那间，天空黑压压一片，无数只喜鹊飞过来，嘴里吐着发着光的金丝把孟小彤他们的车牢固地捆绑缠绕起来。

喜鹊群牵引着车慢慢离开了大桥，腾空起来，朝着天空中飞去。

孟小彤那只卡在裂缝中的婚纱袖子呲啦一声断在了大桥上。

她哎呀一声心疼地叫起来。

只是断了一只袖子而已，没关系，正好应景。莉熏笑笑说。

哈哈，对！断袖！对了，我们这是要去哪里？孟小彤大笑着问莉熏。

刚才的婚，我们才结了一半，当然是去月亮上完成婚礼呀。莉熏兴奋地说。

她们的车像一道光，一往无前地冲进了月亮里。

此刻，孟小彤那只婚纱的断袖不知何时已经飞出了石缝中，在风中无主地飘摇。

它飞得越来越高，然后又翩然下降，仿佛是从遥远的月光里落下来的。

它巧合地飘在了一个失魂落魄的男人头上。

是林雨生，他终于恢复神智，他看着这破碎的婚纱，认出是那次在婚纱店陪孟小彤选的那身。

失去了一切的他低着头无限唏嘘，觉得自己的人生十分失败。

忽然猴匪带着当初抢劫时的面具，穿着笔挺的蓝色西服出现。

你一个人吗？他问林雨生。

从来都是。林雨生的声音低得不能再低。

我们又见面了。

这次你又要来抢劫什么吗?

猴匪不出声，轻轻摘下面具，露出清秀脸庞，微微一笑。

我已经一无所有，没有什么值得你再来抢走的了。林雨生不敢看猴匪深邃如黑洞般的眼睛，因为他觉得那眼神随时能把自己吸进去。

不，你错了。这次，我要抢走最重要的你。

林雨生突然低头失笑。一阵微风吹起他手里的婚纱摆动。

很美，猴匪指了指如极光般飘摇的白色婚纱。

孟小彤从月亮上落下来的。他似乎还能闻到她的味道。

猴匪突然走进林雨生，一把夺过断袖，慢慢轻柔地把它包扎在林雨生手臂的伤口上。

林雨生忽然抬头看着月亮大喊，凭什么她们那么幸福！居然两个新娘私奔去月球，抛下我这个没人要的新郎。

别人有别人的幸福，你也有你的。我不是在这里吗？猴匪突然温柔地说。

猴匪打了一个响指，他们身前忽然亮起一阵无比绚丽的光，一排响着婚礼进行曲的旋转木马出现在他们面前。

猴匪坐上了一只木马，只见木马腾空漂浮在地面上，脸朝向空中，跃跃欲试，随时正准备起航飞翔。

上来吗？猴匪拍拍木马身后的位置说，你愿意跟我一起去一个不可思议、注定危险而又不被常人所祝福的疯狂世界吗？我可以带你去见那些有光的所在。

林雨生面对这份惊喜，忽然笑起来，像是在否定之前的自己，又像是在嘲笑未来的自己。

他觉得自己仿佛重新回到 18 岁那年，成为了那个第一次明白世间爱情滋味的冒险少年。

一阵微风吹来，他突然浑身充满力量，对未来无限期待。

他跑向猴匪，每跑一步，都感觉自己好像快飞起来了。

偷情是一项脑力活

离下班还有二十分钟，陈先生再也坐不住了。

家里肯定是不能去了，上周中午和莉莉忍不住在家偷情，居然撞上了母亲和她那个比自己还小的情人。

公司对面一家隐蔽巷子的破旧小旅馆也不能去了，那里的野猫叫春声此起彼伏，像连绵不绝的海浪，高频率的呼喊声波严重干扰两人的正常发挥。

那家房间四周都是水晶吊灯和镜子的豪华情人旅馆更是不能去了，除了手头缺钱，前两天那家旅馆更是刚出过水晶灯尖玻璃掉下来，砸到正在奋斗的客人屁股上，直接进行了免费割礼手术的可怕事故。

他在电脑上地图里搜索市郊情趣旅馆时，瞬间跳出一堆白花花如馒头和鸡腿般的胸脯和大腿，那个四十多岁仍然未结婚的凶悍女上司恰好从后面经过，他几乎吓得要尿裤子。

他看了看表，离下班只有五分钟了，马上就要决定地址了，不然的话，莉莉又要嘲笑他没男人样子，什么事都不能果断做出选择。

他手抖着打开微信，本想问花心同事小李，市郊有什么又大又便宜又刺激又没人去的情人旅馆吗？却没想到一激动发到了公司微信群里，在全体同事像看动物园里被剃毛的裸体大猩猩一样的目送下，他从公司里匆匆拿着公文包落荒而逃。

来到公司楼下大厅，莉莉已经穿着一身优雅的蓝色制服套装坐在沙发里等候他。

你那么早就下班啦？陈先生问她。

嗯，是不想看到我吗？莉莉噘噘嘴说。

怎么会？我们去吃饭吧。陈先生赶紧往公司外走，穿着高跟鞋的莉莉小碎步紧跟在后，但是他们没有牵手。

他们打车二十分钟后来到一家常去的隐蔽在一栋小洋房三楼的法国餐馆。

莉莉一边吃着樱桃酱鹅肝一边笑着问陈先生，今天我们去哪里？上周撞到你母亲实在是太可怕了。

陈先生放下准备送入口中的黑菌意式饺，叹口气说，她也真是胡来，居然找一个比我还小的，说是模特，像话吗？我也真是没办法，每月工资，你不知道她要剥削我多少，前两天还买了一条爱马仕的丝巾，她那么大年纪还那么爱打扮干吗？真以为那个小模特是看中她的脸吗？

你那么刻薄干吗？莉莉忍不住说。

哎，但是她终究是我母亲，我怎么能不养她呢？陈先生摊摊手无奈地说。

莉莉笑，嫌她烦，那你从她的房子里搬出去啊？

陈先生面露难色，难道我不想搬出去吗？去年看中的一套大宁板块的房子，今年涨成什么样了？都疯了。合并进静安区，还真以为自己变成上只角了。你又不肯救济救济我。陈先生说着拉住莉莉的手。

我哪里不想帮你，可我的大头钱都在丈夫那里管着。他都弄到银行的理财产品里去了。莉莉默默地松开了陈先生的手。

莉莉心里想，要是告诉陈先生自己已经和丈夫正式离婚了，他们两个人还会有这种时时出来的激情吗?

按部就班地谈恋爱哪里会有这种偷偷摸摸来得刺激。再说了，有一个丈夫的存在是一个很好的借口，有很多事可以拿出来挡一挡。

陈先生笑笑说，我有时候会好奇，你丈夫到底长什么样，到底是做什么的？我从来没看见过他哦?

莉莉一惊，你发神经啊，见他干吗，我们那么小心，他一点都没有发现我们的事啦。

陈先生看着莉莉的眼睛说，我怕他是黑社会的，怕有一天我会不知不觉死在他手里。

莉莉脱了高跟鞋，用脚在桌子底下暧昧地勾陈先生的小腿。她笑笑说，你那么怕死，还学人家偷情?

怪就怪你那么美，我实在忍不住。一会儿我会好好表现的。陈先生又一次握住了莉莉的手。

莉莉这次没有松开。

忽然，一个拿着小提琴，穿着破旧小礼服的十几岁男童走到他们面前，开始演奏起一首帕尔曼的《流浪者之歌》。

莉莉以为是陈先生给她的惊喜，顿时心花怒放。

陈先生则一阵茫然。

演奏完毕，整首曲子伤感得想让人落泪，充满悲凉的气氛，就像小男孩那颗如沼泽般空洞的眼睛。

小男孩绅士地脱下礼帽，递到陈先生面前。

莉莉见陈先生呆住，立马从名牌皮包里拿出五十元现金丢到帽子里。

小男孩鞠了一躬，离开前淡淡地说，祝你们幸福。

餐馆领班急匆匆过来道歉，对不起，最近他常常趁我们不注意溜进来问客人要钱。

不要紧，他演奏得很美。莉莉还沉醉在刚才悠扬的音乐里。

那个小男孩是流浪儿吗？陈先生同情地问领班。

领班似乎已经回答过很多次似的无奈地说，恩，附近的一个可怜的孤儿，原本一家三口衣食无忧，住在附近的高档公寓里好好的，他父母很怪，精神有点问题，从不和邻居说话，也不允许孩子去上学去接触社会，上周居然一同跳楼自杀了，留下他孤零零一个人，听说他父母都是未成名的作家，还酷爱写诗，大概是写诗写得脑袋坏掉了吧，你说，现在还有人读诗吗？

我读的！陈先生愤愤不平地说。

领班见自己说错话，立刻欠身退下。

那你想好我们一会儿去哪里了吗？莉莉见陈先生有些不开心，岔开话题问。

就在这里。陈先生神秘兮兮地眨了下眼睛。

这里？莉莉瞪大眼睛，既不敢相信又满怀期待。

恩，厨房后面一条走廊尽头有一个没人去的储物间，我观察好久了。那里好黑好黑哦。陈先生坏笑说。

我怕黑……莉莉撒娇说。

怕露出你本来的面目？我不怕，尽管来吧。陈先生贪婪地看着莉莉。

他们吃好买完单，借故上厕所时溜到厨房后面，手拉手兴奋地往走廊尽头黑漆漆的储物间走去。

储物间的门虚掩着，陈先生小心翼翼地打开门，里面黑得像一个远古的山洞。

灯呢，真的不开灯吗？莉莉在黑暗里摸索着找开关。

陈先生已经忍不住，紧紧抱住莉莉乱吻起来。

别急，别急，先摸清这里情况呀。莉莉轻轻推开他。

摸清这里干吗？要摸就摸这里。陈先生拉住莉莉的手。

谁？一声轻轻的呼喊像一道闪电划过这个黑暗的房间。

陈先生和莉莉吓得立马分开，像僵尸一样呆在那里。

灯瞬间亮了起来，一个小男孩从储物间深处走了出来。

鬼啊！陈先生和莉莉像两只受惊的小兔子一样吓得蹦起来。

是你，莉莉定神一看，居然是刚才那个拉小提琴、穿破旧礼服的男孩。

你 TM 在这里吓人干吗？陈先生愤怒地问。

你们来这里干吗？小男孩平静地说。

我们来这里，来这里……打老鼠！陈先生像一个逃课的小男孩那样紧张地说。

对，打老鼠，刚才一只老鼠偷走了我的钱包。莉莉红着脸帮腔说。

哦，你自己看一看是哪一只？小男孩示意他们地上大大小小各种凌乱的钱包、皮包、运动包。

我都说过几次了，不要再偷皮包了，我已经够用了。小男孩叉着腰，生气地转身说。

你、你跟谁说话？陈先生颤抖地问。

老鼠呀，他们现在是我唯一的朋友。小男孩淡然地说。

你、你现在住在这里？莉莉不敢相信地问。

恩，这里是我的新家。欢迎你们。小男孩边点头，边打了一个响指。

忽然间，一个破桌子上掉漆的星空投影仪自动亮起，灯光转动，狭小的房间瞬间变成了一个无限大的浩瀚宇宙。

哇！太美了。陈先生和莉莉不由自主一阵惊呼。

你们喜欢读谁的书，我这里有里尔克《沉重的时刻》，波德莱尔的《恶之花》，但丁的《神曲》，歌德的《浮士德》，惠特曼的……

抱歉，我知道这些都是宝藏，但我们现在真的没时间读。陈先生打断了小男孩兴致勃勃的推荐。

那我们不打扰你和你的朋友们了哈，莉莉拉住陈先生的胳膊急切地想离开。

不再玩会儿吗？小男孩失落地看看他们。

不、不了，我们还有重要的事要去做。陈先生说。

哦，大人的事吧。希望你们不要去死哦。小男孩眼睛一动，仿佛想起了什么似的说。

当然不是，我们可是要去创造“生”。陈先生看看莉莉挑了挑眉毛轻浮地说。

离开储藏室前，陈先生忍不住朝里面轻轻喊了一声，不管怎样，一定要活下去啊!!!

已经拿起小提琴准备练习的小男孩听到后微笑着向他们挥手告别。

忽然一阵冷风从走廊窗户刮来，储藏室的灯瞬间又灭了，门也自动关上了。

他们两个跌跌撞撞，几次快要摔倒，逃出了餐馆。

刚才吓死我了，莉莉气喘吁吁地说。

不是挺刺激的吗？就当是为我们接下来做的事热热身吧。陈先生望望四周，见没人后紧紧搂住了莉莉。

天快要全黑了，他们走了一会儿，路过一个高中。三三两两最后几名晚归的学生走出学校。

陈先生灵机一动，不如我们去学校找一个教室怎么样？

啊？莉莉不作声。

好怀念的感觉，感觉我们像两个初尝禁果的学生哪。陈先生兴奋地说。

找一个大的课桌。他边说，边拉着莉莉往学校里跑。

对不起，我的孩子脚骨折了，我们来接他。陈先生对值班的门卫说。

哦，是高二（3）班那个瘦瘦高高的孩子吧，做家长也真是不容易啊。门卫稍微打量了下，就放他们进去了。

好幸运，看来这里一定是今天最适合我们的偷情圣地。陈先生兴奋地手舞足蹈。

他们两人走进教学大楼，大多教室几乎都关着门，拉着窗帘。只有零星几间补习班的教室还亮着灯。

他一间间去试那些关门的教室，希望发现能有一间粗心的值日生没有锁上的教室可以潜入。

在试到二楼第十一间教室的时候，意外地发现门能打开。

刚转动门把手，就听到里面传来一个女人的声音，快进来，你们已经迟到了。

日光灯一下子都打开，刺眼的光芒立刻充盈整个教室。

刚才我们正好在冥想。站在讲台穿香奈儿白色套装、戴眼镜的严肃中年女人说。

你们快坐下吧，别干扰到其他学员。她有点不耐烦地说。

陈先生和莉莉一头雾水，不知道他们在学什么。夜大学？成人高考补习班?

女人威严地开口说，写作不是你们想写什么就能写什么的。

陈先生看看周围坐着的人，有头发花白的退休大妈，有带一只鸟笼穿唐装的老克勒，有穿着时髦带钻石手链的富太太，更有穷酸落魄的长发文艺青年。

这是不是一个创意写作课啊，好像最近很流行的，我有一个小姐妹就是戒了麻将在学这个。莉莉轻轻说。

咦，这个女人我好像在哪里见过，陈先生觉得这个女人十分眼熟。

我想起来了！陈先生拉住坐在旁边的莉莉激动地说，这不是畅销书榜上的著名小说作家姜女士吗？

那个喜欢用自己照片做封面，每一张都照得像修女的畅销书女作家？莉莉似乎也有印象。

喂，你们两个不要说话，专心点。前排座位一个富太太回头恶狠狠地瞪他们。

李太太，你这个小说结局太扯了，你简直是在美化婚外情啊，你这是在纵容偷情，你是在教别人犯罪啊。难道灵感源自你真实的生活？姜女士手里拿了一堆稿子，似乎要开始逐个批改之前布置的作业了。

李太太一声不响，默默摆弄手上的链子，一副很寂寞的样子，大概是被说到了痛处。

阿原，你这篇文章结构有问题，太天马行空了，太超现实了，削弱了文章的真实性。我觉得你还是更适合自然主义的写作，从日常里发现共鸣点，不要老是沉迷在你自己的小世界里。

坐在前排的文艺青年直点头。

柏叔，你这篇也太邪恶了，描写得太入骨了，而且结局男女主角连同配角所有人都死了，这也太绝望了吧，大家现在日子过得都不容易，喜剧的受众更多，真的没人要看你这种惨绝人寰的故事。

柏叔若有所思，他旁边那只鸟笼发出一阵刺耳的鸣叫声。大概是养了一只会吃人的鸟。

你们两个人的稿子呢？姜女士推了推眼镜，终于轮到陈先生和莉莉了。

我们还在做最后的修改……陈先生吞吞吐吐地回答。

哎，姜女士叹了一口气。切记，小说是小说，现实是现实，上次我就觉得你们写得太投入，有点无法抽离了，主角的情绪已经严重影响你们的行为，希望你们做到每完结一个小说，就像在现实里多活一点，而不是跟着小说的主人公一同死去。

陈先生和莉莉听得一头雾水，大概姜女士把他们两人错认成某对写作写得走火入魔的绝望夫妇了吧。

严肃高冷的姜女士又滔滔不绝地讲了二十分钟，忽然一个电话袭来，她看了看振动的手机，立刻示意他们可以休息一会儿，她自己整理了下衣服，头也不回地走出了教室。

等她一离开，陈先生就拉着莉莉借着这个机会离开了这个诡异的教室。

走廊的灯奇怪地忽明忽暗地闪动着，感觉脚下的地板在蠕动，一切仿佛在预示他们这里将要有可怕的事发生。

他们几乎狂奔，路过一个厕所时，陈先生放慢脚步。我突然想上厕所，他对身旁的莉莉说。

你是吓尿了吗？要上出去上，这里那么暗。莉莉拉着他准备往楼下跑。

听，厕所里有动静。陈先生好奇心又上来，头慢慢往厕所里探。

别听啦，我们走啦。莉莉一边拉陈先生，一边也忍不住竖起耳朵听。

陈先生踮起脚尖，往里慢慢走，他一看，吓一跳，昏暗的灯光下，作家姜女士正和一个白发中年男人热吻。

奇怪的是，那个中年男人穿着一身亮黄色的高中校服，与他的实际年龄十分不搭。

但姜女士吻他吻得忘情，手在他的校服上乱摸，像是在贪婪地抚摸着一个年轻的躯体。

他摇摇头，走出厕所。

等在外面的莉莉轻轻说，怎么了?

陈先生一副初学者的谦卑口气说，我输了，还是女作家会玩，看来偷情这件事可真是项费神的脑力活。

他和莉莉一边继续往外跑一边想，怪不得要来这个学校开写作班，是有老相好在这里吧，那个白发的男人是老师？教导主任？亦或是校长?

跑到校门口的时候，他们放慢脚步，装作什么事都没发生地镇定往外走。

门卫笑笑对他说，补习班还没结束吗?

嗯，孩子带了便当，我们先出去吃点东西。陈先生冷静地回答。

终于逃出学校，陈先生在路边松懈下来，大口大口喘气。

今天怎么那么不顺，不如我们各自回家吧。莉莉泄气地说。

不，我偏不相信，今天我一定要找到一个绝妙的偷情圣地。陈先生的脑子正急速运转着。

他打开手机，查了下自己的所在地，瞬间惊喜地说，咦，原来我们离电视台很近！大禹应该在的吧。

他拨通了他的演员朋友——大禹的手机号，响了好久也没通。

大概在录节目不方便接吧。陈先生对莉莉说。

大禹？一直上综艺节目的那个喜剧演员大禹？那个常常出其不意搞怪的大禹？他很忙吗？他最近好像有点过气了啊。

还好吧，可能大家有点看厌了。陈先生耸耸肩。

他来到电视台的一楼前台表示要找大禹。

前台小姐奇怪地笑了起来，手指指外面说，你没看到他吗？他在街上忙着呢。

果然，他们听到外面街道上的人群里响起热火朝天的起哄欢呼声。

外面发生了什么？走，我们刚来的时候明明街道上一片安静啊。莉莉已经按捺不住好奇心。

陈先生急急冲到街上，发现对面楼顶高处打出一道刺眼的强光，正照着路上的一排队伍。

他拨开人群，冲到最里面看个究竟。

他惊呆了，他看见一个奇怪的男人冲在队伍最前面，他满脸大胡子却化着妖媚的蓝色眼影，头带一个扎眼的粉色兔女郎发箍，两只巨大而又软软的粉色耳朵可笑地垂在那里，后面跟着一群热闹的乐队伴奏，那个男人伴着音乐像一只被电到的野猩猩那样滑稽地跳着舞，他整个上半身完全赤裸，露出黑乎乎的一片亚马逊丛林般的胸毛，但下半身却穿着粉色丝袜，外加一条狂野的豹纹丁字裤，简直不堪入目，但不得不说完全吸引到了整条街的目光。

陈先生仔细看那个男人，心里不禁感叹，真的是大禹，为什么他要这样搞怪，这样愚弄自己啊?

陈先生恶心的同时却发现旁边的莉莉已经笑弯了腰，再看看四周的人群，个个笑得快要爆炸，仿佛见到了此生见过的最滑稽的事。仿佛这一刻，他们忘记了自己生活里所有不开心，忘记了他们卑微的人生，在彼此的狂欢中，在这一场娱乐至死的审丑中得到了救赎。

他们纷纷举起相机为大禹的可笑举动助威，大禹！大禹！他们挥动着拳头撕心裂肺地高喊着。

“还以为大禹不行了，这个装扮真的太搞笑了，太有趣了。

是啊，他简直是个天才，我现在真的爱死他了。

超级期待他接下来要在电视台亮相的新综艺节目和电影!”

周围的人群纷纷夸得停不下来，看来他们没有忘记大禹，大禹的人气又一次得到了显著地回升。

新闻采访车一辆辆飞驰过来，记者的眼睛都在发光，似乎找到了一个足以不让观众转台的劲爆大新闻。

大禹似乎很享受这一切，一边跳舞，一边签名，一边接受媒体采访，这一刻，大禹是神，周围的观众是他最忠实的信徒。

半小时后，闹剧结束，大禹在保安的护送下进入电视台。外面的人群没有冷静下来，依然疯狂地呼喊着。

大禹认出了陈先生，让他们穿过保安的阻拦，进入自己宽敞的休息室。

陈先生一进去就忍不住质问他，你刚才在干吗？搞怪也有个限度吧。

李大禹不屑地说，你冷静下。

过了一会儿大禹点了一根烟一本正经地说，你不懂，这是一个后现代行为艺术，以夸张的喜剧形式阐述在他人面前的伪装和自我认定这两者的矛盾冲突，通过一种巧妙的搭配，赋予其荒诞的精神内核，进而去消解这二元的对立。这场演出的名字叫——“性别之战”。

陈先生听得一愣一愣，完全不明白。

而旁边莉莉却一副仰视崇拜的眼神。

大禹摘下那个抢眼的兔女郎发带，凌乱的头发与汗水交织在一起，显得狼狈不堪。

他落寞地对过来的电视台领导说，够了吗？

那个领导笑嘻嘻地说，当然可以，简直全城轰动，现在每一个频道都在报道你，都在讨论你。现在他们又会重新爱上你啦！你是喜剧天才，你是搞怪之王，没有人可以替代你。这样一来，大家一定不会再管你之前是“撒过谎”还是“出过轨”了。

哦，大禹费力地脱下那个勒得皮肤已经变紫的紧身丝袜，他茫然地看着陈先生和莉莉说，对了，你们来找我什么事？

啊！我都快忘了正事了，我能不能借用下你这个休息室，或者随便什么空着的化妆间，只要半小时……

莉莉突然重重捏了他一下，表示对时间不满意。

哦、哦，一个小时，只要一个小时就可以，借我一个房间。陈先生支支吾吾地说。

这个房间暂时不可以，因为我现在想哭一下，你们等会好吗？大禹有气无力地说，仿佛刚才那场演出已经耗尽他所有力气。

那、那我们先离开吧，你好好休息。我们出去再找找吧……陈先生识趣地拉着莉莉退出房间。

大禹没事吧。走到外面走廊后，莉莉担心地问。

哎，我已经见过他那样很多次了，职业病吧，透支自己热情后的反噬。陈先生无奈地说。

这里好多房间啊，一定会有一个空着的在等我们。陈先生转换话题。

今晚经历了那么多荒唐的事，他仍然没忘记他的正事。

他们两个小心翼翼摸索，兜兜转转来到最顶层。

莉莉摸到一个房间的门没锁，兴奋地叫陈先生过来。

两个人兴奋地蹑手蹑脚进了房间，心简直要跳出来。

借着手机的蓝光，他们发现这个狭小的房间好像是个厕所。

算了，就在这里吧，反正我们做的事本来就见不得光的。陈先生暗暗叹气。

他注意到厕所里有个大得反常的马桶，下面好像有什么特别的机关。他心里想难道这是属于大明星专用的卫生间，难道大明星的生理构造和我们普通人不一样？需要一个这么大的马桶？

算了，管不了那么多了，陈先生憋了一个晚上，已经按捺不住体内的激情。

他对莉莉坏笑说，做好准备，我一会儿就让你快乐得上天哦。

他一屁股坐在盖着盖子的大马桶上，利索地拉莉莉坐在他身上。

两个人开始忘我地拥吻起来。

等等，你有没有听到什么倒计时的滴滴声。陈先生刚准备解开裤子，非常不安地说。

什么！我刚刚才坐上来，你就要结束了！莉莉失望地说。

不是我啦，我好像真的听到了什么奇怪的声音。陈先生开始有点焦虑。

莉莉停下扭动的身体仔细听，咦，好像真的有滴滴的声音啊。

突然砰的一声，灯亮起，狭小房间四周的墙壁突然扇子般的打开，变成了一个舞台。

陈先生发现周围居然黑压压坐满了观众，他们的脸上都露出贪婪又意犹未尽的神态。

欢迎大家来到《突击，人类最私密的观察！》节目直播现场，今天为大家捕捉到、现场直播的是一对偷情的男女。

一个穿白色西装的主持人伴随着一阵欢快的音乐出场。

陈先生和莉莉已经吓得呆住，继续保持着那个猥琐的姿势。

突然两个工作人员微笑上前，为他们两个人背上两个黑色小包，并启动马桶上固定住陈先生屁股的开关。

只能冲到几十米的高度，我们已经在地上铺上厚厚的垫子，不过掉下来的时候，还是要记得打开这个降落伞。尽量表现得惊恐一点哦，钱已经打进你们的账户了。主持人走到陈先生旁轻轻说。

陈先生突然意识到，他们两个人进错了房间，被错认成演出另一场荒诞大戏的演员了。

放我下来，快放我们下来。陈先生慌张地发抖。

莉莉已经吓得一动不动，依然瘫坐在陈先生身上。

大家看，这就是偷情的人被逮到的狼狈面孔。大家说，我们要不要惩罚他们？主持人高声喊道。

惩罚！惩罚！惩罚！观众们已经被点燃了热情，一切已经准备就绪。

天花板像高级敞篷跑车那样，已经自动收了起来，慢慢移动出一块巨大的敞开区域，今夜的天气不错，观众可以清晰地看到天空的星辰。

好，让我们倒计时！5，4，3，2，1！主持人兴奋地带着观众一起倒数。

嘭的一声巨响，陈先生和莉莉坐着的马桶底座开始喷涌燃烧，火箭炮的巨大能量瞬间咆哮着带他们两人飞出了这个房间。

陈先生听到观众发出如核爆般的欢呼雀跃声，他们在道德高处，在正义的惩罚中得到巨大的满足。

虽然前面的偷情都因为各种突然发生的奇怪事失败了，但这一次陈先生和莉莉幸运地在全国电视观众的注视下，在荒诞无比的直播偷情的节目里终于成功地上了天。

想起又如何

我喜欢上那个男人，是在得知丈夫出轨消息后的第三个月。

我不知道这算不算是一种报复，但我必须承认，那个男人搬来的第一天，我就被他深深地吸引住了。

那是一个台风天，丈夫果然准时打电话来说他今晚回不来了，飞机的航班延误了，我只是淡淡地说，好，你在外保重身体。

航班延误这个理由，丈夫已经用了上百遍，他也懒得再编，我也懒得再去想作为一个贤惠的妻子该怎么回答。

结婚 5 年来，我们的婚姻已经千疮百孔，丈夫是何时变成这种卑劣的模样，我已经想不起来了。也许他并没有变，他只是终于舍得向我揭开了真面目。

三个月前，他喝得迷迷糊糊的时候问我那双蒂凡尼的钻石耳环怎么没戴，我知道他一定是把我和外面某个女人搞混了，说漏嘴了。因为我连耳洞都没打过，更是从来没有收到过他的这个贵重礼物。

窗户被外面的台风刮得直响，像有一只在暴风雨里迷路的透明飞鸟在一刻不停挥动着翅膀撞击。

我用微波炉热了咖喱饭，叮的一声，把我从徒劳的回忆中拉回现实。

隔夜的咖喱更入味，满足地吃饱收拾完餐具，我拿着垃圾袋出门走向灯莫名忽闪忽闪的楼道。

刚开门，我就看到了新搬到隔壁的那个男人。

他头发被淋得湿湿的，一滴滴雨像坐滑滑梯般顺着他乌黑的头发落下，勾勒出他英俊、棱角分明的脸。

他的右边眉毛缺了一小块，像块月牙，调皮又可爱，很是扎眼。

他笑起来很温柔，像海鸥优雅地跃过海岸线。

他一看到我便害羞地客套打招呼说，不好意思，我刚搬来，有很多东西要整理，可能今晚会有点吵。

我看他手里一边抱着一个用黑色袋子裹着的塑料模特一样的东西，一边准备开门。

塑料袋已经被淋得很湿，有部分已经破损，露出细细白色脚趾头一样的东西。

灯依然一闪一闪，我无法看得太清楚。

我微笑着问他，你是服装设计师吗？搬一个模特过来练习布料的立体剪裁？

他神秘地说，我不是设计师，哦，大概你以为这袋子里面装的是模特吧。

说完，他迅速地撕开了包装，露出里面的真东西。

我看到后立刻吓一大跳，忍不住尖叫起来，因为包装袋里居然是一具惊悚的白骨骷髅。

别害怕，他见我受惊连忙抱歉说，这是医用骷髅模型啦，因为最近正在写的小说里面的主犯是一个生物学老师，为了细节描写得真实，所以特意问医生朋友借回来研究下人体骨骼肌理。

还没等我反应过来，他就礼貌地点点头，轻轻地关上了门，仿佛一阵突然从走廊窗户溜进来的风。

真是奇怪的男人，我回到了自己的房间，跌坐在沙发里，忍不住津津有味地回想刚才发生的一切。

我揉了揉眼睛，确定自己不是吃饱了咖喱饭睡着了在做梦。

那晚，风雨飘摇，我整夜失眠，只能躺在床上细细聆听隔壁房间微小的动静。

一无所获，只听到微微而又平静的德彪西钢琴乐和几声疲劳的咳嗽声，大概搬家太累，那个男人早早就休息了吧。

第二天早晨出门买早点时经过他的房间，我突然闻到一种草莓和刚洗过的白衬衫混合起来的美妙清香，仿佛可以拖着我的平底鞋轻轻地飞起来。

气味是从他门缝这里溜出来的，我忍不住蹲下深呼吸，贪婪地细嗅这陶醉的香气。

突然他穿一件蓝色睡衣开了门，见我正奇怪蹲着，非但没有吃惊，反而开心地大笑起来说，咦，难道？你闻到了？

什么？我眨眨眼睛，摇头装傻。

香味呀，这是我刚才心血来潮用一本古老破旧小说里描述的据说可以摄人心魄的香水配方调出来的，以前弄过几次，总失败，也从来没有人闻到过，今天早起阳光那么好，心情也跟着好起来，所以突然想再胡乱调试一次，难不成这次我成功了？

好像，好像是有什么奇怪的香味吧？我吞吞吐吐地说。

好不好闻？他兴奋地看着我说，仿佛是一个在等待老师表扬的小男孩。

超好闻！我激动得直点头大声说。

还可以，还可以，我意识到自己举止失礼后，连忙捂住自己的嘴，轻声说。

哈哈，你真可爱。你叫什么？你也是一个人住在这里吗？他乐呵呵地问我。

我姓李，嗯，也是一个人住。对着他说话，我突然感觉脸好烫。

说完，我就连忙借故说要赶着上班，慌张地跑下楼，突然感觉脚下像在踩着风，兴奋不已。我这是怎么了？我在激动什么？我怎么变成了一个害羞的高中女生了？我为什么要骗他说自己是一个人住，伪装成一个单身女子？

晚上，丈夫打电话回来说，公司临时派给他新任务，要多出差一周。

我几乎要在电话里笑出声来，我平复自己，努力调整好自己的呼吸说，嗯，你在外面工作辛苦了，注意休息。

挂断电话的同时，却隐约听到他那边有另一个女人的笑声。

奇怪的是，我一点都没有感到难过，反而减轻了自己不少的负罪感。

我暗暗对自己说，不能那样，不能那样，要控制住自己的感情，那样的话，我就不是和无耻的丈夫一样卑劣了吗？

第三天下班后为庆祝同事升职，在居酒屋喝了很多酒，我也不知道为什么我今天要喝那么多。一个要好的同事居然开玩笑说，我变得豪放了。

以前的我总是在角落默默喝一点橙汁的，像一个安分守己的淑女。

同事的车快开到公寓时，我突然想到，我不能让楼里的人，特别是那个住 10 层的八卦楼组长张阿姨看到我这样，不然的话，那个老女人又要在背后嚼我舌根了。我对同事说，我正好要去便利店买东西，在这里停下就可以。

我和同事们告了别，下了车，准备去街对面的咖啡店坐一坐，醒醒酒。

晚上的咖啡馆没什么人，异常安静，一只褐色斑点猫在一个大圆桌上毫无顾忌地睡着了，吧台的女服务员手拿一本白色封面的小说在细细品读，有客人来了，她才不情愿地抬起头。

我点了一杯水果花茶，找了一个角落位置，刚准备坐下，就听到身后有人叫我名字。

李小姐，那么巧？是那个住隔壁的男人。

他穿一件黑色羊绒毛衣，仿佛可以低调地把自己隐藏在夜色的阴影里。

啊？你也在这里呀，那么晚了。我看见他的桌子上放着一本泛黄的破旧笔记本。

嗯，我在等人，这里人很少、很安静，真是一个适合写小说的好地方啊。他亲切地笑笑说。

你也是在等人吗？他手托下巴，看着我的眼睛说。

那么晚了，我哪里还有什么人可以等啊。我坐到他对面，捋了捋头发微笑说。

难道你在等我吗？我借着还未消散的酒精，鲁莽地说出这句半开玩笑的话。

他突然低下头，沉默地笑笑。虽然灯光很暗，但我还是看到他的耳根红了。

咦，这个时代，还有人用手写小说稿子的，真稀奇啊。在写什么故事呢？可以让我看看吗？我还没等他答应，就伸出手准备拿他的笔记本。

不，不行……他紧张得过了头，生怕我看见里面到底写了什么不可告人的秘密，他抱住笔记本就像抱住了一只心爱的小奶猫。

好吧，我不看啦，我知道写小说就像在怀孩子，没有正式诞生前，是不能让别人看见的。

嗯嗯，是这样的，看了就完蛋了。他直点头，依然把笔记本抱在怀里，害羞得像一个还未毕业的高中生。

你叫什么，我还不知道你的名字呢。我变得越来越肆无忌惮，明知道酒精的作用已经要全部退去了。

我也姓李。他摸了摸后脑勺，手不知道往哪里放。

那么巧，李先生，李小姐，哈哈。明明没有什么好笑的，我却不由自主地放声大笑起来。

是啊，原来是本家啊，怪不得和你说话那么投机，像一家人，哈哈。他附和着我笑，镇定下来，恢复一个男人的本色，也开始进攻了。

整个咖啡馆就零星几个客人，我们的笑声出现得不知道有多不合时宜，但我似乎无暇管别人的眼光，陶醉在自己久违的欢笑里。

其实他说的就是再普通不过的话，但我就是觉得他的每句话、每个字都加上了音符，在空气里蹦跳着、弹奏着、飞扬着，格外有魅力，格外让我愿意倾听。

在我们说笑间，突然一件奇怪的事情发生了。

我渐渐听到有马蹄声，它一步步靠近咖啡馆。

我以为是酒精的缘故没理会，但服务员忽然放下手里的小说，急匆匆冲到门前的举动还是让我忍不住观察到底发生了什么。

李先生倒是出乎意料的镇定，只是慢慢扭过头朝门前看去。

只见服务员微笑着用力打开了整扇门。门很大，刚才我进来的时候原来只开了一半，我还以为上半部分是面雕刻精美、装饰华丽的窗户，没想也是大门的一部分，只是平常不全打开而已。

门全部打开后，长宽高居然是普通门的两倍多，咖啡馆要设计那么大的门干吗？我不禁满肚子疑问。

伴着一阵冷飕飕的风一下子吹进整个咖啡馆，马蹄声也越来越靠近。

我惊呆了，在月光的照射下，我看见居然是一个穿着古怪的人骑着一匹高大威严的骏马从门前进入了咖啡馆。

服务员笑嘻嘻迎上去，老板，你拍戏回来啦。累不累啊？

那个男人从马上一跃而下，站定大笑说，不累，我衣服都没换，直接从片场赶回来，因为我知道有老朋友来拜访我了。

我看看周围，几个熟客模样的顾客好像见怪不怪的样子，看来这个老板经常做这种奇怪的事。

男人走到我们桌前时，李先生笑容满面地站起来，两个人热情地拥抱，像是好久不见的故友。

从他们的寒暄中，我听出来，他们是分别好久的校友，也同是大学里波德莱尔诗社的成员。

老板看看我，好像突然明白和看穿了什么，他对我微笑着说了一句让我汗毛竖起来的话。

他说，小姐，你能告诉我吗？我是不是在什么人的梦境里？

我一时愣住，呆呆不知如何回答，因为像刚才那样，能和李先生亲密地坐在一起开心地聊天，确实是这几天我梦里才会发生的事。

老板像是一个过来人，带着点劝告的口吻对我说，布德莱尔《恶之花》里有一句诗是这样说的——梦幻总是紧紧地把心灵抓住，而实境总是轻易把理想抛弃。小姐，我现在把这句话送给你们，要加油哦！

李先生见我尴尬茫然，立马过来略带歉意地说，别理他，那小子以前就是神神道道，莫名其妙的，看来那么多年不见，他还是一点都没变。

我不笨，也大概听出了点那个神秘老板的意思，应该是看穿了我和李先生的关系，是在祝福我们遥远的未来吧？

在咖啡馆继续坐了一会儿，和那位奇怪老板告别后，我们两人一同走回了公寓大楼。

外面的月亮大得不像话，空气里幽香浮动着，仿佛在企图连接着什么禁忌的暧昧，一切静谧得不像在现实里。

酒已经完全散了，我的神智已经非常清醒，可现在我却依然感觉自己置身于梦幻中。

电梯里，我们谁都没说一句话，我们听着彼此的呼吸声，仿佛在这默契的沉默里，我们已经拥有了彼此。

到家我准备拿出钥匙开门的时候，他突然从脖子里拿出一根月亮形状的项链给我。他声音微微颤抖地说，这个送你。你刚才说，最近一直睡得不好，带上这个，保证你今晚一定能做个美梦。

谢谢。我居然毫不犹豫，毫不抗拒地接了下来，手里的项链还能感觉到他身上淡淡、暖暖的余温。

能进来再陪我坐一会儿吗？我还想和你再聊一会儿心里话。他还是开口了。

我的脚已经要向他的门迈过去，但最后一点理智把我拉了回来。我轻轻地说，有点晚了，我累了。

嗯，也是……那晚安了。他有些尴尬，低着头说。

嗯，晚安。我费力说完告别的话。关门后，一下子跌坐在门前的地板上，我隐约听到有脚步声在犹豫地靠近门，但最后还是慢慢地、不舍地离去了。

那一晚，他最终还是没有来敲我的门。

第四天，丈夫意外地一大早就提着行李回来了。

没想到，我在和丈夫准备坐电梯下楼吃早饭时，竟然遇见了李先生。

李先生进电梯里看到我，很欣喜，刚想和我说话，但看到靠着我的丈夫瞬间明白了一切，没有开口。

三个人的电梯下行的速度，比以往任何时候都慢上千百倍。

丈夫在电梯里肆无忌惮地搂着我，对我亲昵地说，老婆，你最近瘦了，腰细了很多。

李先生默默地看着不断更新的下行数字，没有说话。

咦，这项链是你新买的吗？颜色好土啊，来试试我这次出差为你新买的钻石项链。说着，丈夫从西装内插袋拿出一个红色丝绒包装的小盒子，我也不知道为什么他要在电梯里选择给我这个惊喜。

我勉为其难地说，一会儿再试吧，万一掉在这里不好。

现在就试啊，一会儿好带出去给那些楼里八卦的阿姨看看，让他们知道知道，我有多爱你，多舍得为你花钱。丈夫不等我答应，就摘了那根昨晚李先生送我的月亮形状的项链，顺手丢在了电梯地上。

我刚想去捡，就看到丈夫恶狠狠地踩住那根月亮项链，仿佛知道这根项链一切的来龙去脉。

那么难看的东西，还要干吗，带上我这根就够了。丈夫用命令似的口吻说道。

我刚想回嘴，1 楼已经到了，电梯停下，门打开，李先生飞快地走出了电梯，我仍然想去捡那根项链，但被丈夫连推带拉弄出了电梯。

丈夫搂住了我，比以往任何时候都要紧。

丈夫胜利似的开心地说，今天天气真是好，啊，肚子好饿，飞机上的东西我一口都没动，我一定要好好吃这顿早饭。

我假装看天，眼睛忍不住四处张望刚刚走出去的李先生，但我发现怎么都找不到他的背影了。

刚出小区公寓的门口，就碰到了楼组长张阿姨，她和丈夫热情地寒暄说，终于回来啦。一个丈夫老是出差，放着这么漂亮的妻子一个人在家可不行的哦。

我看着她和丈夫使着眼色，话里有话的那种恶心的腔调，不禁猜疑，难道是这个八卦的女人通知了丈夫什么捕风捉影的事，所以丈夫才那么急忙回来了的?

那一顿早饭，丈夫吃得无比开心，我却连一口豆浆都喝不下，我借故说胃很不舒服，要上厕所，疯狂跑回公寓，进电梯寻找那根月亮项链。还好，还没有人捡掉，项链居然神奇地依然在角落等着我。

我以为丈夫这次回来变好了，我还是太天真了。

第二天，丈夫又照例和那些狐朋狗友喝得很晚才回来，一进门就骂骂咧咧，说 TMD 为什么那些没他有本事的人却过得比他好？后来他又借故说地板上怎么有水，为什么没有擦干净，差点让他滑一跤这种小事又一次对我动了手，把对自己失败的愤怒全撒在了我身上。

这是第三次，我曾发誓，第三次他再动手，我一定要离开他，不再管父亲求他的那些木材生意订单，不再管母亲旷日持久的巨额治疗费用，不管我会不会没有房子住，被赶到街上，不管我会被人说什么可怕的闲话，不管我的下场有多惨，我一定要离开他。

那一个月，我疲于和丈夫闹离婚的事，居然一次都没有再见到李先生，可能他对我失望，刻意地躲着我吧。我只有偶尔在深夜听到的关门声中才知道他还住在隔壁。

当然，丈夫怎么可能会轻易放手，他威胁我，离开他的话，他一定会毁了我。

可笑的是，可能我太可怜，连丈夫的情妇都同情我的遭遇，最后在情妇的劝说下，丈夫慢慢改变了态度，最终同意和我离了婚。

一个周末，我在商场遇见了那个介入我和丈夫的女人，她在买高档锅具，一副人妻模样。

我没想过，我居然对她说的第一句话是，谢谢。

她微笑着摇摇头，淡淡地说，我只是在赎罪而已。

再然后，我还是没有再见到李先生，连隔壁关门的声音都听不到了。可能他已经悄悄地走了吧。

那晚，我一个人拿着行李箱终于离开了那间困住了我好久的公寓，我在那家骑马老板的咖啡馆里坐了一会儿。

老板正巧在，这次他穿得很寻常，我问他那匹威严的骏马藏到哪里去了？

他笑嘻嘻地说，还给剧组了，那次回来一路上都好拉风哦。我准备马上又要去法国拍现代都市爱情戏咯，古装戏也拍得有点腻了。

他知道我要问他李先生的事，所以还没等我开口，就拿出了几张皱巴巴的，仿佛是从笔记本上撕下来的纸。

他意味深长地对我说，这些天，李先生一直在这里写小说写到很晚，这是他遗留在这里的几页小说稿件，我觉得应该要物归原主。

物归原主？我慌张地拿起稿件，立刻看了起来，他的字迹飘移而潇洒，像一阵自由自在、来去无影的风。文章的标题是——《想起又如何》，他在结尾处是这样写的：

> ……男人喝着酒望着窗外台风天呼啸而至的雨，一滴趴在玻璃窗上的雨滴调皮地朝他眨了眨眼睛，一跃而下，从窗栏渗入屋内，从木椅滑到大理石地板，一路跌跌撞撞越过客厅骷髅骨架

山谷，借着厨房里香水蒸馏器所散发的水汽和云雾飞了一小段，潜入卧房，从月牙般的项链温柔地飞落在女人的脸上，找准她还未卸妆的眼角，从午夜辗转反侧的女人梦里流到现实，最后静静地变成一滴无限唏嘘，让她不得不醒来的眼泪。

神奇的是，看完这段文字的当下，难过的眼泪真的从我的眼睛里不知不觉流了出来。

你知道他去哪里了吗？我焦急地问老板。

他爱莫能助地摇摇头。

我奔跑到大街上，路灯下，白色的大雪翩然而至，仿佛要掩盖掉一切属于他的行踪。

很多时候，错过了就是错过了，我曾听说，有人用一瓶酒撑过一个雨夜，有人用一盆仙人掌撑过一个沙漠，我想现在，也会有人用一个回忆撑完一生。

我蹲下身子，终于忍不住大哭了起来，我对自己说，没有人知道，你那些不明缘由、想放下又提起来的牵挂最终去了哪里，或许下落不明的它们都飞奔去了很多很多年后你才会释然的微笑与告别里。

我颤抖地摸着脖子里他送我的那根月亮项链，忍不住回忆起他和我相遇的种种奇妙而又梦幻的事。

忽然，项链断了，落在了地上，月亮形状的项链在水塘里瞬间崩解破碎，从里面掉出一张小小的纸。

我捧在手里，拿到眼前看，是他的字迹，上面写着：

也许你我终将行踪不明，但是你该知道我曾为你动情。

你是这个世界上我唯一想娶的人

一个女人究竟多少岁结婚才是适合的？

阿芙一边往指甲上涂黑色指甲油，一边想。

傍晚，阿芙在百货公司的面包店里遇见了刚下班的表妹，闲聊了一会，表妹对她说，她今天在公司问了一个快四十岁，依然很有气质很美的女前辈保养秘籍，那个前辈只淡淡说了一句话，别在男人里周旋，那样老得快，找不到中意的，就潇洒独处，努力赚钱，提升内涵，慢慢地，你自然会发现身边的好男人会一个个如萝卜般从土里蹦出来，任由你挑选。

呵呵，道理我也懂，但过了三十岁的女人，哪里还会有那么多闲着的好男人在独身等待着？别做梦了。

阿芙越想这个理论越觉得好笑，甚至连指甲油也涂歪了，她不是不相信有奇迹存在，她只是落空了太多次。

她涂黑色指甲油是想让别人觉得她是一个酷酷的女人，虽然她心底藏着许多无人可以触碰到的温柔。

我不是说过了要吃饭了，你还涂指甲油干吗？阿芙的母亲从厨房端出一碗热腾腾的羊肉萝卜汤说。

吃完饭我还有其他事，妈，今天我不洗碗咯，最近运气好差，猜拳总是输呀。阿芙和母亲肆无忌惮地撒娇。

吃完晚饭，母女两人由猜拳决定谁洗碗，是三个月前开始实行的家庭规定。

阿芙看母亲天天操劳，决定要承包晚饭后洗碗的工作。但母亲觉得一个女孩子的手要漂亮娇嫩才会让人觉得这个女人是被疼爱着的，才会吸引到更多成功男士的注意，况且女儿还未出嫁，天天洗碗这种伤手、让皮肤越来越粗糙的事还是少让女儿做得好。

最后彼此都说不过彼此，只好用最公正的猜拳来决定。

每次猜拳不管输赢，都会让相依为命的两人莫名其妙地开心起来。

好啦，我今天出剪刀，先告诉你下，作为交换条件，你必须在网上帮妈妈买那条漂亮的翻版真丝围巾，就是和爱马仕专柜看到几乎一模一样花纹的那条。芙妈乐呵呵地说。

妈，你最近不太对哟，怎么又爱上打扮了，我美白去皱的化妆品你一直有在偷偷抹哦！阿芙笑嘻嘻问。

怎么，谁说五十多岁的女人不能打扮的，昨天和你李阿姨出去逛街，有一个路上发广告的小伙子说我才四十岁！

怪不得你昨天又买了一个什么乱七八糟的金融理财产品，妈你当心被骗。阿芙关切地说。

我是为了能给你存更多的嫁妆做准备啊。芙妈说出口才意识到自己说漏嘴了。

阿芙突然沉默下来。

呀，不能当着女儿的面说关于嫁不嫁的事，毕竟那件让阿芙心碎的婚约取消事件才过去两年。芙妈边想边歉意地跑回厨房继续炒菜。

阿芙吃完饭，穿一件蓝色羊绒大衣出门了，她刚才沉默并不是因为想起了往事，她只是不知如何与母亲开口提最近新遇见的那个差点结婚，明知道很坏，却又忘不掉的男人。

阿芙刚走，咚咚咚，急促的敲门声忽然响起，芙妈以为是阿芙落了钥匙回来拿，所以想也没想就开门。

开门一看，居然是一个头上顶着一只松鼠的年轻男子，他左脸有两道凶狠的疤痕。他冷静微笑着说，请问这里是林阿芙的家吗？

芙妈立刻警惕起来，怕又是来讨债的人，她眨眨眼说，我不认识什么阿芙，你是谁？

阿姨，你别怕，我是她男朋友，最近一直联系不到她，实在没办法，只好找上门来了。他忽然像变魔术一样端出一盒藏在背后的硕大果篮。

哦，林阿芙啊，我想起来了，你说的是住在这里的上一家房客吧，交接的时候我碰到过她一次，她前几天刚刚搬走了。芙妈挤出微笑说。

阿姨，我看到了她的红围巾……年轻男子手指了指躺在沙发上厚厚的如小火焰山般的红围巾说，这是我陪她兜了很多店才选中的，所以我看一眼就知道。

好吧，你进来吧……芙妈尴尬地说。

刚准备进门，年轻男子头上的松鼠就咻地从他头顶飞快爬下来，消失在楼道的阴影里。

男人轻轻回头对它温柔地说了句，谢谢你为我带路。

你的宠物刚才逃走了哦……芙妈端上一杯热茶，对坐在沙发上的男人说。

哦，没事，它不是我的宠物，它是我新认识的朋友，这一带，它应该比我熟吧。男人微笑说。

芙妈几乎要翻白眼，看来女儿这次的眼睛又散光了，居然选了一个这么奇怪的男人。

芙妈坐下严肃地说，请问你怎么称呼？和我们阿芙交往了多久了，你是做什么的啊？

阿姨，我叫小宇，是一名歌手。男人端坐着，手指在大腿上有律动地打着节拍，像是在为自己打气似的说。

歌手？芙妈瞪大眼睛，脑袋飞快思索着，怪不得看着有点眼熟，好像在电视综艺节目上有出现过，阿芙什么时候居然认识了一个名人，为什么她从来没和自己提过？

男人看了看房间四周陈旧的摆设和寒酸的家具后突然低头说，阿姨，请答应我和阿芙在一起生活，我会让她过上好日子的！

啊，你们已经谈到了要结婚的地步了吗！？芙妈看着眼前这个说着冒昧话的男人，半忧半喜捂住嘴巴，不敢相信。

阿芙忙完今晚的工作后，站在公寓前，拿出钥匙准备打开公寓门的时候，听到里面电视放着吵闹的音乐声。

她忍不住啧了啧嘴，感到麻烦，看来今晚又要听爱唱歌的母亲大唱卡拉OK了。

一开门，她惊讶地发现母亲正和一个年轻男人喝得摇摇晃晃，哥们似的勾着肩，在大声歌唱着邓丽君的《我只在乎你》。

看到阿芙进来，母亲热情地想要递话筒给她，阿芙，来来来，快来一起唱!

阿芙看到母亲和小宇的脸都喝得红红的，半醉不醉，已经唱得 high 起来了。

她果断地拔了话筒电线，关了电视，扶着母亲在沙发上坐下，然后狠狠瞪了一眼小宇，你来干什么!

母亲已经坐不住了，懒洋洋地窝在沙发里，支支吾吾说了几句，我还要唱，我还要唱，就眯起眼睛，满足地打起呼噜来。

小宇一见到阿芙立刻热情地张开怀抱，想把她拥入怀中。

阿芙女王般冷笑走过去，立刻给他一个大大的背摔，小宇倒在地板上，暧昧地求饶喊，疼疼疼!

阿芙瞬间制服了小宇，胜利地坐在他背上大喊，说，你还来干什么，为什么要灌醉我妈!

是你妈自己拿出珍藏的米酒招待我的，我们聊得投机，都对音乐有很大的热爱，她说她好久没有那么开心过了。被压在身下的小宇表情痛苦地说。

阿芙起身，松开了小宇，坐在沙发一角，为母亲盖上毛毯后叹口气说，哎，上周我一次次找你，你连见我一面都不肯，现在，你又想通了，假惺惺来挽回什么?

小宇坐在地上，捋了捋凌乱的头发，涨红着面孔几乎要哭出来说，我忍不住，这几天我一直都在对自己做一件最残忍的事，就是忍住想你的冲动。可是我做不到啊！我错了，我什么都不要，我得到的所有我都可以放弃，我现在只要有你在我身旁!

阿芙不出声，笑着摇摇头。

说着说着，小宇的头慢慢低了下来。

阿芙走过去一瞧，居然睡着了。

哎，我差点又被他骗了。阿芙喃喃自语。

阿芙拿了一床被子，给他打了个地铺，看着呼呼大睡的小宇，她知道他只有在喝酒的时候才会说这样的话，清醒的时候呢？呵呵。她知道这只是小宇喝了一点酒在做最后的徒劳挣扎罢了。

她想起了三个月前他们第一次相遇的场景。

因为要偿还死去父亲留下的债务，漂亮的阿芙经人介绍，做起了一家所谓的公关公司高级客户经理的工作。

当然这只是一个给母亲交代的好听的噱头，其真实工作内容，阿芙从来都羞于向别人提起。

这是一个负责“招待”明星和身份显赫人士的高级陪酒女郎工作。

当然她们中的大部分人为了过上更好的生活，不单单只是陪酒。酒局结束，如果双方都有意向，客人会带她们一同回酒店房间共度一个寂寞的夜晚。

遇见小宇，是发生在阿芙做了这个工作一周，已经拒绝过多次陪客户喝酒之外的要求，左右为难，准备再赚一点钱就辞职的时候。

那天，在坐落在都市摩天大楼里五星级酒店的爵士酒吧里，老板娘要她和几位小姐妹接待几个新来的客户。

阿芙打听到，是一家著名的唱片公司总监带了几个朋友来喝酒。

她一眼就看到了那个坐在沙发角落，害羞、紧张得不知所措，仿佛第一次被大人带到这种放松场所的初入社会青年。

阿芙一开始也不能接受自己为什么要找这种工作，但她没有资本去高傲地活着，她的生活离开这个高薪的工作怎么继续下去，她没有依靠，退休的母亲需要她养，她不希望再让母亲担惊受怕开门，常常面对那些来催债的人。房租一天天往上涨，生活在大都市里的成本越来越高，她爱打扮，她爱买包，她爱买衣服，但她作为一个女人爱美哪里错了，她的小姐妹每一个都那么漂亮，那么有钱，所以她也不能输，她承认自己爱慕虚荣却没有厉害的谋生天才绝技，承认自己急功近利，只能找这个短时间来钱最快的工作。

但想通了，其实也没有那么见不得人，很多时候，也就是大家虚情假意一场，两三个小时逢场作戏，各自慰藉，各自借酒消愁一场罢了。

不过阿芙也有底线，她虽然不能高傲地活着，但也不会就此沉沦下去，她现在只做陪酒，出卖自己的身体这种事，她是永远不会做的。

阿芙被幸运地安排到负责沙发角落里安静沉默的小宇。

是阿芙先开的口，骗他说，你是第一次来吗，我也是第一次做这个工作，别紧张，只是出来放松下啦，说说自己的烦恼事罢了。你是做什么的？也是在唱片公司里做吗？

没想到小宇一开口说话，阿芙立刻说认得这个声音。

你难道是最近很红的那个可以听懂动物说话，号称是百兽之友，唱的歌可以立刻让宠物安静下来的那个网络爆红歌手小宇吗！我看过你的直播秀！

嗯，你说的好像是我。不过公司包装有过度之嫌。小宇腼腆地说。

哇，你怎么也来这里啊，哈哈，我朋友说她的那只暴躁小粉猪只要在电脑前听到你的歌就立刻趴下来乖乖睡觉了。

没办法，是阿伟硬要带我过来，说让我开开眼界。小宇指了指正熟络地搂住一个陪酒女郎，开怀大笑的那个唱片公司总监。

你叫什么？小宇似乎对阿芙很有兴致地轻轻问。

我叫阿芙，听说所有和我聊过天的人都会沾染上福气，好运立刻来，事业大大前进哦！阿芙拿出专业态度自豪地说。

好，我记住你了，和你说话好开心，感觉你像一只活泼的松鼠，我最喜欢松鼠了，以后还来的话，只叫你。小宇说着低下了头。

松鼠？我哪里长得像松鼠了！讨厌！阿芙说着暧昧推搡小宇。

他们两人不顾旁人似的哈哈大笑起来。

旁边的总监纳闷，小宇这小子不是说第一次来这种地方吗，怎么比我还熟门熟路，一下子就俘虏了小姐的芳心？

酒局结束，总监和其他几个朋友准备回去了，小宇却说，我还想阿芙小姐继续陪我一会儿。

老板娘笑嘻嘻（因为她可以抽成更多了）地说，那阿芙小姐呢，我去问问她哦，这种事，我们这里不强求的，要双方都有意愿才皆大欢喜嘛。

阿芙听到后吓一跳，什么嘛，刚才还装什么都不懂的小白兔，明明是一只大色狼啊，看跆拳道黑带的本姑娘来你房间好好教育你社会的险恶。

这次我去！阿芙对老板娘坏笑说。

老板娘反而愣住了，没想到拒绝那么多次客户额外要求的阿芙今天居然会同意那个毛头小子。

来到指定的酒店客房门口，阿芙的心脏还是忍不住咚咚咚直跳。

一按门铃门就开了，她希望不要看到一个身披浴巾的半裸流口水猥琐男人。

门开了，却不见人影，只听到一阵疾步走动的风声。

快来这里，快来！阿芙听出是小宇的声音，她寻声望过去，看到黑漆漆的屋子客厅中央居然放着一只巨大的亮着光的红色帐篷，仿佛一座直通地心的小火山。

阿芙小心翼翼走过去打开帐篷一角，她探探头说，小宇你在里面吗？

喵！一个清脆的猫叫声回答了她。

她一看，小宇正盘腿坐在里面冲她嬉皮笑脸。

帐篷在外面看起来就很大，进去更加别有洞天，帐篷里放置着一个全息投影仪，帐篷的四周边角看不见，呈现出一个没有边际的海洋，亮着光的深蓝色海水还在缓缓而又平静地流动，仿佛是从帐篷里的另一个平行世界纵深出的一条银河。

怎么样，最新内测的高科技产品，小宇拽拽地说，这可是只有有钱人才能有机会拥有，李总买给我激发灵感，让我好好创作的神器！

李总？你们唱片公司的老板吗？阿芙瞪大眼睛，看着周围炫目的美景说。

是啊，李总对我很好，在我身上砸了很多钱，说最近我的二次元萌男形象意外在日本走红，下半年准备让我在日本发单曲呢！我永远记得她对我的知遇之恩，是她一手挖掘捧红了我。而且她长得很漂亮哦。小宇自豪地说。

阿芙心里咯噔一下，她有预感，自己最大的对手不是小宇千千万万个粉丝，而是李总这个女人。

来，你听听我这首今晚刚刚写的歌怎么样。小宇兴奋地拉着阿芙的手让她坐下。

在拿起吉他弹奏前，他轻轻按了下全息投影装置的遥控器，瞬间四周海洋场景立刻变换，成了冬日下着大雪的公园，小宇坐在一棵树叶全都掉落的大树前拿起吉他缓缓吟唱，是一首关于男孩告白的抒情民谣，大雪从小宇背后缓缓飘落，让人痴迷，让人心醉。

这歌声轻轻抚动起了阿芙的头发，柔柔地进入她的心里。

阿芙的心里瞬间有无数个音符在一蹦一跳地起舞，她兴奋得像是吃了一道彩虹。

听着吉他声，阿芙突然觉得坐着的帐篷上慢慢长起了花草，小宇背后的枯黄的大树重新开出了花朵，她甚至能闻到一阵阵沁人心脾的香味，那些花儿正随着音符的变化在随风摇曳，然后帐篷的场景一下子又来到了浩瀚的星空，阿芙好像坐在一座高耸入云的山崖上同星辰窃窃私语，交换着心里最私密、最不可言说的秘密。小宇唱到歌曲的副歌高潮部分，阿芙觉得突然有一只白鸽飞到了她心里，有什么东西在萌动，在滋长，在她这些年受尽了那么多痛苦后，重新又扑通扑通火热点亮了起来。

小宇唱着唱着闭起了眼睛，阿芙也默契地眯上了双眼，他们一会像是回到了各自最幸福的童年，一会来到自己青年彷徨时期常常思考、伫立的湖泊前，一会又一同手牵手去了遥远的未来，仿佛两人在同一片彩虹下肆意飞翔。

歌曲结束，小宇轻轻问，怎么样，这首歌有没有打动你?

阿芙红着脸说，太好听了，我保证每一个听过的人都会喜欢的，你的粉丝一定会爱死这首歌的。

小宇摇摇头，微笑着说，我才不关心其他每一个人，我只关心这首歌有没有唱进你的心里，因为这首歌就是为你而写的。

阿芙听到后几乎要哭出来，居然会有人在意着那么卑微的自己，这是她等了很久的一刻，之前世界亏欠她的所有所有仿佛在这一刻一下子还清了。

小宇温柔地抬起她的脸，轻轻地吻了她。

没有人切换，帐篷四周的场景自动变成了烟花升空爆炸，在夜空绚丽绽放的场景。

但是谁也没想到，这烟花是一个预言，因为阿芙和小宇的甜蜜往事就像这烟花那样稍纵即逝，忽然就凋谢了。

才约会了一周，第二周开始，小宇的手机就打不通了，一切联系方式都无效了。

作为一个歌手，可能他很忙吧，可能是闭关专心创作吧。阿芙这样安慰自己。

两周后，尽管阿芙打了无数次电话，发了无数次短信，小宇仍然没有半点回应，阿芙变得和小宇的歌迷一样，每天只有痴痴地追踪网络或是电视新闻，等待着任何关于小宇的消息。

但那两周，小宇一点新闻都没有，仿佛人间蒸发了。

又过了两个星期，爆炸性消息出来了，小宇在美国学习声乐课程回酒店的途中发生车祸，车损伤严重，好在人没事。

只是脸上多了两条伤疤，面对独家采访的电视新闻镜头，小宇的眼神变得暗淡很多，仿佛曾走向过地狱一回。

虽然那次在帐篷他们两个人只是接吻，并没有发生其他进一步关系，但阿芙不甘心，一次次去他们唱片公司寻找小宇，说是小宇的朋友，当然一次次都无果，被前台保安无情阻拦。

唱片公司上下都知道了小宇有这么一个疯狂的、异想天开的粉丝。

终于，一个穿黑西装，壮得如黑熊般的严肃男人答应接见阿芙。

他说他是小宇的经纪人，他带阿芙来到唱片公司休息室。

他礼貌地端上热茶说，小姐，你再这样，我们就要报警了。

求求你，我真的认识他，我要见他！阿芙已经被爱冲昏头，顾不上任何自尊。

你不是第一个人，黑熊男人冷冷地说。

大家都是年轻人，冲动一场罢了，这种事的保存期限只有短短一晚，小姐你还没醒吗，天已经亮了。黑熊男人继续面无表情地说，他巨大的身体仿佛一道墙，一道永远挡在阿芙和小宇之间的墙。

不，小宇不是这样的人，我不相信他是会随便和粉丝做这种事的人，你在骗我，你只是想让我死心，让我讨厌他。阿芙捂住脸哭着说。

他就是这样的人，你所喜欢的他的一切，只是我们公司包装的杰作罢了，请不要继续天真下去了小姐，请回吧。黑熊男人的脸开始有微微抽动，开始有了一丝丝表情。

你叫他本人来，我要问他还记不得那天在帐篷里发生的事！阿芙不放弃。

什么，帐篷！你居然去过他的帐篷，这可是他创作时，不允许任何人进去的绝对私人场所。黑熊男人眉毛瞬间抖动起来。

他那天还在帐篷里哼给我听一首歌呢？你不相信，我唱个你听。阿芙见黑熊男人来了兴致，马上把握住这个机会。

阿芙才边哭，边滑稽地唱了两句，男人就立刻吃惊地示意阿芙快停下。

你居然真的听过这首歌，这首歌可是他下个月将要发行的新专辑的主打歌啊。黑熊男人张大嘴巴，几乎要跳起来。

好吧，好吧，看来你就是那个这些天折磨他几乎快要死去的女人。黑熊男人叹口气说。

如果你真的爱他，想他好，你就放手吧。你真的以为他脸上的两道疤是车祸吗？男人冷笑一声说。

难道？阿芙捂住嘴，已经猜出来了。

李总那么喜欢他，怎么可能由他那么胡来，那天他居然说要结婚，我们都吓死了，结婚？我们问他，你粉丝不要了吗？事业心不要了吗？前途不要了吗？你不是功成名就，可以被大众祝福的老艺人，你才刚刚走红，就想结婚？笑死人了。你现在的一切都是李总给你的，当心李总也可以轻而易举毁了你。

那两道疤，是给他的警告，他现在只有一个女人，小姐你应该知道是谁吧。黑熊男人说完这一段话后已经激动得气喘吁吁。

还有，恕我直言小姐，你现在的工作，你真的以为你们在一起会被祝福吗？黑熊男人毫不客气地说。

好吧，我明白了，希望李小姐和你们能对他好一点。绝望的阿芙终于起身准备离开了。

过了一会儿，小宇从房间一个暗门走出来，他像一个被抽走灵魂的行尸走肉，他低声对黑熊男人说，她走了吗？

走了。黑熊男人如释重负地说。

你都说清楚了吗？小宇徒然地问。

当然。黑熊男人笑笑说，不过我增加了点东西，把你说得惨了点坏了点。

李总给的这两道疤还不够惨吗？小宇摸了摸脸说。

我把你说的好像一切都是被逼的，哈哈。黑熊男人点了一根烟意味深长地说。

小宇不作声，只是呆呆地像散架似的坐下，他心里明白，是他考虑清楚、权衡利弊后亲手放弃的，是他舍弃了缥缈虚无的爱情，选择了务实敞亮的前程，一切都是他自愿的。

在小宇不顾一切去阿芙家喝醉后第二天一大早，黑熊男人就来到阿芙家把依然醉醺醺的小宇接走了。

迷迷糊糊的小宇对阿芙呢喃小声说，我还会回来的。

阿芙嘴上微笑回应，别自说自话了，我可不一定会等你哦。其实她心里明白，不，你不会再回来了。

黑熊男人搀着小宇，临走前说，这可能是他最后一次和你见面了。明天就要启程去冰岛拍摄新专辑写真照片了。希望昨天你们过得还愉快。

至少我妈很开心。阿芙淡淡地苦笑说。

这一次告别，阿芙没有哭。

三个月后，重生般的小宇全面复出，发行了第一张个人专辑，专辑的主打歌叫《你是这个世界上我唯一想要的人》，一经发布，就登上各大排行榜冠军，风靡全亚洲。

在电台第一次听到完整版的时候，响起第一句阿芙就哭了，因为她立刻就想起来了，这就是那天在帐篷里小宇对她唱的那首歌。

一年后，这首歌彻底大红，唱进所有年轻人的心里。也成为婚礼上常常响起来的歌。

小宇却突然在电视采访中宣布，今后不会结婚，一辈子单身，这个爆炸性消息让这首《你是这个世界上我唯一想要的人》更加走红，媒体纷纷猜测小宇做这个决定一定和这首他的代表作有关，这首歌背后一定有什么特别的人和故事。

两年后，小宇的巡回演唱会最后一站来到上海。

因为小宇是靠情歌走红的，所以这次演唱会特别选择了在情人节这一天举行。

要去看吗？他的歌还蛮好听的。阿芙的丈夫看着电视上的小宇演唱会广告对结婚已经两年的阿芙温柔地说。

阿芙心一动，刚想说不去，可最后她却释然地笑笑说，好啊。

演唱会的舞台被布置成一个巨大的森林，小宇坐在舞台中央升起的王座上帅气地弹着吉他演唱着，他背后有一颗结满五颜六色果子的巨树，周围一圈神奇的坐满了各种动物，它们都在安静地聆听小宇歌唱，有老虎、狮子、斑马、波斯猫、大象、鬣狗、鸵鸟、甚至还有一条趴着的鳄鱼，底下观众无不啧啧称奇，纷纷猜测这是真的动物还是标本模型。

舞台上的主角小宇虽然没有换什么服装，但就靠一个清澈动人、抚慰所有悲伤的嗓子，一把拨动时间的吉他征服了全场。

到最后安可的环节，主办方决定随机现场灯光投射，选择观众任意点唱。

没想到居然选中了阿芙和她的丈夫。

阿芙原本平静的心又变得起伏起来，她绝没想到会在那么多人里选中她，她原本只是来做一个普普通通安静的听众的。

阿芙的丈夫兴奋地说，他想点《你是这个世界上我唯一想娶的人》，正是这首歌给了他表白的勇气，才能娶到那么美丽的妻子。说着丈夫搂住身边的妻子阿芙，灯光打在他们身上，衬得美好而神圣，仿佛他俩被永恒的幸福之光加冕着。

说完周围的观众一片鼓掌羡慕之声。

此刻舞台上的小宇已经呆住，他强装镇定地说，正好，这首歌原本就是准备放在最后唱的，这是我最重要的一首歌，我要把这首歌献给一个我此生最爱的人，希望她可以听到。

小宇还没有唱两句，就忍不住哭了，真的唱不下去，粉丝见状以为是小宇被刚才那对情侣感动哭了，所以全场大合唱把这首歌继续唱下去。全场观众们，包括阿芙的丈夫都被这美好的气氛感染，边合唱这首歌边想起自己的故事，纷纷感动得哭了。

阿芙当然也跟着唱哭了，虽然一切都已经过去，但美好的事物永存，一下都又想起来了。

小宇继续哽咽地演唱，这一刻，舞台上的小宇凝视着舞台下的阿芙，舞台下的阿芙仰望着舞台上的小宇，他的悔恨，她的心酸，他的祝福，她的释然，他的寂寞，她的寂寞，他和她的回忆，全都在这一首歌里了。

她看见了他当初坐在沙发角落害羞的样子，看见了他在帐篷里闭上眼睛温柔弹唱的样子，

看了他最后一次告别时喝醉拼命挽回的样子，看见了他再也没有回头，决绝地一路朝前终于换得万人朝拜的样子。

他看见了她第一次听到这首歌时惊喜动心的样子，看了见她一次次不顾尊严追到公司哭泣的样子，看了她告别时逞强着不哭，微笑说再见的样子，看到了她再也没有等他，终于嫁人后幸福的样子。

全世界只有阿芙和小宇知道，他们这首歌是为彼此唱的，他们的眼泪是为彼此流的。

这是他们两人藏在心底最珍贵的秘密，也是他们这几年里心最靠近的一刻。

只是，这首歌结束后，一切也将结束，他们又要回到各自选择的“幸福”人生里去了。

无罪

一切发生得太意外了，就像午夜被黑猫撞开窗户，从缝隙溜进来，让我从梦中忽然隔世醒来的风。

我记得那天是去年 12 月 4 日早上 8 点，我 30 岁生日的前一天，我筹备了几年的短篇小说集发行的那天，一大早一个急促的门铃叩响了接下来一系列荒唐事件的开端。

牙膏的泡沫还在嘴边调皮发酵膨胀，我顶着翘成天的头发像是刚刚经历一个小小宇宙爆炸似的狼狈开了门。

原来是来收我要寄给朋友新书的快递员。

可让我惊讶的是，上个月才来收过快递的那个亲切开朗、平时一直笑呵呵的蓬松卷发哥们，今天居然换成了一个表情严肃的短发女人。

一个女快递员，我第一次见!

你好，她好像已经经历过几百次这样大惊小怪眼神略有无奈地说。

她的心情看上去很不好，眼下角有一颗痣，像是一颗哭不出来的黑色眼泪。

嗯，就是这几本书，快递单都夹在书里了，每个人的地址不一样，请千万不要弄错了。我把书放在一个个袋子里小心递给她。

都是寄到哪里的，不同城市的费用会不一样的。她的语气有点冷和急躁。

北京的，广州的，宁波的，都有。我说。

那我看下快递单，我帮你算下。她从袋子里把书一本本拿出来，仔细小心地抽出一张张快递单。

千万不要弄乱了地址，我怕她搞错，又不放心补了一句。

书都是一样的吗？寄给的人不一样吧？她说。

嗯，寄给不同的朋友。

不错，送朋友书当礼物，真好。很喜欢这个作者吗？买了那么多一样的书。她说话的速度好像慢下来了。

这，这……是我写的。说出来的当下我就后悔了，我对自己不知道哪里冒出来的沾沾自喜感到羞愧。

是你写的？她突然抬头看了看我，语气高了一个八度，表情惊喜，好像换了一个人。

接下来的事让我不知所措，简单聊几句后，她说我虽然看上去好像一个无所事事、家里蹲的标准 loser，却是她在生命里第一个见到的活的作者。她平时很爱看小说，可心里想见的那些作者都已经死了几十年，甚至是几百年。

她好像突然发现了什么异次元怪物似的打量我。可我真的只有两只眼睛，一只鼻子，零条尾巴啊。

而且我真的好想告诉她，现在这个时代，人人都可以出书的，出书并不是一件什么了不起的事，连名人的狗也可以。只是某个编辑在去医院看眼科的路上碰巧在手机上看到了我写的小说，再请她吃了几十顿牛排大餐后才让我出版的。

在经过她一系列不太礼貌的“初级调查”，诸如是一个人住吗？平时没工作吗？写了多少年？有女朋友吗？有男朋友吗？连宠物都不养？随后，她让我记得明天穿一件邋遢衣服，我问她为什么，她说，因为她明天还要来，要帮我拍照!!!

真是一个奇怪的快递员，原来她和丈夫，也就是那个蓬松卷发哥们和几个朋友一起承包了这个区的某品牌快递业务好久了，夫妻俩一起干，丈夫来不及送的，她就帮忙在白天也一起送送，多完成些业务。她故意说起，她丈夫和她平时最大的爱好就是摄影（而且玩的还是烧钱的胶片），言语间充满自信和爱意。

我心里想，现在的快递员不仅工资超高，原来文艺素养也提高得好快。

问他丈夫怎么今天没来换她来了，她明显不想谈，立刻岔开了话题。

她说她不爱拍那些别人都拍的俗气花花草草、高楼大厦、帅哥美女。最近在拍一组社会纪实题材，镜头对准那些在生活底层挣扎、特别的陌生人。

我纳闷，我真的看上去那么糟糕？

我明明五官也很端正的啊，若是刮了非洲埃塞俄比亚款野人胡子和整理下冲天飞机炮款发型，也算一个标准型男啊。

不过也无所谓了，我心里想，明天正好是我 30 岁生日，我邀请了两位在这个城市中的仅有一男一女两位作家朋友来我家聚餐，这个特别的文艺女快递员若是一起和她的丈夫——那个熟悉的快递哥们一起来玩，倒也热闹。

我告诉她明天我正好生日，拍拍照，留个纪念也好。女快递员拿着那几本要寄出去的书，笑嘻嘻地走了。我关了门，去厕所挤光所有膀胱里的残渣，打开音响播放死亡摇滚乐酝酿燃烧的情绪，拉上整个房间的所有窗帘，不留一点光，准备回我与世隔绝而又美好的脏乱小空间，开始又一天爆裂的写作时，门铃又响了。

是隔壁的毛阿姨。毛阿姨一直对我很好，很照顾我，她总说我瘦，比他儿子还瘦。说我一个人来这里打拼也不容易，总爱给我吃她烧的甜得掉牙的红烧肉和咸得让我恨不得猛喝一条河水的一笃鲜。

她儿子在澳洲读书后，找了一个老外结了婚，已经几年没回来了。好像也不打算回来了。

毛阿姨今天的表情和以往被生活所困的强压悲伤不同，整个人如沐春风，

她特意烫了头发，穿了一件紫色淡雅羊绒大衣，脖子里扎了一条五光十色，湖水般舒服、绚丽的丝巾，简直像一个恋爱中的少女。

她说刚才正要出门买菜，听见我和那个女快递员的说话，才知道原来真的是在一直写书。

她一直以为我在家里是做什么贩卖小光碟之类见不得光的生意的。

我请她家里沙发坐，她一进来就打开我所有的灯，到处看看说，你房间还是那么暗。

我问毛阿姨，怎么啦，什么事那么开心啊?

阿姨害羞了，吞吞吐吐地说，下午……下午我要出门。她看了看窗户外金色的远方，整了整领口的丝巾，一看就是新买的。

她继续说，我才知道你出书的事，我有个事，想让你帮我参考参考。

原来阿姨也有故事，阿姨不妨说给我听听。

前几天老同学聚会，听说一个一直在美国经商的老同学要回来了。阿姨也不知道怎么的，听见这个消息这两天就睡不着觉了。

阿姨和这个老同学很熟吧？我试探地问。

嗯，当年，在你毛伯伯和他之间选了你毛伯伯。哎，阿姨叹了口气继续说，我当时也昏了头了，看中你毛伯伯老实内向，死活不肯去外国，怕不习惯，现在和你毛伯伯住这个50平方不到的常年发霉的房子几十年，儿子养了那么多年，现在也不回来了。加上你毛伯伯脾气一直那么坏，喝了酒就发疯，现在又中风瘫在床上，我也算苦头吃足。

嗯，阿姨不容易。我想起了之前在楼组长那里听到的阿姨常常被毛伯伯家庭暴力的事。

听说那个人现在也一个人。阿姨说话的时候，头一直低着看茶几。

那个从美国回来的叔叔？

阿姨不响，好像特意不愿提他的名字。仿佛一说出口，就是一句她不能再放下的咒语。

他妻子很多年前就去世了，女儿嫁给了在唐人街开茶餐厅的华人，在美国也算定居下来。他觉得一个人住大别墅太寂寞，过年也没有过年的气氛，所以要回来和老同学多聚聚。昨天，他不知道哪里弄来我家里的电话，说想跟我见见面。

下午两点，复兴公园，以前我们跳舞的老地方。阿姨脸有点红了，她说，你知道阿姨儿子结婚住得远，一直把你当成亲人，所以想听听你的意见，问问你阿姨到底要不要去。

我看着阿姨脸上欣喜的表情，和那条她特意新买、让阿姨快乐得飞起来的丝巾说，阿姨心里不是已经有答案了吗？

阿姨不响。站起来到镜子前左照照，右照照，仿佛几十年没有那么认真打扮过自己。

她没有看我，看着镜子里那个陌生的自己说，阿姨现在老了，而且有家庭了，万一见面他认不出我怎么办，又或是万一他要我跟他回美国怎么办？

我一下子笑了出来，心里觉得阿姨想好多。

毛伯伯对你那样，阿姨你其实……

我不知道为什么我要说出这种话，因为真的听过太多太多毛伯伯对她动手的那些糟糕事。

阿姨不说话，身子软掉了，仿佛一下子掉入那些一直支离破碎，却又苦苦支撑着的生活。

突然阿姨惊了一下子，几乎要跌倒。

原来是她的手机响了，不用问了，看她拿着手机颤抖的手就知道，是“那个人”打来的。

喂喂，喂喂，阿姨的声音激动得要破音。

我听不见啊，阿姨发疯地拉开我家所有的窗帘，打开所有的窗户，让阳光进来，更让远方她期待几十年的越洋信号进来。

你等下啊，阿姨几乎要哭出来。她跟我急急说你这里怎么那么封闭，信号怎么那么不好，我要去顶楼露台接电话后，鞋子也没穿好，就匆匆跑出了我家。

下午，我下楼去买第二天聚餐要准备的食物，看到阿姨在电梯口疯狂地按向上的按钮，我刚想问她还没走啊，却发现她神色慌张，看来又是去顶楼接“那个人”的越洋电话。

她的手死死地抓住手机，仿佛手机掉了的话，她的希望、她的命也就掉了。

在超市买了一个小蛋糕、牛肉、三文鱼和一些蔬菜，外加一个榴莲，我的那两位朋友和我一样臭味相投，我们都爱写作，都爱榴莲。

回来的路上，迎面看到前面路口有人在烧纸。

奇怪？今天是 12 月 4 日，明明离冬至还有一段时间啊！我特意绕到马路对面，走另一条路。

谁知道，一阵风不知道从哪里刮过，把马路那头的烧起来旋在空气中的纸灰都恶意地弄到了我的头上。

MD，真倒霉！我拍拍头上的灰，心里暗暗骂了一句。

回到家刚准备洗澡放水，却发现水龙头仿佛已经沉睡，一滴水都流不出。

我甚至可以听到水管发出呼呼呼的，类似呜咽的怪声音。

这个时候给我停水？虽然这已经是我租的这个破房子这个月第三次停水了。

我拿了身份证、写作的笔记本和一点换洗的衣服，打算去附近的小旅馆住一晚上。

那个时候天色已经快速地暗了下来，天边仅留的一点绚丽晚霞似乎在垂死挣扎。

办好了入住手续，拿了钥匙，乘嗡嗡作响的电梯，走过铺着过时图案的红地毯、灯光灰暗的走廊，来到14楼的房间口，发现隔壁房间，两个浓妆艳抹的女人正笑嘻嘻搀着一个酒醉的年轻男人在开锁进房间。

外面很冷，快下雪了。好在此刻房间的空调打得很足，我在书桌上把最近写了一个月的小说收尾后，发现时间已经过晚上10点。

手机响了，是那位女作家朋友发来的微信，说是自己突然发烧呕吐，明天可能来不了。

洗完澡，突然觉得很燥热，我裸着身子呆呆躺在床上，看着空荡荡的天花板，想着明天就是我30岁生日了。

我TMD30岁了！仍然一事无成，没有爱人，没有钱，甚至没有安身的家。

我睡了一小会，隔壁房间类似花瓶碎在地上的声响把我吵醒，紧接着传来混乱的男女喘气声。

这是我第一次听见除了温柔前女友和A片里以外的叫床声，我以为那声音应该是勾人欲望而又意乱情迷的。

谁知道，现在传来的这声音简直是一群野兽的撕咬。

那声音既让我恐惧，也让我恶心，我完全没有了欲望。

我离开了旅馆，在街上溜达了一会儿。大城市就这个好，虽然已经凌晨，街道上的灯火却依然孤独地亮着，像是在陪你一起流浪。

走过一个宾馆的时候，发现两个熟悉的背影，好像是那两位我的作家朋友，平时两个人常常为了对方一个针对自己小说的修改意见而闹得面红耳赤，男作家总偷偷跟我说女作家的坏话，说她在外面有多乱，别被她清纯的外表欺骗了。

现在，他们手牵手在深夜进宾馆，不做男女那事，难道是要一起深夜吃榴莲或者修改神秘的、不可告人的小说？呵呵。

我又四处转了转，一个酒吧的红色灯光招牌在黑夜里随着风飘摇，像是一个寂寞温柔的女人在招手叫我进去。

酒吧内灯光灰暗，流动的人影在灯光下像是一个个空虚的鬼魂，虽然是深夜，这里的人仿佛才苏醒，一切热闹得像是世纪末日最后的狂欢。

坐上吧台，刚准备点一杯威士忌，却发现旁边一个男人递过来一杯酒，说是请我喝。

我转头在稍亮的灯光下定神看看，原来是刚才旅馆被两个浓妆女人搀扶回房间的酒醉男人。

一个人？他笑笑问。

你也一个人？刚才那两位陪着你的美女呢？我装作一个友善的人那样虚伪地笑笑。

别提了，还不是为了这个，他给我看了看他捏在手里的一叠一百元，喝了一口酒，失落地摇摇头。

都是骗人的，他突然丢出这一句话，头发一根根筋疲力尽地垂下来。

什么？

好日子。说完，他头渐渐沉了下去，好像脖子快断了，好像要沉到无边地狱。

我喝了一口酒，沉默着。

嘿，兄弟，我看你好像也不太开心啊。你也有很多痛苦的伤心事吧。他说话开始有点含糊，酒精快让他醉了。

还好，开心不开心又如何，又有谁会在乎呢。我继续努力挤出虚假而又可悲的微笑。

我给你看样东西。他动作迟缓，快要坐不住摔倒，恍恍惚惚间解开了自己的衬衫。

我吓一跳，以为他要发酒疯脱光衣服了，身体本能地站起来，想离他远点。

他诡异地笑，有手指了指他的露出来的右胸说，我的心脏长在这里。

他露出来的皮肤没有年轻人该有的润泽，好像一个快被榨干的皱巴巴橘子皮。

他突然拉着我的手，触碰他长在右边的心脏。

隔着皮肤的体温，我好像瞬间触碰到了他不可言说的痛苦。

他摇摇晃晃，像个疯子又像个诗人一样说，他们怎么知道，那些能与别人诉说的，充其量只能算是烦恼。真正的痛苦，是无法言喻的，没有任何人可以与你分担，是一种私人独占的煎熬，是一片所有愉悦都奄奄一息的无人之境。你只有把它藏在心里，如果有一种能让你好受点的做法，大概也只是默默地把痛苦从自己的左心房移到右心房。

啊？我听不懂他说的话，一边理解，一边迅速地推开他抓住我手的胳膊。

也许我上辈子的人生太痛苦了，这辈子老天把我心脏移到右边，想躲避那些痛苦，可惜……他说完摔倒在地，仿佛死了一样。

一小时后，他终于清醒了一点。

我和他搭着肩准备走回旅馆。我也喝了不少酒，神智有些迷糊，周围的一切都在飘，一切理所应当的现实好像在渐渐崩塌。

他突然剧烈咳嗽喘起来，像是有一个异物堵在喉咙口又咳不出。

我以为他又要吐了，轻轻拍了拍他的背，希望他能舒服点。

他的背在剧烈起伏，像是在不停翻滚的海浪。

喝了酒不感觉到外面的冷，我看了看黄色路灯映照下的天空，雪毫无预兆地安静降落下来。

雪越下越大，当一片片白的无限纯洁的雪飘在他的头上，他的表情顿时松弛下来，好像有一只无形的手在抚摸他的头，在安慰他，甚至在宽恕他。

他一个大咳嗽，仿佛要把他的心里所有的痛苦和恶心都咳出来一样。

没有咳出血，让我惊呆的是，他居然咳出来一朵黑色玫瑰花，那颜色简直比人的血液还瘆人可怕。

他看着那朵黑色玫瑰笑笑说，现在我又干净了，明天又可以继续活下去了。

玫瑰花一落到地上立马就枯萎了，衰败了，黑色的玫瑰被纷纷落下的白色雪花彻底淹没，彻底埋葬。

我揉了揉眼睛，觉得一定是我酒喝多了。

但心里忍不住想对自己说，第二天早上，不会有任何人知道这里曾经发生的罪恶。

因为这朵恶之花只有在无人知晓的夜晚才会偷偷盛开。

早上，我没有和酒醉男人告别，回到了自己的公寓。

房间里的水终于来了。我用刺骨的冷水洗了把脸。刚泡好一杯热咖啡准备喝，便收到微信消息，那个男作家也不来了，说他临时要去外地某学校参加一个演讲活动。

我坐在那里喝着咖啡，打开窗户，看着外面的雪发呆。但我并不觉得冷，我努力让自己快点从昨夜如梦如幻的酒醉里彻底清醒过来。

不知道过了多久，门铃响了。女快递员带着相机上门，不过她今天意外穿一身黑，仿佛要去参加一个严肃的葬礼。她看着无比邋遢又迷茫的我，表情满意地说，你今天的状态很好，很适合我们这个描写底层社会的纪实主题。

我问她今天不上班，不送快递？老公怎么没来？她语气平静又懒洋洋地说，他上个月去世了，也是这样的大雪天。感觉她一点都不痛苦，可能是在掩饰，也可能是绝望，她简直像在说一条毫无感情、正好想遗弃的狗。

相机是丈夫的遗物。她边说边坐下来给自己倒了一杯咖啡，像是在自己家里那样随便。

只有拍照才能让我感觉自己还活着。她说话的时候，没有看我，只是看着外面下的大而无声的雪。

我没有和她说话，因为一时不敢相信她说的话，也不知道该说什么安慰她。

我看着坐在那里四处打量我住所的她，心里迷惘地思索，她真的是一个快递员吗？或是一个小偷？还是根本就是一个摄影师？假借快递员身份探访城市里各种人的家？

她抽一根烟，让自己躲在烟雾后说，你今天怎么了，好像昨晚死过一次。

我看着空荡荡无人来的生日聚会，看着陌生的她，忽然感觉认识了她好久，感觉我们是可以说心里话的寂寞同类。

我告诉了她昨晚关于那个吐黑色玫瑰花酒醉男人的事。

我问她神不神奇，她平静地说，这没什么大不了的，我见过更奇怪、更痛苦的人。

她说，谁不是在痛苦地活着，每一个成年人都曾经在某个回不去的冬天死过一次。

我看着她那颗眼泪般的痣，摇摇头说，绝对大于一次。

她笑了，立马更正说，对，每一个成年人都曾经在某个回不去的冬天死过大于等于一次。

我们聊了一会，她说她是在一次网上买胶片复古相机，收快递验货的时候认识她老公的，他正好也对摄影极感兴趣。她告诉了我她和老公一起在这个没有尽头大城市里共同打拼的那些久远而有趣的事。

我选择相信了她的故事，重要的是这会儿我和她这个特别的人相遇了，故事的真假又有什么重要的呢。

她还告诉了我她的家乡，可我没记住名字，因为我真的没有听过这个不知名的小镇，就像她也不曾听说我远方的故乡。

聊得累了，我们看了一会儿默片，是她提议的，她说人平时活着每天说话已经够累了，为什么还要听电视里人继续说话呢，她喜欢无声电影里那些滑稽而又孤独的沉默。

后来，她居然问我有没有黑胶唱机，有没有 Nat King Cole 的黑胶唱片。我说，这是电影里才有的。

我只能在电脑上点播了一首 Nat King Cole 著名的《Quizas, Quizas, Quizas》。

她兴致上来，随着音乐的轻轻摆动，仿佛暂时卸下来所有的痛苦。

黑色套装衬得她身材很好，让我的眼睛无法离开她。

她摇摆了一会儿后，看了看我说，能一起跳支舞吗？

我没有尴尬，果断起身。因为我根本没有理由拒绝她。

毕竟我们都那么寂寞。

在床上吃完午饭，我看了看钟，已经是下午两点，她穿上衣服，给我在脏乱而又黑暗的房间里拍了极度“可怜”、极度“悲剧”的摆拍照片，完成她此次所来的最终目的后（她还故意摔碎一个花瓶，增添现场气氛），她说她要走了，要继续送快递，要继续去探访其他有意思的人。我有点舍不得她，我想从冰箱里拿出蛋糕对她说，吃了蛋糕再走吧。但又觉得，我们还那么陌生，对彼此那么一无所知，还不到留她吃生日蛋糕的那种亲密，而且我知道她留不住，是一定要走的，就算下次送快递再遇见，她也一定装作不认识我了。

刚送她到门口，准备关门，我忽然听到楼里不远处传来一声极度惊恐的尖叫声。

刚才荒芜的大楼立刻热闹起来，人们纷纷从紧闭的房门里探出头来。

楼组长从楼下气喘吁吁地跑上来，看到我立刻说，出事了，毛阿姨出事了，在楼顶……

我心里咯噔一下，门也没关，立马疯狂地奔向楼顶。

来到楼顶，乌压压一群人，他们不顾大雪，彼此挤在一起大声交谈着，仿佛要遮掉所有光。

可能因为这两天太冷，水管老是爆掉，一直停水修水箱，原本水箱上面覆盖的板也不知道哪里去了。

毛阿姨自杀了，淹死在了水箱里。

大雪一片片落在水箱里，落在毛阿姨的身上，使她的样子不再痛苦吓人，像是为她温柔地盖上了一层可以永远沉睡的棉被，像是已经赦免了她自杀的罪。

我听到后面几位八卦的阿姨在交谈着，你们知道吗，听说是为了某个外国的男人。

对的，也不知道老公知不知道，说是要一起私奔的，但那个男人最后没有来。

呀，那么大年纪，还做这种龌龊事哦，想不到哦，平时那么老实的一个人，上次还热心告诉我菜场哪个摊位的小菜便宜呢。

他们热烈而又兴奋地讨论着，全然忘了刚才喝下的从水箱里流下的死亡味道的水。

这时候，那个还没走的女快递员不知道从哪来冒出来，喘着粗气，疯狂地拨开人群，

她拿着相机，像发现了什么不得了的猎物一样，对着已经溺死的毛阿姨疯狂拍照。

她不放过每一个“艺术”的拍摄角度，我简直看见她的眼睛在发光。

她好像突然又活过来了。

我却又一次彻彻底底死了一回。

下午5点，楼顶的人群已经散去，久违的热闹只维持了那么一小会儿。

各家的房门继续紧闭，大家都在蓄积精力，等待下一次疯狂。

我呆坐在桌边，想着这两天发生的事，想着今天我荒唐的30岁生日。

看着从冰箱里拿出的蛋糕，想吃却直犯恶心。

黄昏落到了屋子里，雪也已经不下了。

一只小鸟跟随夕阳飞进来，我看了看，居然是一只喜鹊。

冬天本应该只有乌鸦，喜鹊是要到来年春天才看得到的。

我开心地招呼它进来，它不怕人，小心翼翼飞到桌边叼了一块蛋糕，又飞走了。

在窗边临走时，它回头看了看我一眼，像是在对我说那句我期待了一天的——

生日快乐！

甜点治愈篇

一个人吃饭的尴尬巡礼

我想不通，活了 20 多年来，我一向与人为善，遇见通天傻帽也只是绅士一笑，掉头就跑。

我做过最坏的事，也就是在前任和情敌跑了之后，怒气冲到他们 1 楼家的小花园拔光他们种的菜。

可人生却一点都不领情，不知不觉让我成了墨菲定律最敬业的代言人：我喜欢谁，谁就结婚；讨厌谁，谁就做我贴隔壁同事；爱上吃哪家餐厅，哪家餐厅就倒闭。

不过自从去年冬天在外婆家附近救了一只斑点小花猫后，情况稍微有点起色。

餐厅倒闭那么严重和不给面子的事倒是没有再出现，可吃饭时层出不穷的尴尬事，就和母鸡天天要生蛋那样变成了每日照常例囧。

那天，我中午一个人穿得干干净净，开开心心去吃咖喱饭，去得有点早，不小心坐了四人座，结果被三个软妹子拼桌。期间她们大聊八卦嘻嘻哈哈，我全程做严肃雕像人肉背景，并始终以一种唐顿庄园里吃饭的绅士劲慢慢优雅地拿着勺子把咖喱送到嘴里，结果因为一个妹子一句话莫名戳中笑点，没控制住，笑得喷饭了……

我还没吃完就立刻结账跑路，头也没回地飞奔出那家餐厅。

我想，这家我最爱的咖喱饭餐厅，以后是再也没脸去了。

回家后，我反思，是不是老天看我去吃平价咖喱饭还要学绅士未免太装X，故意给我惩罚？

切，我才不理你，我整了整胸口的领带——一个不想成为绅士的男人，绝对是对女人的不负责任！

所以我选了一个爽朗初秋提前预约三天，带着最近走得很近的漂亮同事璐璐，下了班去本市一家高级热门的牛排餐厅享受二人烛光晚餐。

可那天不知怎么的，早上去公司的时候，帆布鞋里的船袜，每走两步就要掉下来卡在鞋子里，所以我索性脱下放在裤子里，赤脚行路。然后我就忘了。直到晚餐时在这家高级牛排店用餐完毕，结账的时候，漂亮的服务员问有没有零钱，我在裤子里掏啊掏，结果在众目睽睽下掏出一双白袜子……

当下，我发现璐璐的脸突然诡异抽筋一笑，我知道，自己平日公司里苦心经营的唐顿绅士形象，已经彻底灰飞烟灭。

之后，原本璐璐平日在公司里还对我矜持，时不时配合我半推半就玩点不伤大雅的小暧昧，可这件“袜子”事件后，她突然对我毫无保留地敞开自己小世界的大门，彻底把我当成了所谓的“好姐妹”，常常和我分享和倾诉一些只有闺蜜可以说的小秘密小八卦，我几次向她解释，她只是露出女汉子一面，突然对我肩膀哥们似的重重一击说，没事啦，都什么时代了，不要压抑自己啦。我理解你，我一直苦苦追寻，好想要一个你这样的人做闺蜜呢。

所以，和璐璐之间的情缘也就这样荒唐地从“闺房情人未满”到“闺蜜到天元突破”黯然结束。

吃饭的事不顺，感情的事不顺，工作的事也越来越不顺。遇见的客户一个个任性刁难得令人发指，个个伏地魔转世，简直不亲眼看你掉入不断修改、不断重启方案的无边地狱绝不罢手。

在一个收衣服的黄昏，住在30层高楼的我把那些退回的熬夜写出的方案稿折成一只只纸飞机，大力扔出窗外。

它们瞬间乘风飞翔，如小鸟重归蓝天，自由得不得了。

而我呢？

夕阳照耀了城市中每一片瓦片，染成一片温暖的金黄。唯独照不到我的家。

我连我自己的影子都看不到。

我问老天，你为什么那么不公平？

为什么在我有限的生命里，你一直派遣无穷多个傻逼让我恨，却TMD根本舍不得派一个人让我好好去爱！

我求助我身边爱情运最好的朋友——同事小陈，在午休吃微波炉加热的饭菜时（我已经不敢去公共餐厅），我向他分享自己失败的感情史。我说，我总是会爱上同一类人，犯同样的错，我的身体和思想都只能接纳同一种人，有什么办法能让我爱上不同的人，我需要改变什么吗？

小陈淡淡地吃一口糖醋小排，冷冷地回答我，你可以尝试多吃转基因食品……

他这句话玩笑归玩笑，也让我恍然大悟，也许我还是太循规蹈矩了，心里明明有只一直野生蹦跳、想去哪里就去哪里的袋鼠，我却让它成为一只笨重的，每日为他人表演设定好节目的大象。

而且最近越来越多的囧事都不安我预期的常理出牌，尴尬是尴尬，但这一个个想想很可笑的小坑，倒是让我暂时忘了生活苦难这个大坑。倘若有一天我真的掉下去，说不定早已习惯了黑暗。

这一切都在暗示我什么?

当生活开始变得越来越破碎，也许正是时候开始享受重新组装的乐趣?

也许我重新鼓起勇气后，能遇见一个也特别的“无理之人”?

老天这次没有亏待我，真的碰上了。

那天已是深秋傍晚，天渐渐黑了下来，我的心情已慢慢平复，一个人在武康路散步，打起精神寻找新开的饭店觅食。

路过一家静谧的小洋房时，隐约看见里面藏了一个彩灯悬挂、优雅别致的花园，苔藓和绿藤互相交织，门口那个一直闪着淡蓝色光芒，在夜色映衬下如海底宝石般的招牌让我停了下来。

好像是一家新开的牛排餐馆，我心里想，又是牛排?我有些紧张，确定脚上的长筒羊毛袜子被腿毛牵制住，留在原位没有脱落才放心走上前。

店门口招呼的服务小姐亲切可爱，远远看到我就一直喊，新店开张，两人同行，一人免单。

我走进，她继续喊，两人同行，一人免单!

我不解，疑惑地说，我一个人。

她看着我，眼睛灵动一闪一闪，像只调皮的小白兔。她不理会我，笑笑说，两人同行，一人免单!

我有点害怕，莫非……莫非我身边还有其他人?

我强装镇定，慢慢回头看，咦？真的没人啊……

难道尴尬又要重演？这次我没认输，我立刻努力回想那天老板开会时假发带歪的搞笑事件，驱散心中的不安。

我镇定看着她，她只是一直对我笑。

我立刻明白了。呵呵，和我搞奇奇怪怪的路数？我才不怕。

过了 10 分钟，在一番特别的，你来我往的电光火石暧昧俏皮话交锋后。

这不，现在她和我一起进了店，正坐在我面前，大口大口心满意足地嚼着免费的牛排呢。

两人同行，对啊，我和眼前这个可爱奇怪的她不就是两人嘛！

我问对面她，为什么选中我？两人同行，一人免单，是什么暗号吗？

她喝了一口白葡萄酒说，因为被这句话刺痛很久了，一直是一个人吃饭。

所以今天心血来潮，突然想用这句话作为和那个人的“接头暗号”。她的眼神有点黯然，仿佛想起来很多不开心的事。

我知道，这样捉弄别人是有点奇怪，所以今天大多客人要么离开，要么没理我。

只有你哦，她定睛看我，眼神突然一闪，简直亮得要照耀我乏味的人生。只有你巧妙地接招了，是我心中要的答案。所以现在我跟你坐在这里了呀。

不怕老板开除你？我问。

她微微一笑，继续大口大口吃牛排。边吃边说，今天牛排的火候厨房间的毛师傅掌握得不错。

过了一会儿，一位服务生过来对她说，老板，那个水晶吊顶有一个灯泡坏了。

这顿一开始尴尬、奇怪的晚餐没有再演化成让我拔腿逃离的囧事，我和她边吃牛排，边聊着她那些不可思议和朋友开一个店倒闭一个的经历，碰上各色奇怪客人，聊着她的古怪天马行空的性格是一步步如何成型的，聊着我曾经在餐厅洋相百出的“开心”事，聊着我们的过去，甚至试探性地捕捉是否能和彼此未来契合的蛛丝马迹。

至此之后，我不再是一个人吃饭了，我和她在一起“上肉山，下油锅”，吃遍这座城市大大小小餐厅，

“上流”到半岛酒店豪华烛光晚餐，“下流”到街边露天柴烟袅袅的小馄饨。

在幸福的滋润下，她的身段也在原来小肉肉的基础上渐渐向“雄伟”靠拢。

第二年一个夏日夜晚，我们在一家意大利小餐馆二楼露台吃饭，我看着她在磨刀霍霍切烤鸡时对她说，老天真是待我不薄，让我遇见奇妙的你，生活一下子从可怜单身窝拐到了幸福伊甸园。不过，亲爱的，我摸着她肉肉的小手说，你再这样吃下去，我担心某天私奔的时候，你真的会跑不动。

她有点小惊讶，忽然提高嗓门，我们是命中注定要在下半辈子一起吃很多很多顿饭的，谁都不可能阻止我们俩在一起！

风越来越大，几乎要演变成台风，呼呼吹着她的头发灵动地飘起，吹着那句我们俩在一起的小誓言飘到了遥远的幸福未来。

忽然隔壁桌一个女人的白色蕾丝丝巾吹到她脸上，飘逸得简直就像戴上了最美的头纱，她看起来就像一个已经做好准备的、最美的新娘。

她迎着风，轻轻地闭上了眼睛。

只是好景不长，尴尬又一次袭来。

台风越来越大，客人都躲到小洋房里去了，我们慢了一拍，被一些吹断的树枝割破了衣服。

大家都被吹得东倒西歪，只有她镇定自若，稳如泰山，宛如植根在大地上的巨树。

她似乎在享受着这突如其来的激情。

我牵着她的手，往房间里跑。

我们的头发都被台风吹得像疯狂的洞穴野人。她突然啊呀叫了一声，原来是胖胖的胳膊被树枝划破了。

流血了。

我没有犹豫，脱下已经被弄破的 T 恤，光着膀子，利索撕开衣服，替她包扎。

此刻，门外面狂风大作，我和她坐在屋内，心里却静得像天池的湖水。

因为我们刚刚经历了一次兴奋的小小逃亡。

是我们在一起的第一次。

只是，那些刚才一直在室内穿着正装，优雅吃饭的帅哥美女，看着我们这些匆匆躲进来，衣服破（甚至是赤膊），头发乱的狼狈野人，一定以为我们刚才在露台拍《人猿泰山》续集吧。

我看着面前对我傻笑、肉肉可爱的她，忽然明白了老天为什么要我一直出糗的那些尴尬事。

或许，太尴尬的人生才不会被生活的苦难一下子伤透，太胖的人才不会在台风天被吹走，太孤单的人才不会被突然袭来的幸福宠坏。

所以，请体谅老天好心的安排。

再见

与曾经的情敌小宇见面，是在阿菲的葬礼上，那天天气很好，好大好大的太阳。

光照得看不清我们的脸，也看不清我们的眼泪。

说起小宇，我对这个肌肉发达的家伙一直没什么好感。男人嘛，关键要有远大志向，像我一样，有点小肌肉点缀下浮夸的青春时代就行了，往后的人生里，大肌肉只是累赘，养家糊口那么难，一个男人如果还要在健身房和牛排上浪费大量的钱，这样的肤浅男人怎么能嫁!?

庆幸阿菲当初没有选择他。

这不，在告别仪式后的豆腐饭上，咋咋呼呼的他不知道是不是第一次参加同龄人的追悼会太紧张了，居然在人家饭店门口跨火盆那里莫名其妙滑一跤!

人家服务员只是让你跨个火盆，又不是跨110米栏，有那么难吗?

他差点让踢掉的火盆烧到餐桌桌布，烧毁整个饭店。喂喂，大肌肉小宇，你想不开想和阿菲一起走，不要拉我们这些想继续好好活下的人殉葬啊。

好巧不巧，阿菲的老同学，老朋友一桌，他无视刚才的出糗，微笑自信招呼我，自带一阵热乎乎的风，一屁股坐到我旁边。

你好啊，阿谷。这个愚蠢的肌肉男不嫌尴尬地说。

你好，我喝着我的橙汁，发出咕噜咕噜的抗议声。

没想到居然在这种场合又见面了，原以为这辈子都不会见到你了。他突然来这么一句。

咦？我嘴角敷衍微笑一下，但胃里忍不住翻腾一下，谁想再见到了啦！请不要说出这种狗血偶像剧标配的对白好吗！

哎，阿菲就这样离开了，他摸了摸下嘴角月牙形的伤口说，当初那场为了争夺阿菲的最后决胜世纪打架，我到现在还记得。

啊呀，这种事不要再提了吧，我不太记得了耶。我啧啧嘴，摇摇手说，年轻时胡闹罢了，女人又不是商品，怎么可以由男人打架胜负决定，阿菲那时候真是明智，最后我们两个她谁都没选。

瞬间我记起了当初那场在食堂门口打架打得锅碗瓢盆乱飞，用大铲子、大锅和小浣熊饼干互砸对方，最后被食堂大婶两手像拿耗子一样轻松擒拿的胡闹决斗。

听说你要结婚了。他又突然向我猛攻，势必想让我今天出丑。

听谁说的？我吓得弹起身来，几乎要掀翻桌子。

同学聚会上听到的，大家都有孩子了，你真的要抓紧了啊。

来了，来了，又是这句你们怎么活我就应该怎么活的荒唐屁话，这也正是我不去同学聚会的原因。

我几乎要咬断吸管，恶狠狠地说，是的，确实有一个稳定交往的对象，对方很漂亮也很温柔。

突然我的手机短信声响，屏保上石原里美的微笑照片亮起，我一看内容——你的儿子现在在我的手上，请迅速在这个账号里汇……

我秒速删了这个诈骗消息。

女朋友？小宇笑嘻嘻看着我问。

嗯?

屏保上的女孩好漂亮呀，你小子很幸福嘛原来。他用粗壮的胳膊重重推了我一下。

啊？我脑袋突然微波炉那种叮的一声，眼睛眨都不眨说，是的，天天24小时查岗，盯得我好紧，女人，真是麻烦的生物啊。她最近天天和我讨论今后是要生二胎，还是三胎的事。

三胎！二胎我都不敢想，小宇吃惊地说。不过养孩子真的好累啊，钱都不知道从哪里来啊，也没时间去健身房了。他望着巨大却微微有些下垂的胸肌无精打采地说。

呵呵，又显摆。

去健身房练那么大干吗，你又不需要喂奶呀，我心里这样粗俗可耻地想，可是开口却礼貌恭维他说，不错啊，你小子成熟了，知道养家不容易，开始有责任感咯。

你住哪个区啊？有空一起出来喝酒呀？他往嘴里塞了一只最粗的猪蹄说。不会还和父母一起住吗？他试探问我。

中环附近的单身公寓。买的，就是每个月还贷压力好大。

听到还贷他突然眼睛一亮，对啊，每月消费都不够，还要还那么多年，真是好累啊，那你最近缺钱吗？我这里倒是有一个信誉很棒的小额贷款公司介绍给你，无抵押，无须身份证，当天放款。他迅速从裤袋掏出一张名片，仿佛已经准备了很久。

啊?????

原来你不顾曾经情敌的尴尬坐在我旁边，就是为了这个吧？哟哟哟，和我拉家常那么久，没想到那么多年了，还是对我这个老情敌仇恨着，听到我过得不错，居然想骗我入圈套，诈骗我！

我笑嘻嘻接过名片塞进裤兜，准备一会儿上厕所立刻丢掉。谢谢，我说，你真够哥们，还是老同学好，来，干一杯！

之后其他老同学和阿菲那个戴眼镜斯文的老公也都过来敬酒寒暄，大家小心翼翼避开阿菲，聊起以前大学时候不咸不淡的琐事。

奇怪的是，刚才还说自己很念旧的小宇似乎都不记得了，他茫然地看着大家，他的记忆里好像只保留了有关阿菲的那些可笑却又怀念的往事。

小宇喝多了，我扶他进厕所。

在走廊，他望着一个戴天鹅镶嵌雪花形状水晶发夹的女服务员背影叫阿菲，阿菲。

我看到那个闪亮的发夹也一惊，仿佛那只天鹅要飞到我们面前，带我们回到过去。

我记得当初阿菲生日的时候，小宇特意花了一个月的生活费买了某著名水晶品牌的发夹送她，阿菲很喜欢，一直别在后脑发辫那里，她带着水晶发夹，走在阳光照射下的草坪散步，就像一个花丛中的仙子。

那个女孩回头，一个陌生的脸孔。

我连忙说抱歉，我朋友喝醉了。

可小宇却往饭店门口跑去，他说门口飞来一只天鹅，他踉踉跄跄要去抓，说是阿菲回来了。

之后，他捂住嘴想吐，我和其他几个朋友终于把他弄进厕所，他吐得很凶，像是要借着酒劲把心里藏了好久的伤心事全部一下子吐出来。

旁边一个朋友说，哎，阿菲的走确实对他打击太大了，他最近的日子本来就过得并不好。

他最近怎么了，我随口问。

她在和老婆闹离婚呢，听说老婆在家收快递的时候和一个快递小哥一见钟情，可怜孩子才一岁多，他一个大男人带孩子真不容易。

我脑袋里立刻浮现出肌肉男小宇裹着一个娘娘腔粉色围兜，在家汗如雨下地拖地换尿布，孩子天天哭闹，他来不及笨手笨脚冲奶粉灌奶瓶的画面。

哇呜一声，小宇的哭声把我的思维拉回厕所，他疯狂呕吐后，又号啕大哭了，不顾一切地，一个大块头坐在一个小小的马桶上狼狈地哭起来。

很滑稽又很落魄的样子。

看着念旧的他，我也有点伤感。那么多年了，大大咧咧的小宇也许很多琐事、很多回忆都忘记了，但他始终还记得所有关于阿菲的事，而我又何曾不是呢。

我也记得阿菲伴着鸡蛋吃牛肉寿喜锅吃到满足的嘴上都是酱汁，然后糊在我脸上。

记得我和阿菲在树荫下彼此靠在一起看《摩登家庭》看得笑到打嗝。

记得我和阿菲打着伞在下雨的樱花大道上从校园的最北走到最南，聊聊童年的趣事和未来的理想。

记得阿菲在下雨天调皮地疯狂转身，把原本就要落地不高兴的雨全部快乐地转到我身上。

记得阿菲上自习课无聊想睡觉，她趁我不注意，用冰块放在我屁股下，听我阵阵杀猪声惨叫来驱赶她睡意。

真的，念旧的人都很痛苦，因为他们并不会挂念所有人，他们只记得让他们伤心过的人。

回到饭桌上，看到阿菲微笑的黑白遗照就摆在前门的大桌上，大厅里依然吵吵闹闹，大家淡然地聊着天吃着饭，成年人了，不让情绪崩溃是活下去的必备准则。

当时毕业时大家开心抛掉学士帽的场面历历在目，转眼间什么都变了，什么都没了。

现在想来，大学毕业那种告别真是小菜一碟，成为大人后，越来越多曾经至亲至爱的生离死别才是真正的痛苦，人和人之间真的没有什么永远，一切都只是一场恰到好处而又短暂的相逢。

过了一会儿，小宇也回来了，他平复了心情，又恢复了那个大大咧咧肌肉男的傻样，

他看着我说，刚才谁在厕所里哭了，是不是你呀？

我不作声。

没事的，兄弟，他继续说，一切都会过去的，他拍了拍我的肩，我那张小额贷款的名片已经给你了，有困难给我打个电话就行了。

我站起身，给他一个拥抱，突然那么多年作为情敌我们的打打闹闹，我们的嫉妒，我们的不甘心，我们的仇恨，我们的青春，都烟消云散了。我也拍了拍他的肩说，你有困难，也记得给我一个电话，我带孩子是高手，我弟和我妹就是我一把屎一把尿带大的。

他心酸又感到安慰地笑笑，眼睛里有什么晶莹的东西又要忍不住跳出来。

吃完这顿伤感的豆腐饭，大家纷纷离去，走出饭店门口，突然发现裤兜里那张小额贷款的名片已经没了，换成了一张手写的电话号码，几个胖胖的阿拉伯数字扭扭歪歪，是熟悉的笔记，是那个大学时我抄高数作业抄到连名字也一起写上的那个爱哭肌肉男小宇的笔记。

上面写着——“难过的时候你可以打给我”。

秋日夜晚街头的树叶落了不少，已经没人分得清哪一片树叶是从哪一棵树上掉下来的，就像我们也渐渐分不清忽然落下的眼泪究竟是为谁而流的了。

我好不容易打了一辆出租车回家，今天出人意料的是个女司机。

短发的女司机后脑勺隐约几根白发。

去哪里？她用沙哑的声音问我。

出租车的广播里放着一首阿岳的《再见》。

我突然失了神，因为那天知道阿菲离开的消息时，我正在地铁里戴着耳机也听着这首歌，同学发来微信的当下，我就蒙住了，直接瘫坐在车厢的地板上不敢相信，因为阿菲到最后都没有和我说她生病的事。我并不想哭，可那时候眼泪自然反应般的一下子全涌出来，连同这几年已经使劲摁下的关于她全部的回忆。

旁边坐着的一个眼睛大大的小女孩看到，从小书包里掏出一颗亮闪闪纸片包装的糖给我，她眼睛眨巴眨巴跟我说，你为什么要哭啊哥哥，今天老师布置了超多作业我都还没哭呢。

之后我再也没哭过了，包括今天的葬礼我也哭不出来了。

25 岁后的男人字典里没有悲伤的眼泪，要哭也只能喜极而泣！

慢慢地我好像接受了这个事实，我告诉自己，大概阿菲只是踩着我追不上的滑板去远方度假去了。

去哪里里里……女司机几乎要咬断舌头的那个恶狠狠“里”字把我拉回了现实。

哦，哦，抱歉，我说，先去 xx 大学。我突然想再去看看母校。你知道 xx 大学在哪里吗？我怕女司机是新手，不认识路。

你 TMD 在逗我啊，我可是在那里工作过 10 年的人。女司机没有发动车，几乎要弹起胖胖的身躯，转身杀过来。

一转头，一张气鼓鼓但又熟悉的中年妇女脸出现在我面前，记忆几乎是瞬间就从浩瀚的回忆抽屉里提取了，是春婶，大学食堂的春婶，那次用两只小拇指就轻易制服我和小宇打架的春婶！

春婶，你是食堂的春婶啊！我大声喊道。

嗯！她皱下眉捂住一只耳朵说，你怎么知道我过去的名号，难不成你也是那个鬼大学毕业的？她略微有点吃惊地问。

我看了她旁边的驾驶证，柳迎春！对就是春婶！当年让我们闻风丧胆，不许剩饭的春婶！

是的，我一直都记得你的咖喱鸡腿饭，春婶，毕业后就再也吃不到了，不过你一定不记得我啦。我激动地说。

等等，你小子我好像在哪个鬼旮旯角落见过，你这张脸，我有印象。她挠挠头，捋了捋头发，努力回忆。

不是哪个鬼旮旯角落，是那年在你食堂大闹的那个小滑头啦！我开心地说。

哈哈，我想起来了，居然是你，那个胆大妄为、丢我锅铲的小子！她开心地重重拍打方向盘，发出的巨响瞬间吓坏旁边在夜色里小心翼翼驶过的车辆。

春婶，你怎么不在食堂做了，开起出租车了？我问。

那你为什么不在学校永远待下去，为什么要毕业上班了呢？她冷冷地回答。

人是不能在一个地方永远待下去的，否则无论是脑子还是身体都是要死掉的。年纪大了，我要抓紧最后的时间换一种活法。再说了，你们现在天天都手机叫外卖，哪里还有人乖乖来我的食堂呢，哪里还有人爱吃我煮的菜呢。她看着车前窗户外的霓虹灯，落寞地说。

我爱吃的，小宇和阿菲也都超爱的！我几乎脱口而出了三个人的名字，不，是这曾经的三个姓名召唤我说了出来。我突然想起那个时候把食堂当根据地的我们三人。

阿菲？春婶好像突然想了什么。那个开朗的小姑娘现在在做什么呀？当初她可是偷偷来我这里学了不少特色爱心便当啊，记得她每次做团子便当的时候，总是多放方面包糠，把猪排炸得太焦。

便当？为什么我从来没有吃过阿菲的便当，小宇这家伙似乎也没有，收到的话他一定会炫耀。原来阿菲之所以迟迟没有接受我们两个人明里暗里的表白，是因为心里早有所属了。吃到她爱心便当的人，应该就是现在的丈夫吧。真是幸运的家伙。

阿菲啊，她现在挺好的，她去毛里求斯度假了。我不忍心告诉春婶真相。

为什么脱口而出毛里求斯这个地方我也不太清楚，大概觉得这听上去像一个毛茸茸，有很多可爱小动物，每天都能幸福生活而我又触不到的远方吧。

啊呀，我想起来了，当时你们三个人天天待在食堂，做作业，睡觉，跳街舞，甚至还有一次看到你们在插花。赶都赶不走你们，你们说喜欢这里的氛围。食堂里其他八卦的配菜师傅总是猜测你们错综复杂的关系。她突然捂嘴笑了起来。仿佛当时说过很多我们的坏话。

没什么大不了的啦春婶，我云淡风轻地说，他们两个人抢破头争我一个人而已。我哈哈大笑起来。

我心里知道，真的没什么混乱关系，那时的我们三人，友情大过天，爱情只是小打小闹的青春期点缀。

你小子别闹，虽然你看上去一表人才，读书读很多的样子，但我女儿说过，像你这种斯斯文文的小白脸最要当心。

当心什么？我自豪地问。

当心骗走她们的心呀。春婶叹气了一声，仿佛想起什么抹不去的往事。

明明自己知道，最后还不是陷了进去。切。最后被骗光一切，无法回头了就一走了之。算什么啊！告诉妈妈呀，告诉妈妈呀，明明妈妈可以帮你把失去的一切都讨回来的，明明可以的……春婶在驾驶座，手捂住头，伤心地喃喃自语道。

要是她还活着的话，应该和你差不多年纪吧。春婶没有转头，轻轻地说。

我隐约听懂了她女儿已经不在的事，也渐渐明白了，为什么春婶那么大年纪，还要出来辛苦开出租车。

春婶，以后有事打我电话，我一定立刻就到。我从口袋里准备掏名片，谁知道掏出那张小宇给我的，写有“难过的时候你可以打给我”的纸条递给了驾驶座的春婶。

干吗，我需要你这种毛头小子来可怜吗？难过的时候，多吃两碗咖喱饭就行了。她看了看纸条，立刻要强地推了回来。脸上却不自觉开心地笑了出来。

你小子坐好！立刻系好安全带！春婶带你兜个风，让你体验下速度的激情。她急切的命令口吻说道。

还没等我回答，刚系好安全带，春婶就发动了车子，轰隆一声，车子简直像一只母猎豹一样冲了出去。

车子飞速驰骋在夜里，速度快得惊人，却又稳得惊人，春婶的驾驶技巧让人惊叹，我恍惚间看到了仪表盘指针爆到了 260 迈，我们渐渐在接近光的速度里忘记了所有痛苦，忘记了去记得一个已经离开的人。

速度越来越快，回忆却越来越淡，春婶潇洒雷厉风行的开车姿势一如当年她在厨房间豪迈挥动大锅铲的狠劲，加速，加速，再加速，痛苦被彻底远远地抛在了后面，但渐渐的，我也隐约看到了阿菲在和我挥手。

春婶，你慢点！我大叫，我还没结婚，还没好好和一个好姑娘滚过一次床单，还没谈过一次惊天动地的恋爱呢！

我还不想死！！！

杀马特表妹

我实在想不通，一个好端端的女孩怎么变成了这样。

姨妈家的女儿——莉莉，也就是我的远房表妹，小时候有几个暑假是来上海和我一起过的，那时候她温柔，腼腆，安静得像只小猫。现在呢，简直就像一只刚刚逃生的、张牙舞爪的霸王龙。

今年五一她们来上海玩。见到莉莉的第一眼，我的下巴简直像一个滚筒纸巾一样快拖到地上了。橘红色的大卷发，中分在那张小小的巴掌脸上，黑色皮衣皮裤，霸气十足，简直像刚刚成功抢劫了银行一样。鼻子上甚至像牛一样，打了一个金属环，我真的怀疑她是不是刚刚从 cosplay 的舞台下来乘着滑板直接滑到我家的。

她见了我，说，阿古哥，怎么了，干吗这样大惊小怪的，那么多年没见，你还是一副没见过市面的小媳妇样。然后她来到我面前，捏了捏我的胳膊，哦，好像壮了些，孩子几岁了？

我好在没喝水，不过差点让我口腔里所有的唾沫飞离地球表面。我说，我还没结婚呢。谁告诉你我有孩子了。

她说，哦，抱歉了，我理所当然地认为你就是那种庸庸碌碌的、老老实实结婚生子死去的无聊城市附属垃圾呢。

我说，你这么大的偏见是哪里来的，从你浓浓的眼线覆盖的、假睫毛森林里来的？还是从你这牛鼻子里哼出来的？

她小嘴撇了下，眼睛朝上飘，让我足够清楚饱尝她的眼白。她伸出一只手，不声不响的，对准我的头，迅速往我的头发里插了进去……

喂，你干吗！我吼道。

她不理我，像滚筒洗衣机一样，用力揉啊揉，毫不费力的，我的发型就由小田切让标准款，变成了一个无精打采的拖把。

还没等我反应过来，她抓住我的手也迅速往她头发里插进去……

先顺时针揉几圈，再逆时针揉几圈。

好了，现在我们的发型统一了，这是我们那里的打招呼方式。她笑笑。

现在我们完全熟了。她说。

好吧，还没等我问她为什么会从一个良家小女子变成这样一个没规没距的杀马特，我已经无力瘫坐在地上了。

第二天，正好我要去菠萝音乐节，洋洋得意地换了身行头，红色 T 恤配黑色紧身牛仔裤，外加一双英伦咖啡色复古皮鞋。不巧被莉莉看到了，一定也要我带她去。

她还是昨天那身皮衣皮裤，浓浓的杀马特妆。好吧，反正她的装扮好像不需要再精心准备了，直接拉去音乐节也很匹配的样子。

来到办音乐节的浦东世纪大道，果然人多得一会儿就会有很多人不得不在黄浦江上游泳了。

在大太阳下，她很不耐烦地排着队，一副凶神恶煞、要杀人的样子。

终于进去了，她的回头率比我想象的还厉害，每一个走过我们身边的人都会苍蝇一番私语，我精心的打扮也早已付诸东流，彻底成了吸睛女王身边的小跟班。

不时，有男人对她吹口哨，大概因为今天太阳太大，眼睛瞎了吧。她很享受这些注目礼，一副小人得志的模样说，看吧，虽然你不喜欢我的打扮，但看来有品位的人还是很多的好吗。

小姐，这是音乐节。你这个怪人才能这样受瞩目，简直是杀马特误入硅谷村，东施转眼变貂蝉。

我们没有去主舞台，来到人很少的东面的小舞台。一个不知名的乐队正疯狂卖力地演出着。

莉莉因为口渴大摇大摆去买饮料了。

刚才光顾和莉莉斗嘴，没注意到此刻我身边正站着一个漂亮的女孩，而且好像是一个人来的样子。

她静静地欣赏着演出，文静，沉默，气质出众，一看就是一个很有教养的姑娘，简直和某些杀马特女王天差地别。

X，什么破演出啊，加上这大太阳，刚才听得我差点中暑睡着了，完全是在模仿Jake Bugg嘛，而且是被大卡车碾压过的Jake Bugg声音。

我被这突如其来的粗鲁声音吓了一跳，简直不敢相信是从我身边那个看似文静的女孩小小的身体里发出来的。

舞台上的主唱和乐手当然一下子注意到了这个刺耳的声音，马上恶狠狠地瞪了女孩一眼，仿佛要吃了她。

我对那个文静女孩说，嘘，你好像说话的声音稍微大了些啊，姑娘。虽然我也认为他们是在模仿，真的不怎样。

她说，就是在一味地模仿么，一点自己特色都没有，所以中国现在音乐圈的大环境才那么差。

我想，她一副挺专业的口吻，该不会是做音乐相关工作的吧。

还没等我继续和她搭话，刚才已经演出完毕的几个男人好像冲过来，一副要打架的样子。

喂，你刚才说什么呢，谁模仿了，有胆子你再说说。

可能是他们卖力的演出本来就没什么人来看，再加上刚才这挑剔的评论，一下子戳到他们的软肋了，他们有点气急败坏的样子。

那位姑娘也不甘示弱，就说你们呢，傻逼，模仿都一点不像，智商被那些果儿吃了吗。怎么了，想打人啊?

那几个男人看来被激怒了，真的冲过来了。我赶紧护在姑娘面前，说，大家别激动，别激动啊，好好说话。

一个男人上来就朝我脸上唬过来一拳，我躲了下，擦到了我的眼角，然后另一个男的朝我肚子上就是一脚，我一下子直不起身子了，他们推开我，要打那个女生了。

千钧一发之际，莉莉买饮料回来了，一下子把黄色液体泼他们脸上，用手肘重重地朝他们的下巴击打过去，几个男人彻底狂怒了，好像已经要丧失理智了。

这时候，莉莉从容地从她的皮裤里拿出了一把……枪。

我看呆了，她朝奔在最前面的那个男人的腿上开了一枪。

轰，那个男人似乎被击中，抱着腿发出呻吟。

其他几个人也都看呆了，谁会想到这个杀马特会突然拿出枪来，真是一个可怕的、神秘的团体。

真是怪物啊。说着，然后他们就像老鼠般四散了。

莉莉拉起了那个姑娘，然后看着我说，喂，没事吧，你怎么那么不堪一击啊。

我拍拍身上的灰尘，说，他们人多，我倒要问问你 TMD 这枪是哪里来的，真的还是假的?

她笑笑说，当然是假的，仿真的，我们老家用来打偷鸡的黄鼠狼的，出发那天忘了换裤子，刚才一掏，没想到真的在里面。我们那里的孩子，人手一部，就像你们不离口袋的手机。

我现在十分肯定地知道了，这个世界，就算最危险的暴力分子也不敢惹谁了，是杀马特!

这时候，一个穿着制服、保安一样的男人走过来说，我刚才好像听到了一声巨响，你们在干什么。

莉莉抬起她高傲的下巴朝他走去，口里嚼着口香糖，吹起一个大大的泡泡，然后让泡泡在那个男人脸上啪的一声爆炸。就是这个声音，你还有其他问题吗？她说。

她的眼睛里仿佛有火焰在喷射，她的表情仿佛下一秒就要把那个男人大卸八块。

没，没什么问题，你们注意安全哦，玩得愉快。那个保安一溜烟没了踪影。

我刚才转了一圈，果然音乐节和我预想的一样无聊，没什么特别的声音，我带你们去一个有意思的地方吧，就在这附近。莉莉神秘地说。

那个女生崇拜地看着莉莉，眼神里仿佛在冒着星星。喂，你什么时候和我们融入一伙了，我还不知道你叫什么名字呢，姑娘。

你怎么好像对上海熟门熟路的？莉莉。你最近来过这里？我说。

当然了，来过的次数可比你想象的多，只是不想打扰你罢了。她说。

出了音乐节大门，沿着河岸我和那位姑娘一边聊天一边跟在莉莉后面走。原来那个姑娘叫李李（和莉莉真搭），是什么魔琴音乐的企划部经理，专门发掘有天赋的、性格独特的歌手。

不知走了多久，最起码有两个小时吧，我的复古英伦皮鞋快变成洞洞鞋了，莉莉不是说附近吗，他们杀马特一族说谎简直和杀人一样眼睛都不眨一下。

我们一直走到了西岸滨江一带，那里都是废弃的旧厂房的仓库。

路上，我抓住空档，问莉莉她怎么会变成现在这样的，她冷冷地说，是因为爱上了一个男人。然后是沉默。

到了，莉莉指着一个破旧的、阴沉的房子说。

房子入口处有一个壮汉保镖。他看着我们，眉头一皱，说，这不是你们该来的地方，在我弄伤之前赶紧滚吧。莉莉丝毫没有一丝惧怕，轻轻地在那个大汉耳朵旁说了什么，大概是什么暗语，那个大汉一惊，马上和颜悦色地让我们进去了。

我问莉莉你和他说了什么，她头也没回，淡淡地没有语调地说了四个字，反清复明。

我的嘴又张得老大老大的，这什么都跟什么啊，这不鬼扯吗，这是通关暗号吗？未免也太胡来了吧，难道不应该是更现代一点的吗……

进了门，我们三人蹑手蹑脚地，先躲在一个巨大的镜子后面看看情况。

这里面好像被改造成了一个精神疗养院一样的机构，一片阴暗肃穆可怕的冷峻，让人不寒而栗。

忽然，有两个胖胖的护士模样的女人走过来，她们正交谈着什么。

你听说了吗，昨天 302 床的那个傻女人想逃跑啊!

真的啊，胆子那么大，后来呢?

后来，呵呵，当然是她的腿“不小心”骨折了。那笑声简直像是从地狱传来的恐怖。

我们跟在莉莉后面，她好像很熟悉这里，七拐八弯，来到一个房间，里面有 2 张床，一个男孩，一个女孩。

女孩仿佛睡着了，或者是打了什么安眠麻醉剂，如死一般无声躺着。

男孩背对我们，坐在床上，一动不动地望着窗外。

小杰，我来看你啦。莉莉说。

我想，难道是莉莉的朋友，又一个杀马特?

瘦弱的男孩回过头来，短短的平头，正常人的打扮，但那眼神简直和伊藤润二里病态的人如出一辙，充满着恐惧与绝望。

你怎么又来了，我不是叫你不要来了吗。男孩干裂的嘴唇微微动着，不仔细看还以为他在用腹语说话。

这次来上海了嘛，不想错过这个机会。我带了两个新朋友来看你。

你好，我开口寒暄。男孩看都没看我。

你不怕又被他们抓起来吗，你费了那么多劲才离开这里的。不过你看起来好憔悴。男孩说。

我当时真想吐槽，明明非常生龙活虎的好吗。等等，抓？莫非莉莉也在这里待过？

我希望你不要来了，忘了我吧。我这里挺好的，这里，我们都一样，没有人瞧不起我，我不是什么怪胎，再也没有人孤立我了，因为我们都是一个人独来独往的。而且如果我乖的话，他们都会给我吃饭，不像爸爸妈妈那样一味地骂我，把我锁在房间，让我活活饿死。男孩继续面无表情地说。

他们这是在慢慢折磨你，给你洗脑，然后一点点抹杀掉你的个性。莉莉很激动地说。他们就是要让世界上所有人都按照那个所谓的正常轨道行走，他们认为游离轨道之外的，都是异类，都要被治疗，被改造。

不要这样，振作起来，小杰。说着，莉莉又从上衣口袋里掏出一个电击器，朝小杰的屁股捅去。

住手，你要杀了他吗？我想去阻止，小杰被电击器击下，抖了一小下，手揉了下屁股，好痒，然后继续面无表情地坐在那里，看来他已经非常习惯于电击了。

电击都不能让你打起精神，我知道他们平时是怎么对你的了。莉莉很无奈。

我很好。你可以不要再多管闲事了好吗？你这个丑陋的女人。小杰一下子眼睛变得非常可怕。

别这样，莉莉说。她听着这些刺耳的话，一副很伤心、要哭出来的样子。

我真想冲上去揍那个死鱼眼男孩，莉莉真的不丑。倒是你，深深地让自己陷在泥潭里，谁拉都拉不上来的可怜虫模样。

突然，我们听到了逐渐靠近的高跟鞋脚步声，我拉着莉莉和看呆了的李李朝刚才的进来的出口跑去。

出了大门，我又看到了久违的阳光，但刚才的阴暗和绝望仍然深深地笼罩着我们周围，还没退去。

别哭了，李李搂着莉莉说，男人都不是什么好东西。一边用纸巾帮莉莉擦眼泪。

她好像完全无视站在她旁边的一个近一米八零的青壮年男子的存在。

第二天一早，莉莉姨妈她们就和我们一家告别，离开了上海。

昨天，我收到莉莉的邮件，她说现在在北京，签了魔琴音乐唱片，李李很欣赏她的性格，还有那低沉怪异、沙哑的嗓音，接下来有很多音乐节的邀约，搞不好还会来上海，到时候，一定帮我留最好的位置。

让我惊讶的是，她说，从来没有一个像李李那样理解她、欣赏她、关心她、懂她的人出现，她现在很幸福……

邮件最后还附上了一张照片，照片上，一个穿着皮衣皮裤，头发张扬的杀马特，公主抱着一个安静、腼腆、笑得很幸福的女人。

只是，更让我意外的是，照片上的莉莉完全变了样，重新变成了以前看到的那个恬静、温柔、小女人的她，而穿着皮衣皮裤顶着一个爆炸头，抱着她的人是居然是李李。

她反倒变成了一个崭新的、活生生的杀马特。

不再花心的理由

据说，常常无缘无故口腔溃疡的人，是因为上辈子吻过太多人。

我的好哥们萝卜的上辈子我不知道，我们的“基绊”还没那么深。

但他这辈子到现在，没有一个冬天不是抑郁地在溃疡中度过的。

而他换过女友的数量一辆巨形吉普车都坐不下。

被俘虏的有爱他清爽小平头的姑娘；有爱他丹凤勾魂眼的姑娘；有爱他出神入化吉他演奏的姑娘；也有爱他幽默好口才，能把僵尸说成万圣节可爱甜心的姑娘；更有那些大胆表白，破除世俗，长着胡子的铁血真“姑娘”。

但有件事一定要说清楚，他并不是每一个女友都和她们上升到交换身体的地步，有些只是交换交换灵魂，觉得对方无趣如只会嗡嗡作响的老式冰箱，就立马挥手拜拜了。

大学毕业后，在国企安分守己做了几年好职员后，被背景强大、整天钩心斗角的老阿姨、老牙叔的权力者游戏彻底整过一次后，他果断辞职了。他现在是衡山路一家知名酒吧的驻唱歌手，每晚收工时，已经半夜时分，因为租的房子就在酒吧附近，所以他总是爱穿一件黑色大衣，在无人大街慢悠悠转小路骑单车回家，像是在跟流浪的黑猫比谁更擅长在夜色中潜行。

可能是老老实实太久憋坏了，他心里的野兽终于出笼，又没在这个对的时间遇见一个一见钟情的美丽驯兽师，所以他也就顺势成了朋友圈里响当当的花心大萝卜。萝卜名号也由此得来。

我问过他，你到底有没有爱过那些女友们？他总是一副熟读加缪《异乡人》，放弃一切的口吻翻着死鱼眼反问我，无所谓，真的无所谓，现在恋爱大多是两个寂寞的人搭搭伙，消磨消磨时光罢了。不然的话，一个人，那么多无法自己与自己相处的夜夜夜夜，如何熬得下去？

每次听到这样的话，我总想把他打得彻底死过去一回，好让他重新做人，振作起来。可萝卜这小子确实有才，他天生有一副 Ed Sheeran 和 Hozier 混合的如丝绒一样的醇厚嗓音。

他的歌声总是无比低沉幽怨，不止带你去伤心教堂，更带你去痛苦火葬场。

他平时常常一有灵感，就抑扬顿挫，哼哼起来，听起来像一只瘸腿老牛在大雪天哀鸣。无论我们哥几个是正在新天地露天酒吧喝着小酒，还是在破旧小旅馆的温泉里泡着小澡。他总能把现场立刻变成心碎炼狱。

啊呀！一下子介绍了他好多，那你可能会问我，像他这样的人，真的能遇见一个降服他，拯救他，让他重新拾回生活之味的人吗？

有的，世间一物降一物，一物配一物，关键要有物懂你是何物。

那天周五，他在酒吧舞台照例如痴苦情弹唱，我们几个朋友最近正好心情都不好，在前排座位喝小酒捧场。他一曲唱罢，熟客和我们纷纷机器惯性鼓掌。

忽然，后排座位，一个底气十足的女生声音传来，这唱的是什么东西？一点激情都没有，歌手是生病感冒了还是怎么了？这就是传说中衡山路酒吧一条街唱得最有味道的歌手？

我回头看过去，一个短短头发，虽妆容朴素，但五官精致的微胖女孩，随性地嗑着瓜子，正不屑地说着。

是隔壁酒吧来砸场子的吧？身边一个酒吧投资者之一的朋友不解地说。

你行你来唱呀？另一个朋友提高嗓门，有些挑衅地说。

那个女孩二话没说，尽管身材珠圆玉润的，可一溜烟就上了台。

萝卜在台上发呆，女孩看了他一眼，诡异一笑，和根本不认识的其他乐手耳语几句后，立马抢了话筒，开始演唱。

一上来一首 Adele 的《Chasing Pavements》，整个酒吧立刻从冷漠的冰河之下飞到一切释然的云层顶端。

女孩见反应不错，立刻乘胜追击，来一首激昂《Rolling in The Deep》，整个酒吧沸腾了，我的腿不受我身体控制，也不由自主地抖起来打拍子，高音越来越撕裂，节奏越来越逼近心脏振奋极限，我们全部的人都仿佛坐着火箭去了火星！

当她最后唱着那首我每听必哭的《Hey Jude》时，我和身边的人一起站起来大合唱，声音破除一切束缚，响彻宇宙，为她欢呼。

现场只有一个人呆若木鸡，就是萝卜，此刻又惊又喜，他的表情简直像被人突然拔出了沉睡千年的黑暗土壤，重见阳光，亲拂彩虹。

他站在舞台一角一句话也说不出，女孩唱完后在他耳边轻语几句，便下了台，离开了酒吧。

平时一点儿都不八卦，只知道他五个前女友出生年月日的我立刻上前问萝卜刚才女孩说了什么。萝卜整个人仿佛充电满格般兴奋地说，她……她居然说，你这个呆萝卜，我吃定了。

接下来的事不用我多讲，萝卜这次真的狠狠地恋爱了，打起精神地恋爱了，像一个情窦初开的高中生那样恋爱了。

那个胖胖的女孩姓郭，因为霸气威武，我习惯叫他郭姐，慢慢熟了之后，又升级叫她锅姐。因为终于有一口好锅收留萝卜，让他不再四处漂泊。

恋爱后，萝卜的低落猛兽被死死锁住，积极向上的灵感小天使天天乱飞。

比如走在冬日傍晚，穿校服的学生涌出的路口，他会尾随一对偷偷牵手的小情侣，观察他们的暧昧而羞涩的小细节写一首久违的青春之歌。

比如在快餐店看到一个左脸有痣的胖子，在咬一口鸡腿肉汁，咔擦一声发出清脆的满足声时，他会突然坐到人家对面采访别人大吃一顿后小感，写一首关于美食治愈心灵的歌曲。

比如在海边看大雪慢慢落到海平面，然后消失的过程，写一首告别过去的时间之歌。

他和郭姐经常会互相给对方写的歌毫不客气地指出缺点，萝卜说终于有人懂他，终于有人能听到他的那根心中怪弦，甚至能剧烈拨动。

看来，有的人之所以花心，之所以没有爱上过任何人，只是因为他需要的不是被爱，而是被破译。

除了写歌外，他们两个常常在酒吧午夜场飙歌前拉我到 KTV 陪他们练歌。

可你知道他们在昏暗的 KTV 当着我的面做了什么可耻的事吗？

那天郭姐先点一首《Honey》对着萝卜欢快唱，萝卜不甘示弱点了一首《Honey,Honey》对着郭姐欢快唱，郭姐继续发威，点了一首《Honey,Honey,Honey》对着萝卜欢快唱。哼！看着他们眉目传情，眉飞色舞，我用颤抖寂寞单身手点了一首 Lily Allen 的代表作，当场愤怒大唱《Fuck You》!

萝卜和郭姐恋爱后，每年冬天反复发作的口腔溃疡不药而愈。

我背后问萝卜，郭姐哪里好，你为什么那么喜欢她?

他一听，小心反问我，难道你也喜欢她?

没，没，我连忙摇手。

职业病，我说。我在采集素材，便于之后写小说嘛。

他想了想，咔滋咔滋吃掉我贿赂他的一大包牛肉味薯片后才憋出一句，她不是普通人。

……

确实，他说的没错。郭姐确实不是普通人，除了身材外，她的脑洞确实很大。

她有一种兴致勃勃拟万物的习惯。

郭姐常常把世界上任何东西都拟人并赋予其性别。

她说这样生活才更好玩啊，比如对她来说，话筒是最懂得倾听她心里话的情人，所有写下的歌曲都是她最重要的孩子，舞台演出时老是坏掉的高跟鞋是喜欢扭腰的小妖精，失眠是一个发疯地在星空翱翔的宇航员，音乐是一个随叫随到可以尽情发泄打骂的异性闺蜜，而婚姻是一个讲究条条框框，住在古墓里的无趣老师。

一次去他们租的小公寓喝下午茶，乘着阳光灿烂，心情大好，我大胆问郭姐，听萝卜说你很擅长拟物，你把我拟成什么啊?

她笑笑说，你本来就是人，就不拟人了，我一直都把你看作一样很特别的东西。

我喝了一口温暖的热咖啡，期待她的答案。

臭豆腐，她和萝卜对视了一下，互相点头说出了这个词。

我顿时想掀桌，却仍然保持绅士状态冷冷问，听上去有意思哦，怎么个说法?

郭姐娓娓道来，因为你的性格呀。你远远看起来脸总是臭臭的，高冷范，用自己独特的“气场”把闻不惯这种味道的人隔得远远的。但真正成为朋友后，立刻死死吃定你，相处下来别提有多带劲，热络得让你一口一口臭豆腐不停吃，根本停不下来。就只想一直和这样脸臭臭、心暖暖的你一起玩。

是啊，是啊，萝卜在一旁猛点头，臭豆腐性格，外表拒人千里，真正相处了解才知道其特别的味道。

我松了一口气，还真让他们圆回来了。心里忍不住觉得，这形容得我还真是贴切。

那萝卜呢?你当初为什么看上他了?我故意坏坏地说，他是个什么东西呢?

他啊，郭姐看了一眼萝卜，既仰慕又嫌弃，但满满都是爱。

她说，之前我来过他驻场的酒吧几次，听他演唱时，总觉得他在高音时故意克制自己，觉得他冷漠外表下有一颗无处释放火热的心。

嗯，所以你来点燃了？真是好心人。

其实是彼此助燃啦。郭姐说，我也需要这些来麻痹生活里琐碎的痛苦，让我兴奋起来的瞬间啊。不知道为什么，一看到他，就觉得他不应该如此消沉的，我好想好想让他重新快乐起来。

一开始觉得他是一颗鱼雷，随时会在你不知道的海平面下爆炸，后来觉得他是一颗能让我瞬间兴奋起来的跳跳糖，别看他平时沉默，其实他思维活跃，一般人绝对跟不上他的天马行空。我以前是一个矜持得有点做作的女生。一直都喜欢在优雅的地方慢慢地装淑女吃甜食，上一个男朋友也很宠我，买很多甜食给我吃，所以导致现在这个身材，可不开心分手后，突然想开了，学会放开了自己。我觉得人一定要时不时发发神经，舒缓舒缓压力的，一直优雅地绷着吃蛋糕会腻的，偶尔也要尝尝沾了辣椒的跳跳糖。

所以那天你突然蹿到舞台来发……我差点脱口说出神经两个字，觉得不妥，立马咽下，说了一句，你突然蹿到舞台发……功……展开攻势嘛？我笑笑说。

哈哈，你是想说我发神经是吗？那天我就是突然发神经的。郭姐洒脱大笑。

对对，不发神经，怎么可以一下子吃掉我这个呆萝卜。萝卜也在一旁大笑。

你们慢聊，我去厨房再去烤点饼干。萝卜起身说。

居然可以收心乖乖在家做饼干，郭姐你本事真大。我心里想。

我知道的，他的过去。郭姐突然平静对我说。

哇，原来花心萝卜的名号早已传遍酒吧驻唱界。

我问过他的，你花心老毛病再犯怎么办？

郭姐给我讲了那天她“大闹”酒吧三天后的一件事。

原来三天后，一位介绍萝卜进酒吧驻唱，非常受欢迎的吉他演奏前辈歌手——小马叔不做了，已经受不了酒吧驻唱日夜颠倒的生活，选择回故乡养老。临行前，给萝卜一把吉他，一把他用了几十年没换过的吉他。

小马叔说，以前我也花心，每一个人都爱一点，但没有人值得我去唯一倾注所有。以前我的吉他技术曾经一度烂得不行，后来，我遇见了一个女孩，一个陪着我走过消沉期的好女孩，她给了我这把吉他，我觉得我的音乐从此有了灵魂，只有这把吉他最能表达我。

现在我把这把吉他传给你，希望你也能早日找到值得倾尽所有心血为她演奏的人。

萝卜问小马叔，后来呢，后来你和那个女孩在一起了吗？

小马叔只是笑笑说，没有，当时我太自负了，还想再看看，可是错过了就是错过了。

小马叔继续说，有时候，我们之所以犹豫，拿不定主意，这看看，那看看，只是还没有遇上一个能让我最终做出选择的人，那种命中注定不再来的人，那种你知道你能用光今生最好运气而遇见的人。

小马叔说到这里，萝卜忽然不由自主地想起了一个人。就是郭姐。

啊？你真信他啊！就一把吉他，就让他醒悟了？我听了郭姐讲了这个故事后打趣说道。

不信也得信，因为萝卜告诉我小马叔故事的最后的时候，我也第一时间想到了萝卜。郭姐幸福地说道。

你真的不在乎他的过去？我认真问她。

她喝了一口巧克力奶茶，霸气笑笑说，不在乎，我根本不在乎他的过去，因为我将拥有他的现在和之后全部的未来。

此时，萝卜端着一盆刚烤好的香喷喷的饼干过来。

你有空，把我们的故事写下来哦。郭姐拿了饼干，咬了一大口，对我豪迈地说。

写谁的故事？萝卜问。

写郭姐前任的那些错综复杂的故事。我被她们秀恩爱气不过，故意这样说。

几天后，一件惊心动魄的事情发生了。

那晚郭姐在舞台照例演唱，萝卜在一旁吉他伴奏。

一位喝醉的中年男性顾客吵着要点歌，吵着要郭姐唱她在这个酒吧的成名曲《Chasing Pavements》，说今天是他终于下定决心离婚的日子，只想听这首歌。

他拿着酒杯站在舞台旁，踉踉跄跄几乎要摔倒。

可郭姐立马拒绝让他换一首，说这首歌她不会在今后的公开场合演唱了。

酒醉顾客不甘心一直苦苦哀求，郭姐一直没答应。

突然他不知哪里来的力气一杯酒泼到郭姐脸上，整个人也挣扎着要爬上舞台动手。

千钧一发之际，大家都看呆的时候，萝卜飞快跑到舞台中央护住郭姐，然后用手上的那把小马叔给他的吉他重重地砸向顾客，阻止他爬上舞台乱来。

事后，顾客没事，可珍贵的吉他却已经砸坏了。

郭姐比萝卜还伤心，说都怪自己，让那把萝卜珍爱的吉他再也不能用了。

萝卜直说不要紧，不要紧，她没事最重要。过了一会他想起什么问她，为什么你说再也不唱那首歌了？因为那天你第一次来酒吧唱那首歌我才注意到你的呀。

郭姐此时害羞了，只是说，那是我们相遇之歌呀，所以，那首歌今后只属于你一个人了。我怎么能随便对人乱唱。

萝卜什么话也没说，把郭姐搂在了怀里，刚才和现在的表现，让他真正表现得像一个男人，一个能守护郭姐这样大女人的大男人。

过几天，萝卜来我家做客时，跟我说他纹了个身，说我艺术鉴赏能力不错，硬要让我看看。

他在胳膊最上面纹了一个牢牢放进锅里的大萝卜，画风俏皮有趣。

他说最近在写一首关于他和郭姐的歌，曲子差不多了，知道我有点文采，让我和他一起填个词。

我们灌了十几瓶啤酒，从下午写到深夜，终于写成了《萝卜的归宿》!

我是一个花心大萝卜，我从来也不说。

这边田住住，那边田住住，一直在漂泊。

看到别的萝卜被好心人买回家，也有点落魄。

那些简单小日子花心萝卜也向往，请不要说破。

有一天，我愿意变成一盘菜，跟着热油翻滚尽情燃烧掉我。

全世界只给你吃，只给你吃，跳进你这口最专一的锅。

大萝卜，大萝卜，花心花心就收心。

你的锅，你的锅，一辈子心甘情愿住下的窝。

大萝卜，大萝卜，一定会甜到你心窝。

我的锅，我的锅，一起开心地翻滚在生活的漩涡。

最完美的夏日情书

满足是什么，满足是——狗舔冰淇淋，鱼在陆地奔跑，大象在炎炎夏日下开心地跳橡皮筋，而我也终于牵到了你的手。

这是我昨天边吃冰淇淋边给你写的情诗的最后一句，这也是我已经被你退回的第4封情书。

虽然前几封的日记体、散文体、自传体，加上这封的诗歌体都石沉大海了。

但我不觉得你在戏弄我，或许你只是因为一个编辑的职业习惯在考验我，我知道你对我是有感觉的，你只是希望能看到一篇能一下攻入你内心最深处，让你不得不去自己的冷漠里亲手打捞起来的动人情书。

你暗示我那些虚伪的文字形式你都不喜欢，你只爱看小说，如果我是真心爱你，那就在情书上写一篇最真挚的让你无法拒绝的小说吧。

所以今晚我继续吃冰淇淋，当奶油和灵感四溅的时候，我在情书上立刻开始编织这个动人故事，这里面有美化我们稍显平淡的相遇，也有寄托我渴望的属于我们两人的未来，当然我不确定你最后是否能参与这美妙的故事中，因为这一切都取决你是否看完还要拒绝这封最后的情书。

所有的故事都有一个开始，但不是所有的开始都会成为一个故事。

这个开始发生在梧桐树叶漫天的夏日思南路上，那个粉红色外墙装饰，取名“小百合”的冰激凌店。

周六早晨，慵懒是整座城市最推崇的常态，一切还未苏醒，女孩也还在昨夜通宵阅读的菲兹杰拉德《夜色温柔》中安静沉睡。

也许老天特别喜欢赐予那些大大咧咧、天天没心没肺、乐观活着的可爱人，魔法般躲避生活里不断涌现爱人的技能。这个开朗的单眼皮女孩虽然不能说长得很漂亮，但短发自然的她胜在气质清新，干净纯粹。只是每次想到已经过了 26 岁的自己至今还未谈过一次好好的恋爱，还是会在起床刷牙的时候，对着镜子里怅然的自己发出一点点微弱的叹息。

10 点半，女孩从《夜晚温柔》书里那个冷漠而虚伪的世界醒来，她晃悠悠跳下床，洗漱、化妆、吃早餐都必须以秒针转动的速度计，因为她必须在 11 点之前，赶到新打工三天的冰激凌店。

今天是一直素颜的她开始尝试贴假睫毛、化眼妆的第三天，因为闺蜜说，不懂得打扮的女人不配得到男人的宠爱。

笨拙的她在好不容易完成一只眼睛复杂“眼妆大作”后，却怎么也贴不上另外一只眼睛的假睫毛。

手机突然响了，是那个教她打扮的八卦闺蜜，闺蜜也不管别人的时间安排，开始以一种喝下午茶的悠闲心情聊起上司开放性婚姻，两人放任对方出轨的秘密。

女孩默默不耐烦听了一会，一看时间，已经 10 点 45 了。

她小声打断闺蜜后，挂了电话，匆匆骑自行车出门，好在冰激凌店离她这所租的老公寓并不远。

骑车路上，她觉得奇怪，为什么今天的行人一直在莫名看她，并伴有嘲讽的偷笑。

来到冰激凌店自己的更衣间才发现，原来粗心的自己刚才就粘了一只假睫毛出门，一只眼睛像孔雀开屏，另一只丹凤眼像刚生下来，未睁开眼的小猫。一大一小两只眼睛同时出现在一张滑稽的脸上，她自己也不由得笑出声。

想要补妆化好另一眼睛，却发现压根连化妆盒都没带，好吧，今天你让我出丑，我跟你这麻烦的假睫毛的缘分就到此为止，她暗暗下了决心。

她索性豪迈扯掉那只假睫毛，重新以最熟悉的素颜上阵，粉嫩洁白的皮肤让自信立刻回来，她整理下制服，重新微笑来到店门前，深吸一口气，利索地打开了门。

11 点，男孩从昨夜外滩源 Muse 酒吧，美食杂志两周年创刊派队宿醉中醒来。

虽然昨晚入夜时浑浑噩噩，不省人事，几杯酒下肚后，又想起了忘不掉的旧情人。梦里又开始回忆那些因为旧情人喜欢吃西点，才开始钻研，然后慢慢做到五星级酒店高级西点师的经历，又因为和她不愉快分手而彻底告别西点，转行做美食杂志编辑，不再为任何人亲手做一块蛋糕的痛彻心扉。

不过，乐观的人醒来就已经隔世，男孩伸了一个懒腰，强打精神起床，去卫生间刮掉昨夜睡觉时新长出的忧郁胡渣。

整理好自己后，他猛地拉开客厅窗帘，让阳光透进来，放一首节奏轻快的《小步舞曲》，吃牛油果鸡蛋三明治。

因为男孩明白，强者的状态就是——每晚忧郁入梦，每早活泼醒来。

不过要完全解决宿醉的昏沉，光有好心态还不行，还需要一种最适合自己的独门秘方。

而这种秘方就是他常去的那家思南路上叫《小百合》的粉色冰激凌店，那里用百合花为原料制成的冰淇淋是他屡试不爽的解酒良药。

天气越来越热，唾液已经在催促他马上想吃到小百合的冰激凌。

他套了一件西瓜图案的白 T 恤，淡蓝色休闲中裤，匆匆在鞋柜处穿上懒人一脚套帆布鞋，就出门了。

男孩推开门，短发女孩温柔的问候声一下穿越他的心墙。

顺着开门时溜进来的夏风男孩意外闻到女孩身上淡淡的，若有若无的百合花香味。

他今天依然照例点了百合花口味冰激凌。

点完单，四处寻找座位时，发现柜台的女孩一直盯着他的脚下看。

原来刚才出来太匆忙，加上宿醉的昏沉，左脚上穿了一个虎头图案的白色帆布鞋，右脚上却穿了一个龙腾图案的蓝色帆布鞋，他尴尬摸了摸后脑勺，心里吐槽自己今天还真是别样的潮。

男孩朝女孩笑笑，若无其事地坐在一个靠窗座位，拽拽地跷起二郎腿，露出两只花纹不同的鞋，大口大口吃冰激凌。

女孩觉得这个男孩挺洒脱可爱，和她今早假睫毛只带一只的遭遇倒是有一点傻傻的默契。

吃完冰激凌，男孩起身来到柜台，他故意走得很慢，想仔细看看女孩。

天气好热。男孩说，近身了才发现自己根本不敢看女孩眼睛。

是呀。女孩的说话声清脆又温柔。

再给我一个巧克力味冰激凌吧。男孩说。

要加果粒吗？女孩问。

不，我喜欢原味的，最纯正的那种。男孩说。他鼓起勇气，仔细看了一眼女孩。

男孩发现这个单眼皮女孩笑起来的样子格外纯真，不带一丝复杂社会世故的伪装。明朗而亲切的笑容让他想起最快乐的童年时光。

周日，男孩又情不自禁一早来店里。

叮铃铃，正在书桌旁写作的我发现电话声突兀地响了，我放下笔，打翻了开着口喝了一半的酸奶，去接急如报警般急促的电话。

是房东打来的，说房租又要涨价了，大环境就这样，他也没有办法。

房子的租约是还没辞职前签的，是短租协议，我说你不能隔几个月就涨一次，我快负担不起了。

他说很简单，那就不要租了，自然有更便宜的房子在等我这样的人。我用力啪地挂了电话。

这样的人？我去卫生间照了照镜子，凌乱的头发，邋遢的胡渣，滴上黄色咖喱酱的旧T恤，哦，是指我这样根本看不到一点未来的人？

我回到书桌旁。喵喵喵，家里养的猫饿了，在我脚旁转来转去，咪咪啊，还好还有你那么多年陪着我。

周日温度升高了不少，太阳终于发威。男孩来到冰激凌店的时候，头发已经微湿。点完单，把冰激凌甜筒拿在手里，却发现意外多了一个冰激凌球。

他回头看了看女孩，女孩白色的肌肤微微泛红，眼睛像小兔子一样灵动地转圈看其他地方，不敢正视男孩的眼睛。

男孩感到心里暖洋洋的，今天百合花口味的冰激凌似乎不怎么干苦了，每一口都像蜜糖一样甜。

女孩看男孩出汗，特意调低了空调的温度。

周日的早上客人并不多，这个粉色空间里，飘荡着两个人浓烈而羞涩的暧昧。

女孩因为要布置店门口那些装饰的藤条和花草，一直不停往来于室内室外。

现在她真的变成了一直活泼的小兔子。男孩说要帮忙，女孩说万一老板来了看到客人一起在忙，会以为她偷懒。

外面实在太热，店里的空调温度却打得很低，女孩刚滴下来的，顺着短发轻轻滑下来的汗珠还未落地，就又被室内的凉爽蒸发。

这样频繁冷热交替，女孩第二天就感冒了，她一连好几天都没来冰激凌店，由 40 岁不到的老板娘亲自看店。

男孩没有女孩手机，只是听老板娘说她生病没来，也不能慰问，所以只能天天下班来冰激凌店转转，希望一抬头又见女孩迷人的微笑。

第四天，女孩的感冒终于好了，又神气活现来店里了。

终于等到女孩，男孩照例上前强装镇定点单，但每走一步，心脏都仿佛要飞出来。

点完单，他把手里的袋子给女孩，吞吞吐吐地说，这是刚才隔壁客人忘记带走的东西。

女孩打开袋子，看到是各种感冒药和各种新鲜水果，感动不已。

她拿着袋子走出柜台，调皮地对男孩说，既然是别人的东西，就一定要还给别人，你帮忙看下店，我追出去给客人。

别，男孩第一次拉住了女孩的手，触碰的瞬间仿佛有生以来，第一次吃到了世界上最好吃的冰激凌。

叮铃铃，门铃声粗暴地响了，是隔壁刚从小区广场跳完舞回来的大婶。

她抱怨我一边写作一边播放的音乐太吵，现在她要休息了。我说这可是悠扬的歌剧不是喧闹的摇滚乐。她说听起来像一个哀怨的女人在哭。她不喜欢。她知道我在专心写小说，总是数落我为什么要辞掉原本那么好的工作，说我这样是不能好好生活的。我对她赌气说，小说才是我真正的生活，现实只是我休息的地方。

我知道自己在逃避，也明白大婶的好意，关了门，回到书桌前，我为小说里的结局发呆，今天就先写到这里吧。

我看看四周，又从冰箱里拿出一个冰激凌甜筒，一边吃，一边看看墙上整个屋子里唯一明亮的梵高复制版画《向日葵》。我想，我生命中还能带给我一点希望的向日葵——她，为什么一直拒绝我的情书呢，明明一直对我有好感的啊？或许是我自己无耻吧，根本没有负担两人幸福生活的经济能力，却还有脸表白？可是爱情不是能克服一切吗？还是我太幼稚？

再看看窗台的沙发，咪咪今天趴在那里一天一动不动，是哪里不舒服了吗？大概只是因为年纪吧，如果以人的年龄计算，咪咪确实已经很老了。

男孩来店里接女孩，这是她们第一次约会。

女孩在店后门的小院子里收拾新鲜晒干的百合花瓣。

夏天天气转眼就变，刚才还是火辣辣的太阳，一瞬间就变得乌云密布。

忽然一阵大风，女孩手里篮子中的百合花瓣全部被吹起，女孩围在花瓣中，简直像一个花丛中的仙子。

这一切都被男孩看在眼中。

一片花瓣被大风吹起，女孩跳起来抓不住，只见一只大手轻轻握住如小鸟般跃动的花瓣递到女孩面前。

是男孩的大手，女孩觉得忽然生命里就有了温暖的依靠。

男孩笑着帮女孩一起捡花瓣。

写到这里我在书桌前停下了笔，因为我发现家里养了好多年的猫不见了，以前写文章的时候，它总喜欢跳到书桌或窗台上，像一个老师又像一个朋友看着我，仿佛在跟我说，不准偷懒！现在我找遍了屋子和小区的周围，一点都没发现它的影子，它是不是去外面更大的世界流浪了？

第二第三第四天，它都没回来，我心里一个想法不禁冒出，据说猫在快要死的时候，会离开家，悄悄躲到一个地方不让主人发现，怕主人伤心。

故事的最后，男孩拿了一大束百合花去了女孩生日晚会。

他为女孩又重新开始做起了多年不碰的蛋糕。一个精心绘制的百合花图案蛋糕，女孩吃完第一层后发现，第二层里藏了一个用草莓酱做成的心形。

女孩把蛋糕端在男孩嘴前说，这块给你，现在，我要把我的心给你保管了。

让我吃掉？好可怕。男孩嘴巴张开，假装很害怕的样子。

女孩见男孩又不正经，耍小孩子疯，立刻把奶油抹在男孩鼻尖。

男孩也不甘示弱，把奶油轻轻抹在女孩的笑脸上。

两人像 8 岁孩子一样，玩得开心不已。

男孩抱住女孩，一本正经地说，相信我，我一定会好好保护你这颗心的，因为，守护期限是一辈子。

女孩觉得自己那么多年那股傻乎乎的对爱情不将就的韧劲和执着终于得到回报，哽咽说，谢谢你。

男孩摇了摇头，握住女孩的手说，我要谢谢你才对，

谢谢你把自己保存的那么好，让迟来的我还有机会把你捧在手心里。

忽然，一只小猫不知道从哪来蹿出来，仿佛刚经过激烈战役，一抖一抖走到他们两人脚下，疲倦而又安心地趴下睡觉，仿佛终于找到了它的新家。

女孩说，我好喜欢这只猫。

男孩抓住机会，那不如我们一起养它吧。

这个故事到这里结束了，最后我把这封写满小说的情书寄给了她。

现实却没结束，一年后的今天，我又翻出这封我们分手后你亲手交还给我的情书。

当初就是这个美好的夏日故事一锤定音，成了最后那封你无法拒绝的动人情书。

是的，我们在一起了，可是那又能怎么样呢？

为什么故事里大家总是大团圆结局，现实生活却那么难，那么难？

hi, 你好吗？知道你看不见，可是好想对你说。

把西瓜最甜的那块留给你，手摇纸扇看你飞起来的短发，你小腿上被蚊子咬过的可爱小包，一起撑着我的衬衫在猝不及防的暴雨里狂奔，小小的却幸福的你一口，我一口吃不完的冰激凌甜筒，在夏风吹过的无人小街牵手，在人潮拥挤的海边大胆接吻，这些和你一起的夏天回忆一直都在，可你已经不在。

所以这个夏天，我在这封情书的最后写上真正的结束语：

白衬衣被风吹得一点点摇摆，一直叫个不停的知了也不知藏哪里去了，吵着要吃冰淇淋的女孩已经安静地进入了梦乡，西瓜终究慢慢失去了最初的甜味，夜晚好像再也不能无所顾忌地裸睡，薄薄的被子轻轻盖着肚脐，忽然一阵冷风从窗口探进来，这个夏天也是要过去了。

夜晚，我意外地做了一个梦，

梦见我一个人照例外出散步，不知不觉走进那家熟悉的冰激凌店，

女孩一直莫名对我微笑。我问她买百合花口味的冰激凌，她只说卖完了。

她说从明天起，这家店就要重新装潢，变花店了，再也不卖冰激凌了。

她意外拿出一大束向日葵，叫我快快开心起来。

我说谢谢，关了门。屋外整条街一片漆黑，只是有一个微弱的亮光仿佛在等我过去。

借着亮光，我发现在鲜花上插了一张小小的卡片，上面写着:

如果你在现实里的冷漠里哆嗦，那么不妨来我温暖的梦里躲一躲。